L'inconnue
de l'hiver

Norah HESS

L'inconnue de l'hiver

ROMAN

Traduit de l'américain
par Isabelle Tolila

Titre original
SNOW FIRE

A Leisure book published by Dorchester Publishing Co., Inc.,
New York

© Norah Hess, 2004

Pour la traduction française
© Éditions J'ai lu, 2008

À mon fils, Bob.

1

L'aube se levait à peine, teintant le ciel de nuances argentées, quand Stone Falcon sortit sur le pas de sa porte. Sa chemise et son pantalon étaient passés, ses bottes poussiéreuses et usées aux talons. Le chapeau qu'il tenait de la main gauche – il gardait toujours la droite libre au cas où il aurait à dégainer son colt – portait la trace de plusieurs saisons de pluie et de neige. Un étranger voyant Stone Falcon pour la première fois ne se douterait jamais qu'il possédait l'un des plus gros élevages de bétail du Colorado.

Il était beau comme un homme l'est rarement. Ses traits étaient bien dessinés et ses cheveux noirs indisciplinés lui frôlaient les épaules. Mais ses yeux gris acier mettaient un bémol à cette perfection. Ils étaient aussi froids que la couche de glace sur une rivière en janvier. Il avait trente-cinq ans, et descendait d'une rude lignée originaire des Rocheuses. Amis comme ennemis s'accordaient à dire qu'il était à moitié puma à moitié crotale. Ils ignoraient que son grand-père, le vieux Stonewall Falcon, lui avait appris que tous les moyens de parvenir à ses fins étaient bons quand la cause était juste.

Il inspira profondément l'air pur et vivifiant. Il venait de passer les longs mois d'hiver terré dans son ranch. Les tempêtes de neige s'étaient succédé au rythme d'au moins une par semaine. À certains endroits, la couche de neige avait atteint plus de deux mètres d'épaisseur.

Le printemps était là, désormais, charriant avec lui l'eau de la montagne et dégageant les cols qui l'avaient tenu isolé du reste du monde. Il en avait assez de n'avoir personne d'autre à qui parler que ses cow-boys.

Stone étira son long corps délié, puis leva les yeux vers la montagne. La plupart des gens pensaient qu'il n'y avait qu'un chemin pour accéder au sommet. Lui savait que non. En compagnie de son ami indien, Shilo, ils avaient trouvé une demi-douzaine d'itinéraires pour y monter et en redescendre. Enfants, ils y passaient pratiquement tout leur temps.

Tournant la tête il scruta le chemin qui conduisait au village Ute distant de trois kilomètres. Il espérait que son ami rentrerait de la chasse avant son départ et qu'il pourrait lui dire au revoir.

Ne voyant pas trace du grand Indien, il attrapa les affaires et le nécessaire de couchage qu'il avait préparés, et se dirigea vers l'écurie où Rebel, son palamino, l'attendait.

C'était un superbe démon à la robe miel, à la crinière et la queue ivoire, que seul Stone pouvait monter. Très fier, ce dernier racontait à qui voulait l'entendre que son étalon était supérieur à un chien de garde lorsqu'il s'agissait de surveiller un campement. Il lui avait du reste probablement sauvé la vie à plusieurs reprises.

Il venait juste de finir de le seller et sortait de l'écurie quand, du coin de l'œil, il aperçut Shilo coupant par un sentier créé en grande partie par eux.

Stone sourit. Son ami d'enfance avait une allure saisissante dans ses vêtements de daim bordés de franges. Une écharpe rouge dans laquelle étaient logés un pistolet et un couteau qu'il maniait à la perfection lui ceignait la taille. Ses cheveux d'un noir de jais lui descendaient jusqu'au milieu du dos.

— Alors tu vas essayer de la trouver ? dit Shilo en le rejoignant.

Son ton était légèrement moqueur.

— Tu le sais bien.

L'Indien secoua la tête.

— Tu as vu cette fille une fois, et seulement de loin, et tu la veux.

— Oui, je la veux et j'ai l'intention de l'avoir.

— Et tu n'as pas envisagé qu'elle pourrait ne pas te vouloir ? demanda Shilo en reprenant son sérieux.

Stone parut un instant déconcerté. Bien sûr qu'elle voudrait de lui. Ses sentiments pour elle étaient si forts, elle ne pourrait faire autrement que de les lui rendre. Regardant son ami droit dans les yeux, il déclara avec assurance :

— Elle voudra de moi.

— J'espère pour toi que tu as raison. Tu penses être absent combien de temps ?

— Difficile à dire, avoua Stone. Je n'ai encore jamais courtisé une femme.

Une lueur espiègle s'alluma dans les yeux noirs de Shilo.

— Vu ton talent pour les beaux discours, je ne guetterai pas ton retour avant l'automne, quand les oies migreront vers le sud.

Stone ne put s'empêcher de sourire. Shilo avait raison. Parler aux femmes légères ne lui posait aucun problème, mais quand il s'agissait d'avoir une conversation polie avec une femme respectable, il marmottait comme un idiot.

— Très drôle, grogna-t-il. Quelle que soit la durée de mon absence, tu peux venir vérifier de temps en temps que tout se passe bien ? Surtout dans la maison. Mes cow-boys s'occuperont de l'écurie et des dépendances, mais je ne leur fais pas confiance quand il s'agit de la maison.

Shilo signifia son accord d'un signe de tête, puis après l'avoir salué de la main, il se détourna et prit la direction de son village. Il soupira en songeant à ce qui attendait son ami. En tant qu'Indien, il en savait plus que Stone Falcon sur les femmes blanches. Sur les honnêtes femmes, pour être exact. Il lui était arrivé de les voir dans les trains, et ces femmes blanches qui voyageaient à travers le pays étaient à mille lieues des prostituées et des filles faciles que Stone côtoyait. Il n'avait pas la moindre idée de la façon dont on se comportait avec une dame. Au bout de cinq minutes, il serait à court de mots.

Sa naïveté désolait Shilo, qui savait d'ores et déjà qu'il allait au-devant de grandes déceptions.

Stone laissa l'étalon aller à son propre rythme. L'air était en train de se réchauffer après un début de printemps capricieux au cours duquel le dégel ne tenait pas plus de deux jours. À présent, tout indiquait que l'hiver lâchait enfin prise. Les peupliers commençaient à bourgeonner, ainsi que les saules qui bordaient les nombreux cours d'eau.

Stone augmenta l'allure. Il ignorait jusqu'où le mènerait sa recherche, et était en proie à des émotions contradictoires. La question de savoir si l'inconnue voudrait de lui le tourmentait en dépit de l'assurance qu'il avait manifestée devant Shilo.

Alors que sa monture commençait à filer, crinière au vent, il se prit à songer à la fille qui lui avait occupé l'esprit l'hiver durant.

C'était au mois de novembre. Il était en route pour Dogwood, la ville voisine, où il comptait passer quelques jours à faire la fête et à prendre du bon temps avec les filles de Mlle Opal au *Red Lantern* avant que les premières tempêtes de neige s'abattent sur la région et bloquent les cols.

Il avait atteint une colline qui surplombait la ville et pensait aux réjouissances qui l'attendaient quand il avait aperçu un cavalier qui chevauchait dans sa direction. Une femme, à en juger par sa silhouette. Il aurait été bien incapable de dire ce qui l'avait poussé à faire reculer Rebel sous le couvert des arbres, se dissimulant ainsi à la vue de l'inconnue.

Comme elle se rapprochait, il avait été frappé par la couleur de ses cheveux, d'un roux magnifique. Puis le soleil était sorti de derrière un nuage, et ses longues tresses avaient semblé prendre feu.

Quand elle avait été suffisamment près pour qu'il l'étudie à loisir, il était resté médusé. Jamais il n'avait vu femme plus belle, ni plus gracieuse. Son corps souple suivait les mouvements de sa monture, en totale harmonie.

De manière inexplicable, il lui était apparu que cette femme lui était destinée. Au printemps suivant, dès la fonte des neiges, il reviendrait, découvrirait où elle vivait, et la courtiserait. Il n'avait pas osé se montrer tel qu'il était. Avec sa barbe de quatre jours et ses cheveux emmêlés, il avait l'air d'un vagabond.

Après que la fille eut disparu, il avait gagné la ville, et était allé se restaurer au *Sage Hen*, puis il était rentré chez lui, toute envie de passer du temps avec les filles de Mlle Opal envolée.

Tandis qu'il chevauchait, la désagréable hypothèse évoquée par Shilo continuait de le tarauder. Et si la jeune femme ne voulait pas de lui ? Cette idée ne lui avait encore jamais traversé l'esprit, mais à présent, force lui était de constater que c'était une possibilité.

— Que le diable t'emporte, Shilo, marmonna-t-il.

Quelques minutes plus tard, il était arrêté dans sa course par la South Platte, qui coulait du nord du Colorado. C'était une rivière dangereuse, réputée pour ses courants capricieux et ses sables mouvants, et dont l'unique avantage était de ne jamais être à sec. Mieux valait réfléchir à deux fois avant de se risquer à la traverser.

Après avoir soigneusement étudié le courant, Stone éperonna Rebel qui pénétra dans l'eau d'un pas précautionneux – il pouvait lui faire confiance pour éviter les sables mouvants.

Ils atteignirent la rive opposée sans encombre, et Stone le guida vers la colline où il avait vu la mystérieuse jeune fille pour la première fois. Arrivé au sommet, il fit une pause et s'interrogea : devait-il commencer ses recherches à Dogwood, ou visiter d'abord les ranchs alentour ? Dogwood, décida-t-il.

Après avoir passé une journée entière à interroger tous ceux qu'il rencontrait, Stone dut se rendre à l'évidence : sa quête s'annonçait difficile. Personne ne connaissait de fille rousse qui montait une petite jument noire. Son dernier espoir était le comptoir commercial situé à quinze kilomètres de là.

La nuit tombait quand il approcha du long bâtiment en rondins qui se dressait à quelques mètres de la rivière. Six chevaux étaient attachés près de l'entrée. Il en reconnut deux, qui appartenaient à des hommes vivant dans la montagne. Ces types-là ne se mêlaient généralement pas aux autres, sauf pour prendre une cuite et semer la pagaille.

Il était notoire que certains des clients du comptoir se situaient à la limite de la légalité. En fait, certains d'entre eux avaient franchi la frontière à plusieurs reprises, Stone en avait la quasi-certitude. Mis à part ceux des montagnards, tous les chevaux étaient marqués et semblaient bien entretenus. Leurs propriétaires n'étaient sûrement pas du genre à avoir maille à partir avec la justice. Stone en conclut qu'il n'aurait pas à surveiller ses arrières.

Il mit pied à terre et attacha Rebel à un arbre, à l'écart des autres chevaux – le grand démon était du genre querelleur. Par précaution, il vérifia que son colt était chargé, puis gravit les marches qui menaient à l'étroite véranda et poussa la porte.

La grande salle au décor rudimentaire était faiblement éclairée par quelques lanternes suspendues. Stone la parcourut du regard. D'abord surpris par le nombre d'hommes alignés devant le comptoir de planches grossières soutenues par trois tonneaux, il devina que la moitié d'entre eux avaient dû arriver par bateau. Il reconnut aussi quelques trappeurs parmi les clients.

Quatre tables étaient regroupées au fond de la salle. L'une était libre, les autres étaient occupées par des hommes et des entraîneuses qui laissaient échapper des rires stridents de femmes ivres.

Stone se dirigeait vers le bar et s'installa au comptoir. Big Cal Broden, le propriétaire du lieu, l'accueillit avec un grand sourire.

— Stone Falcon, espèce de vieux loup, brailla-t-il. Qu'est-ce qui t'amène ici ?

Des têtes se tournèrent. La plupart des clients connaissaient ou avaient entendu parler de Stone. Ils savaient qu'il valait mieux ne pas s'y frotter. Certains lui dirent un mot ou deux, les autres le saluèrent d'un signe.

— Une affaire dont je dois m'occuper dans le coin, répondit Stone à la question de Broden.

Mais quand il eut fait la description de la fille qu'il recherchait, personne ne se rappela l'avoir vue.

Jugeant préférable de ne pas se risquer à demander à Stone ce qu'il voulait à cette fille, Broden lui servit un verre de whisky.

— Alors, comment s'est passé l'hiver ? s'enquit-il. Tu as perdu du bétail ?

— Il a été assez rude, avoua Stone en s'emparant de son verre. De la neige jusqu'à la taille pendant trois mois, tous les cols bloqués. J'ai perdu deux douzaines de têtes. À cause du temps, mais aussi à cause des loups, précisa-t-il avant d'avaler l'alcool cul sec.

— Ici aussi on a souffert, commença Broden.

Il s'interrompit comme la porte s'ouvrait à la volée, livrant passage à quatre gaillards bruyants qui poussaient deux indiennes devant eux.

— Bon sang, marmonna le patron en remplissant le verre de Stone. J'espérais bien que les frères Jackson mettraient plus les pieds dans mon bar. Je leur ai dit des dizaines de fois que je voulais pas d'Indiennes ici. Ça rend les filles nerveuses. Elles aiment pas la concurrence.

— La plus jeune n'a pas l'air d'avoir plus de treize ans, observa Stone en détaillant la frêle jeune fille. Et elle est terrorisée, ajouta-t-il comme l'un des jumeaux s'asseyait à la table libre et l'attirait sans ménagement sur ses genoux.

Il commença à la caresser brutalement, passant une main sur ses petits seins et glissant l'autre sous sa robe en daim.

La femme plus âgée, que deux de ses frères étaient en train de tripoter, regardait avec anxiété la jeune fille se débattre vainement.

Stone sentit sa colère grimper d'un cran quand l'homme éclata de rire. Serrant les dents, il se força à garder le silence. Après tout, cette brute ne faisait que se moquer d'elle. Il ne l'avait pas frappée.

C'est alors que, brusquement, la situation bascula. L'un des petits poings de la jeune fille heurta l'œil de son agresseur. Ce dernier cessa de rire, et son visage se crispa de colère. Se levant d'un bond, il prit la fille par la taille et beugla à l'adresse de Broden :

— Je vais utiliser une de tes chambres, patron. La petite squaw et moi, on va s'amuser un peu.

Alors que la fille, terrifiée, s'agrippait à la table, sa compagne, les joues inondées de larmes, cria :

— Je vous en supplie, elle n'a jamais été avec un homme.

— Eh ben, c'est mon jour de chance ! Je vais me faire une vierge. Je vais lui apprendre qu'on frappe pas un homme blanc.

D'une secousse, il força la fille à lâcher la table.

— Allez, espèce de traînée, viens prendre un peu de bon temps avec moi, gronda-t-il.

La colère de Stone se mua en rage. S'il était capable de tendresse devant des êtres faibles ou impuissants, un sentiment de révolte pouvait le rendre violent. À peine conscient de ce qu'il faisait, il reposa son verre, si violemment qu'une partie du contenu éclaboussa le comptoir.

Un lourd silence tomba sur la salle. On n'entendait plus que le tic-tac de l'horloge fixée au mur derrière le bar et les sanglots étouffés de la fille. Tous les yeux étaient rivés sur Stone, dont le regard glacial envoyait un message sans équivoque à l'agresseur.

Le jeune Jackson blêmit en reconnaissant le rancher. Soudain nerveux, il jeta un coup d'œil à ses frères, cherchant leur soutien. Quand ils détournèrent les yeux, il comprit qu'il devrait se débrouiller seul.

Son malaise augmenta visiblement. Il savait de quoi Stone était capable lorsqu'on le poussait à bout. Il avait vu dans quel état il avait laissé son adversaire après une rixe dans un bar et ne tenait pas à subir le même sort. Avec un sourire, crispé, il poussa la fille vers Stone.

— Prends-la. J'en veux pas vraiment, de toute façon.

La gamine trébucha et serait tombée si Stone ne l'avait rattrapée. Il risqua un regard du côté des Jackson, histoire de s'assurer qu'il n'allait pas devoir affronter le clan au complet, mais les frères avaient apparemment décidé de battre en retraite. Comme ils se dirigeaient vers la porte, entraînant l'autre femme avec eux, la jeune fille agrippa le bras de Stone.

— Je vous en prie, aidez-la, supplia-t-elle.

Son désir de sauver sa compagne était certes légitime, mais il ne voulait pas forcer sa chance. Les Jackson étaient quatre, et il ne savait pas combien parmi les hommes présents lui prêteraient main-forte en cas de problème. Menacer les frères de leur retirer une femme qu'ils avaient de toute évidence l'intention de se partager, c'était la bagarre assurée, et il n'était pas sûr de gagner.

— Je suis désolé, dit-il avec douceur, mais je ne crois pas qu'ils renonceront à elle sans se battre. En outre, elle me paraît assez solide pour se débrouiller seule, ajouta-t-il dans une vaine tentative pour la rassurer.

Il pivota face au bar en feignant de ne pas entendre ses sanglots.

Les autres clients piquèrent du nez dans leur verre, mais ils ne perdirent pas une miette de l'échange qui suivit entre Stone et Big Cal.

— Qu'est-ce que tu comptes faire d'elle? demanda le patron en remplissant de nouveau le verre de Stone.

— Je n'en sais fichtre rien.

La fille s'était approchée et se tenait à ses côtés, tremblant de la tête aux pieds. Il tourna la tête vers elle.

— Où est ta tribu? demanda-t-il. Et ton village?

Elle serra les mains pour les empêcher de trembler, mais répondit d'une voix chevrotante :

— Ma tante et moi sommes des Utes du nord du Colorado. Notre chef emmène la tribu dans un nouveau campement pour l'été. Dans les montagnes, je pense.

— Comment ces hommes ont-ils pu vous capturer sans que les vôtres s'en aperçoivent?

— Nous étions les dernières d'une longue colonne, et personne ne nous prêtait attention. Ils n'ont eu aucun mal à nous attraper et à nous entraîner dans la forêt.

— Pourquoi ta tante et toi n'étiez pas avec les autres femmes? s'étonna Cal. D'ordinaire, les tribus qui se déplacent protègent les femmes et les enfants en les mettant au milieu.

L'expression de la jeune fille se fit grave.

— Nous ne sommes plus les bienvenues, souffla-t-elle.

Comme Stone l'interrogeait du regard, elle expliqua d'une traite :

— Le mari de ma tante est mort l'an dernier d'une maladie d'homme blanc. Nous sommes restées sans personne pour pourvoir à nos besoins. Maintenant, on nous reproche la nourriture que nous mangeons.

Stone et Cal hochèrent la tête. C'était là le mode de fonctionnement indien.

— Il ne faut donc pas s'attendre qu'ils partent à la recherche de vous deux, ta tante et toi, devina Stone.

— Non, confirma la fille en voûtant les épaules.

Un profond sentiment de pitié envahit Stone.

— Quel est ton nom ?

— On m'appelle Little Bird.

Un nom qui lui allait comme un gant, songea-t-il. Elle ressemblait à un moineau famélique.

Cal considéra Stone d'un œil sombre.

— Eh bien, l'ami, je te le demande à nouveau : que vas-tu faire d'elle ?

Stone secoua la tête.

— Je te le répète : je n'en sais fichtre rien. Mais je ne peux pas la laisser ici. Les Jackson ne manqueront pas de se repointer d'ici à quelques jours, sans compter certains autres types qui traînent dans le coin.

Il avala son verre d'un trait, et reprit d'un air pensif :

— Je vais l'emmener avec moi pour l'instant. Je trouverai peut-être une solution d'ici à demain matin.

Big Cal s'accouda au bar, et observa :

— Tu sais, après un bon nettoyage, elle serait plutôt pas mal. Puisque t'as pas trouvé cette fille que tu cherches, pourquoi tu prendrais pas celle-là ?

Stone sourit en pensant à la femme dont il avait rêvé tout l'hiver et secoua la tête.

— J'ai déjà choisi celle que je veux.

Le patron espérait qu'il en dirait plus sur cette mystérieuse femme, mais Stone garda le silence. Il haussa alors les épaules. Il doutait que le jeune homme se marie de sitôt. Chez les Falcon, les hommes restaient célibataires jusqu'à près de quarante ans.

Stone posa un billet sur le comptoir, puis se tourna vers Little Bird.

— En route, fit-il.

— À la prochaine, Falcon, dit Big Cal.

Comme la porte se refermait, un client lança :

— Tu crois qu'il va la garder pour lui ?

— Non, répondit Big Cal. Elle est trop jeune.

Dehors, la nuit était tombée. Les rayons argentés de la lune faisaient scintiller la rivière. Stone hissa Little Bird en selle, puis grimpa derrière elle. Elle avait l'air à bout de forces, et n'était visiblement pas en état de chevaucher jusqu'au ranch, aussi chercha-t-il rapidement un endroit où camper près de la rivière. Dès qu'il s'arrêta, Little Bird se laissa glisser à terre sans attendre son aide et alla s'asseoir sur un rocher.

Stone dessella Rebel, le laissa se rouler quelques minutes dans le sable, puis le conduisit un peu plus loin dans l'herbe.

— Tu as faim ? demanda-t-il en rejoignant la jeune fille.

Elle hocha vigoureusement la tête.

— Je n'ai rien mangé depuis ce matin, et seulement quelques lamelles de viande séchée.

Stone n'était pas surpris. En revanche, que les deux femmes aient eu l'autorisation de rester avec la tribu l'étonnait. La plupart des clans les auraient abandonnées dès lors qu'elles n'avaient plus d'homme pour subvenir à leurs besoins.

Il prépara un feu et fit frire du bacon dans son poêlon cabossé. Il ouvrit aussi deux boîtes de haricots, estimant que la jeune squaw pourrait en manger une à elle seule.

Le pot de café qu'il avait mis à infuser un peu plus tôt fut prêt en même temps que la viande et les haricots. Il divisa le repas en deux parts égales et ajouta un morceau de pain à chaque assiette. Après en avoir tendu une à Little Bird, il s'assit à côté d'elle.

Comme elle fixait la nourriture avec envie, mais n'y touchait pas, il devina qu'elle ne mangerait rien tant qu'il resterait près d'elle. Il prit donc son assiette et s'éloigna de quelques mètres. Aussitôt, elle se jeta sur la nourriture tel un petit animal affamé. Stone se laissa tomber sur un rocher, le dos tourné, et entreprit de vider son assiette.

Quand il eut terminé, il se roula une cigarette. Contemplant la rivière, il se demanda ce qu'il allait bien pouvoir faire de cette fille. Pas question de l'emmener avec lui. Il s'imaginait mal courtiser une femme blanche avec une petite Indienne famélique accrochée à ses basques. Car malgré sa journée infructueuse, il avait bien l'intention de continuer ses recherches.

Soudain, il pensa à Shilo. Si ce dernier pouvait accueillir la fille dans son village, il n'aurait plus à s'inquiéter d'elle. Son ami renâclerait, c'est sûr, mais il pouvait compter sur lui pour s'occuper d'elle. Bien évidemment, il ne manquerait pas de se plaindre chaque fois qu'ils se verraient. C'est-à-dire pratiquement chaque jour. Mais cela ne changerait pas grand-chose vu qu'il râlait toujours à propos de tout…

Un bruit de pas sur le gravier fit bondir Stone. Sa main droite se porta automatiquement à son colt.

— Tire pas, petit gars, lança une voix chevrotante.

Stone scruta l'endroit d'où elle provenait, au-delà des peupliers, et aperçut une mule qui se dirigeait vers lui d'un pas pesant. Un large sourire illumina son visage quand il reconnut le vieux montagnard juché sur la mule. Caleb Greenwood vivait dans la montagne depuis plus de quarante ans. Personne, même pas lui-même, ne savait exactement quel âge il avait.

— Caleb, ça fait un sacré bail ! s'exclama Stone en s'approchant de lui à grands pas.

— Environ quatre ans, si ma mémoire est bonne.

— C'est à peu près ça, acquiesça Stone en serrant la main noueuse. Tu faisais tes provisions pour l'hiver la dernière fois qu'on s'est vu. Où vas-tu maintenant ?

— Je remonte. J'ai dû aller en ville faire quelques courses. Plus de farine ni de café depuis deux semaines. J'ai attendu que les cols soient dégagés.

— On a déjà dîné, mais je peux t'offrir une tasse de café et un morceau de pain si ça te dit…

— Un tel festin ne se refuse pas, assura Caleb en descendant de sa mule.

Il alla s'accroupir près du feu de camp, s'empara de la cafetière et remplit la tasse de Stone. Il but une longue gorgée de café avec un plaisir non dissimulé.

— Je connais rien de meilleur qu'un bon café bien fort, déclara-t-il avant de porter de nouveau la tasse à ses lèvres.

»Et toi, Stone, reprit-il, où est-ce que tu vas ?

— À la ville, répondit-il sans plus de précision.

Un grand sourire découvrit les gencives édentées du vieillard.

— Je vois que tu t'es trouvé une jeune squaw. Elle est un peu maigrichonne. Elle t'a tenu chaud au moins, cet hiver ?

Il gloussa.

— Je parie que non. Je parie que c'est pour ça que tu la ramènes à son père.

— Ce n'est pas ce que tu imagines, espèce de vieux dépravé, alors arrête de rire comme un idiot.

— Si c'est pas ce que je crois, alors c'est quoi ?

En deux mots, Stone expliqua l'incident du bar.

Caleb avala en silence une deuxième tasse de café, puis grommela :

— Je pense que c'est ces types que j'ai aperçus à quelques kilomètres d'ici. À en juger par leurs rires et leurs braillements, ils étaient saouls, alors j'ai préféré rester à l'écart. Ils étaient quatre et il y avait une femme indienne d'âge mûr avec eux. Ils la prenaient à tour de rôle.

Stone glissa un coup d'œil à Little Bird. Il espérait qu'elle n'avait rien entendu de ce que Caleb venait de dire.

Tandis que ce dernier se lançait dans une longue tirade sur le diable qui habite l'âme de certains hommes, Stone eut soudain une idée. Dès que le vieil homme se tut, il demanda :

— Tu remontes dans la montagne, c'est bien ça ?

— Oui, et il me tarde d'y être. La civilisation me vaut rien.

Une braise s'échappa du feu et Stone la repoussa du bout de sa botte.

— Je me demandais si tu ne me rendrais pas un service, dit-il. Un grand service.

Caleb contempla un instant la danse des flammes, puis tourna le regard vers Stone.

— Quelque chose me dit de refuser tout de suite. C'est en rapport avec la petite squaw, pas vrai ?

Dissimulant son amusement, Stone ramassa une brindille de bois sec et la brisa entre ses doigts. Le vieux Greenwood n'était pas du genre à tourner autour du pot.

— Oui, confirma-t-il. J'aimerais que tu la conduises auprès de mon ami Shilo. Son village est près de mon ranch. Il la recueillera.

Caleb parut un peu inquiet.

— Je tiens pas à avoir affaire à ce grand *Injun*. Un jour il parle à quelqu'un, et la semaine d'après il le regarde comme s'il l'avait jamais vu de sa vie. Il me met mal à l'aise.

— Il met beaucoup de gens mal à l'aise, le rassura Stone. Mais si on le laisse tranquille, on n'a rien à craindre. Il ne s'énerve que si on le cherche. Cela dit, je ne pensais pas voir le jour où Caleb Greenwood aurait peur d'un Indien.

— Eh, doucement ! s'insurgea Caleb. J'ai pas dit que j'avais peur du Ute. J'ai juste dit qu'il me mettait mal à l'aise.

Caleb gratta sa barbe blanche tout en observant Little Bird perchée sur son rocher.

— Elle a l'air mal en point, dit-il finalement. Elle va pas tomber malade en route, au moins ?

— Ne t'inquiète pas, elle est juste sous-alimentée. Quelques bons repas et elle reprendra du poil de la bête.

Après avoir de nouveau étudié Little Bird, Caleb marmonna :

— D'accord, mais je lèverai le camp à l'aube. Assure-toi qu'elle soit prête.

Il regarda l'étalon attaché non loin d'eux.

— Elle a pas de cheval apparemment, alors elle devra marcher.

— Les Indiennes se déplacent-elles jamais à cheval ? demanda Stone avec un sourire ironique.

— Pas très souvent, admit Caleb. Mais j'en ai vu une, un jour, ajouta-t-il en se levant et en se dirigeant vers sa vieille mule. C'était une princesse. Une vraie beauté. Elle avait une sacrée allure à cheval.

Caleb se tourna vers la mule, et lui parlant comme à un être humain, la libéra de sa selle et de son barda. Puis il sortit son nécessaire de couchage et le déroula sous un arbre.

— Tu n'attaches pas ta mule ? s'étonna Stone comme il s'allongeait. Tu ne crains pas qu'elle s'échappe ?

— Non. Elle s'éloigne jamais bien loin de moi, répondit Caleb en bâillant.

Il ronflait déjà quand Stone s'approcha de Little Bird. Elle avait l'air absolument éreintée et dormait à moitié. Il se demanda comment elle prendrait l'idée de voyager avec le vieux montagnard bourru. Comme elle levait les yeux vers lui, il désigna Caleb du pouce.

— C'est un vieil ami.

— Oui, je m'en suis rendu compte, dit Little Bird, l'air méfiant.

Stone hésita, puis reprit :

— Je me suis arrangé avec lui pour qu'il te conduise auprès de mon ami Shilo. C'est le chef Ute du village voisin de mon ranch. Il te recueillera et veillera sur toi.

Little Bird ne put cacher son désarroi. De toute évidence, elle pensait rester avec lui. Alors qu'elle continuait à le fixer avec gravité, il expliqua :

— C'est la meilleure solution, Little Bird. Je ne peux absolument pas t'emmener avec moi.

Un oiseau de nuit prit lourdement son envol depuis les peupliers. Il passa au-dessus de la rivière en criant.

— Je suis désolé, murmura Stone.

— Ne t'excuse pas. Je te suis reconnaissante de ce que tu as déjà fait pour moi.

Elle fit une pause, puis :

— Je suis inquiète pour ma tante.

À la lueur de la lune, Stone vit les larmes qui brillaient dans ses yeux.

— Ils la libéreront au matin, déclara-t-il d'un ton ferme.

Mais il n'en croyait pas un mot. Il savait que la seule chance que cette femme avait de s'en sortir, c'était de s'échapper pendant la nuit.

Il se dirigea vers son couchage, attrapa une couverture et la lança à Little Bird.

— Installe-toi à côté du feu et essaye de dormir. Le vieil homme veut partir au lever du jour.

2

L'aube pointait à peine quand Flame se réveilla. Elle demeura un moment allongée à regarder les contours familiers de sa chambre prendre peu à peu forme : la table bancale près de son étroit lit, la vieille armoire au miroir fêlé, et la chaise qui complétait le mobilier, dont le dossier bloquait la poignée de la porte.

Elle s'étira et bâilla sans retenue. Elle n'avait pas bien dormi. Des gémissements, des grognements et des grincements de lit provenant de la chambre d'à côté l'avaient réveillée à plusieurs reprises.

Elle aurait pourtant dû y être habituée, songea-t-elle sombrement. Ce manège durait depuis deux semaines. Depuis que sa mère, Bertha, partageait son lit avec un nouvel homme.

Elle se rappela le jour où Deke Cobbs était arrivé au ranch. Un vagabond à la recherche d'un petit boulot, avait-elle deviné au premier coup d'œil. Debout à la fenêtre de la cuisine, elle l'avait regardé descendre de son cheval en priant pour que sa mère ne le voie pas. Il n'était pas vilain, dans le genre rude, et sa mère était littéralement obsédée par les hommes. Si cet étranger y était disposé, elle l'inviterait illico à faire partie de la maison.

Elle se souvenait encore du lourd soupir résigné qu'elle avait laissé échapper quand sa mère était entrée dans la cuisine et avait aperçu l'inconnu. Elle avait failli percuter la table dans sa hâte pour aller lui ouvrir la porte. Affichant un sourire de sainte-nitouche, elle l'avait salué et lui avait tendu la main. Il s'en était emparé et l'avait galamment baisée. Tout s'était déroulé comme Flame le redoutait. Le vagabond avait jaugé sa mère d'un seul regard, et lut l'invitation dans ses yeux. Flame avait surpris sur son visage le petit air satisfait du pique-assiette qui s'est enfin trouvé un foyer.

— Je peux tout vous apprendre sur les bovins, avait-il annoncé fièrement.

Tandis que Bertha gloussait sottement, Flame s'était esquivée par la porte de derrière. Elle avait passé la journée dehors. En rentrant ce soir-là, elle avait trouvé Deke Cobbs installé chez eux. La grosse Bertha, qui n'avait jusqu'alors jamais eu les faveurs d'un homme plus jeune qu'elle et de surcroît séduisant, le couvait d'un regard amoureux. Flame avait tout de suite compris qu'elle ne reculerait devant rien pour lui faire plaisir.

Un frisson la parcourut. Dieu fasse que sa mère ne remarque jamais que son amant avait aussi des vues sur sa fille. Bertha avait plus de force qu'un homme et pourrait bien lui briser la nuque si elle soupçon-nait Deke de s'intéresser à elle.

Flame replia le bras sur ses yeux, laissant ses sou-venirs affluer. Elle avait dix-neuf ans, mais depuis l'âge de treize ans, elle avait été en butte aux assauts de nombre des amants de sa mère. Personne ne l'avait jamais aidée à repousser leurs avances. Elle n'aurait pas osé avouer à sa mère que les hommes qu'elle fai-sait entrer dans leur vie essayaient de l'attirer dans leur lit. Ceux-ci ne se calmaient que lorsqu'elle mena-çait de tout raconter à Bertha.

Elle pinça les lèvres avec amertume. Ce que ces types ignoraient, c'était que sa mère ne la défen-drait pas. Elle s'était plainte auprès d'elle la première fois que l'un d'eux l'avait coincée dans la grange. Elle l'avait repoussé à l'aide d'une fourche, puis avait couru se réfugier dans la maison. Terrorisée, sa robe déchirée et les joues inondées de larmes, elle avait raconté en sanglotant à Bertha ce qui venait de se passer. Cette dernière l'avait traitée de menteuse et lui avait flanqué une correction. Depuis lors, elle n'avait cessé de l'observer d'un œil soupçonneux.

Flame soupira, et bascula sur le flanc pour regarder par la fenêtre. Il n'y avait jamais eu de tendresse entre sa mère et elle, et il n'y en aurait jamais. Elles vivaient des vies parallèles et n'avaient aucune chance de se rencontrer. Bertha était jalouse de sa jeunesse et de sa fraîcheur. La haine assombrissait son regard chaque fois qu'il se portait sur Flame. Mais elle n'était pas encore prête à se débarrasser de son unique enfant.

Et Flame savait pourquoi. C'était grâce à son dur labeur qu'elles pouvaient continuer à vivre dans cette maison si délabrée que le toit menaçait de s'envoler chaque fois que le vent soufflait un peu trop fort. C'était elle qui s'occupait de la centaine de têtes de bétail, les conduisait au pâturage, les marquait, les préparait pour les marchés de printemps et d'automne. Elle n'avait guère d'aide de la part des hommes partageant le lit de Bertha. Et Deke Cobbs ne dérogeait certainement pas à la règle. Il passait plus de temps dans le lit de sa mère que dans la prairie.

Au moins, songea-t-elle avec soulagement, sa mère avait-elle suffisamment de bon sens pour gérer l'argent d'une saison sur l'autre afin qu'elles puissent acheter de quoi se nourrir. Les impôts, cependant, n'avaient pas été réglés depuis des années. Flame était surprise qu'elles n'aient pas été forcées de quitter le ranch depuis longtemps.

Elle regarda à travers les carreaux crasseux les bâtiments que le soleil levant commençait à toucher de ses rayons. La remise à outils avec son toit qui fuyait de partout, le poulailler dont le grillage était cassé depuis des années – les poules couvaient dehors, dans les mauvaises herbes. L'écurie, avec sa double porte à demi défoncée, et seulement la moitié du toit pour abriter leurs trois chevaux du vent, de la pluie et de la neige.

Flame se demandait parfois si son sort ne serait pas plus enviable si elles étaient obligées de quitter la propriété. Elle aspirait à autre chose que ces longues journées de travail qui commençaient à l'aube et se terminaient bien après le coucher du soleil. Elle avait envie de jeter ses pantalons usés, ses chemises aux coudes troués. Elle ne possédait pas une seule robe ni les jolis sous-vêtements qui vont avec. Pour autant qu'elle se souvienne, elle n'avait jamais porté de vêtements féminins. Elle rêvait de posséder de belles robes et de jolis souliers qui ne font pas mal aux pieds. Peut-être même un bonnet à rubans bordé de dentelle.

Elle se rappela ses brèves années d'école. Sa mère l'en avait retirée à la fin du primaire sous prétexte qu'elle n'avait pas les moyens de s'offrir un cow-boy pour s'occuper du bétail et qu'elle avait donc besoin de sa fille. Elle avait dix ans et était aussi fine qu'une brindille.

Elle avait tellement envié ses camarades, comparant leurs jolies robes bien propres et repassées à ses pantalons en loques. Elle faisait semblant de ne pas remarquer leurs regards méprisants ou de ne pas entendre leurs gloussements devant ses vieilles bottes boueuses. Elle levait fièrement le menton quand elles désignaient d'un doigt moqueur ses coudes qui pointaient de ses manches et ses pantalons rapiécés.

Quand elle réclamait à sa mère de nouveaux vêtements, celle-ci lui répondait systématiquement qu'elle devait s'estimer heureuse d'avoir déjà de quoi manger. Ce n'était qu'en dernier ressort, quand le tissu était devenu si fin qu'il ne pourrait supporter un nouveau lavage, qu'elle lui achetait à contrecœur une paire de pantalons et une chemise.

Comme si les moqueries et le mépris ne suffisaient pas, en grandissant, elle avait dû supporter les regards insistants des hommes sur ses formes naissantes. Au point qu'elle redoutait d'aller en ville. Peu à peu, elle avait d'ailleurs fini par y renoncer et s'était résolue à ne voir personne d'autre que sa mère et les hommes qui partageaient son lit.

Elle avait supporté la solitude et les mauvais traitements parce qu'elle n'avait pas le choix.

— Qu'est-ce que tu pourrais faire d'autre ? ironisait Bertha. Tu ne sais pas cuisiner. Tu ne sais pas tenir une maison. Tu es trop maigre et quelconque pour servir dans un saloon. Tu es trop timide pour t'asseoir sur les genoux d'un homme et le laisser te caresser un peu. Regarde les choses en face, concluait-elle invariablement, et remercie le ciel que je te permette de continuer à vivre sous mon toit.

Elle ne savait certes pas vraiment cuisiner ni tenir une maison, devait-elle admettre. La faute à sa mère, qui lui avait donné à effectuer des tâches habituellement réservées aux hommes, sans jamais, du reste, lui en être reconnaissante.

Comme chaque fois qu'elle plongeait dans ses souvenirs, Flame songea à son père. Ce père qui les avait abandonnées quand elle avait quatre ans. Elle était trop jeune alors pour comprendre pourquoi il était tellement en colère contre sa mère, pourquoi il avait frappé le cow-boy qui travaillait pour lui. Pas plus qu'elle ne pouvait comprendre pourquoi ce père qu'elle aimait si tendrement l'avait serrée très fort contre lui avant de quitter la maison pour ne jamais revenir.

Lui seul lui offrait une affection sincère, et elle avait pleuré après son départ. Jusqu'au jour où sa mère l'avait giflée et avait menacé de la battre si jamais elle l'entendait encore pleurnicher sur cet incapable. Elle avait continué de pleurer mais en secret.

Toutes ces années, Flame s'était demandé où Rudy Martin était parti, s'il était encore en vie, et s'il lui arrivait de penser à elle. Avec le temps, elle avait fini par deviner la raison de son départ. Il avait dû surprendre sa mère au lit avec son employé. Bertha n'avait jamais eu aucune retenue dans ce domaine-là.

Flame poussa un soupir, et s'assit. Le matelas rembourré de foin craqua quand elle se pencha pour ramasser son pantalon et l'enfiler. Elle se leva pour le faire glisser sur ses hanches, le boutonna, et se rassit. Elle attrapa ses bottes poussiéreuses, et les examina. Non seulement les talons étaient usés, mais les semelles avaient des trous de la taille d'une pièce d'un dollar. Elle ne perdit pas son temps à s'interroger sur ses chances de se voir offrir une paire de bottes neuves avant l'hiver prochain. Elles étaient si faibles…

Après avoir fixé son colt à sa ceinture, elle enleva la chaise qui bloquait la porte et ouvrit le battant. Comme aucun bruit ne lui parvenait de la chambre voisine, elle se rendit à pas de loup dans la cuisine. Elle comptait manger rapidement et quitter la maison avant que Bertha et Deke ne se réveillent. Elle ne tenait pas à leur préparer le petit déjeuner. Une dure journée de travail l'attendait, et elle voulait s'y mettre sans attendre.

Elle alluma le feu dans le fourneau rouillé, puis mit le café à infuser. Après s'être lavé le visage dans la cuvette écaillée, elle se coiffa, s'attacha les cheveux avec un lien de cuir, et se rendit dans le cellier.

Elle s'immobilisa, interdite. L'étagère où se trouvaient d'ordinaire les œufs et le bacon était vide.

— C'est impossible ! s'exclama-t-elle, et elle commença à fourrager dans les autres étagères qui contenaient des conserves et autres produits de base.

Elle finit par retrouver, dissimulés derrière un sac de farine, un gros morceau de bacon et deux œufs. La colère et la peine lui serrèrent le cœur. Sa mère les avait réservés pour le petit déjeuner de Deke. Elle se moquait qu'elle parte travailler sans rien dans le ventre.

Au cours de sa fouille, Flame avait remarqué qu'ils commençaient à être à court de provisions. Pourquoi diable sa mère n'était-elle pas allée faire des courses en ville ?

Une pensée lui traversa l'esprit. Une pensée à laquelle elle n'osait croire. Se pouvait-il qu'elles n'aient déjà plus d'économies ? Bertha avait-elle tout donné à Deke pour qu'il s'achète du whisky ?

Plus elle y réfléchissait, plus elle était convaincue que c'était exactement ce qui avait dû se passer. Sa mère était folle de ce type. Elle savait que la seule manière de le garder était de le nourrir, de le fournir en whisky et de le contenter au lit.

Flame réprima un frisson. Sa mère était à l'évidence prête à tout pour lui. À *tout* !

Eh bien, qu'ils cachent la nourriture ! Elle vivrait des produits de la nature. Elle chasserait les poules de prairie et pêcherait les poissons de la Platte. Elle les ferait cuire sur un feu de camp et dînerait avant de rentrer à la maison. L'épicerie refusait de faire crédit à Bertha, il ne s'écoulerait donc pas beaucoup de temps avant que son nouvel amant ne grimpe sur son cheval et ne décampe.

Une étincelle s'alluma dans ses yeux bleus. Elle aurait un repas chaud ce matin, et tant pis pour ce feignant de Deke !

Elle coupa le bacon en tranches fines qu'elle disposa dans le vieux poêlon noir. Quand la viande commença à grésiller, elle ferma la porte de la cuisine de crainte que l'odeur ne parvienne jusqu'à la chambre de sa mère. Dieu savait ce qu'elle ferait si elle découvrait son larcin.

Le soleil commençait à monter à l'horizon lorsque Flame quitta la maison après avoir avalé son bacon, son œuf et deux tasses de café.

Le battement de la queue d'un castor dans l'eau réveilla Caleb Greenwood. Il n'eut pas besoin de regarder à l'est pour savoir qu'il était temps de se lever. Il roula son couchage, se mit debout et fit jouer ses articulations et ses muscles rouillés.

Il huma l'air. Ça sentait bon le feu de bois et le café frais. Tournant la tête, il découvrit Stone accroupi devant un petit feu en train de faire frire des tranches de porc salé dans une poêle noircie.

— Déjà réveillé? s'étonna-t-il en s'accroupissant au bord de la rivière.

— Je voulais m'assurer que Little Bird ait quelque chose dans le ventre avant de prendre la route. Je me suis rappelé que tu n'étais pas du genre à faire des pauses casse-croûte.

— C'est vrai, reconnut Caleb avant de prendre de l'eau dans ses mains en coupe. Mais je ferais pas ça à une fille qui a déjà l'air d'un moineau décharné.

Il se redressa, se sécha le visage et la barbe avec le mouchoir qu'il avait sorti de sa poche arrière. Il se passa ensuite les doigts dans ses longs cheveux gris, puis planta son vieux chapeau mou sur sa tête. Après quoi, il se dirigea vers l'endroit où Little Bird dormait encore, enroulée dans sa couverture. Du bout de son pied nu, il la poussa doucement. Elle se réveilla en sursaut, et il grommela :

— Debout. On se met en route bientôt.

Little Bird écarta sa chevelure de son visage, adressa un regard ensommeillé à Caleb, puis s'extirpa de sa couverture. Une fois debout, elle demeura un instant immobile, le temps de rassembler ses esprits, puis elle se dirigea vers la rivière et procéda à sa toilette. Après quoi, elle s'enfonça dans les broussailles pour plus d'intimité.

Quand elle revint, Stone lui tendit une assiette de porc frit et un morceau de pain et lui sourit.

— N'aie pas d'inquiétude, lui dit-il. Je connais les gens du village où je t'envoie. Ils te traiteront gentiment. Évidemment, ils attendront de toi que tu travailles.

Little Bird lui jeta un regard surpris.

— Tu pensais que je comptais me laisser entretenir?

Stone parut embarrassé.

— Non, pas du tout, Little Bird. Oublie ce que je viens de dire, d'accord?

— C'est oublié.

Elle lui sourit à son tour, puis demanda :

— Ton ami Shilo me traitera-t-il gentiment lui aussi?

Une lueur ironique brilla dans les yeux de Stone.

— Ce grand Indien n'est gentil avec personne. Mais ne t'arrête pas à ses airs revêches. C'est juste sa façon d'être.

Après un silence, Little Bird risqua d'une voix timide :

— Est-ce que je te reverrai?

— Bien sûr. Le village ne se trouve qu'à quelques kilomètres de chez moi. Shilo et moi nous voyons presque chaque jour.

— C'est bien, fit Little Bird, visiblement ravie.

— Il est temps de partir, petite, intervint Caleb.

Il se leva et lui tendit son assiette vide.

— Lave aussi la mienne, veux-tu? Et ne traîne pas.

Quelques minutes plus tard, Stone les regardait s'éloigner le long de la rivière. Caleb sur sa vieille mule grise et Little Bird marchant derrière lui. Il secoua la tête. Les femmes indiennes n'avaient pas la vie facile.

Aucune femme ne l'avait dans l'Ouest.

Quand Flame entra dans l'écurie, Lady, sa petite jument, sortit la tête du box et hennit doucement pour l'accueillir. La jeune fille la gratta entre les oreilles, puis entreprit de la seller.

Elle la sortit dans la cour, puis grimpa sur son dos, et s'éloigna d'un pas tranquille en direction de la prairie.

Elle aimait beaucoup cette période de l'année. Les fleurs sauvages qui s'éparpillaient dans l'herbe verdoyante et les arbres parés de jeunes feuilles d'un vert tendre avaient métamorphosé le morne paysage d'hiver.

Arrivée au sommet d'une colline, Flame cessa de contempler le paysage et reporta son attention sur l'enclos, en contrebas, où couraient une douzaine de jeunes veaux, leurs cavalcades soulevant des nuages de poussière. Avec un soupir, elle guida Lady le long de la pente, mit pied à terre et commença sa journée de travail.

À midi, elle avait réussi à maîtriser et à marquer la moitié des bêtes. Le soleil était accablant, et elle était en nage. Elle ôta son vieux chapeau poussiéreux et le suspendit au pommeau de la selle. Puis elle dénoua le bandana qui lui ceignait le cou et le noua autour de son front à la manière indienne, histoire d'éponger la transpiration qui lui coulait dans les yeux.

Après avoir fait jouer ses muscles douloureux, elle jeta un coup d'œil à sa jument. Celle-ci avait l'air aussi épuisée qu'elle.

— Viens, ma belle, murmura-t-elle en s'emparant des rênes. Allons nous rafraîchir à la rivière.

Une fois arrivée à la Platte, elle s'agenouilla sur la rive, plongea les mains en coupe dans l'eau divinement fraîche, et les porta à sa bouche. Elle avait encore le goût de la neige, remarqua-t-elle.

Quand elle se fut bien désaltérée, elle se rafraîchit le visage, Puis elle alla s'asseoir au pied d'un peuplier, le dos appuyé au tronc.

Cet endroit était l'un de ses préférés. Son père l'y emmenait souvent. Ils jouaient ensemble au bord de l'eau. Ses initiales étaient d'ailleurs gravées sur l'arbre au pied duquel elle se reposait. *R.M.* Juste en dessous, deux autres initiales avaient été ajoutées. *R.C.* Elle s'était toujours demandé de qui il s'agissait. Pas de sa mère, en tout cas.

Elle s'accorda une pause de dix minutes et s'apprêtait à retourner travailler quand elle entendit des meuglements affolés. Se levant d'un bond, elle tendit l'oreille. La clameur provenait de l'endroit où le troupeau était en train de paître.

Elle grimpa en selle et éperonna sa monture en direction de la colline qui cachait le troupeau à sa vue. Une fois le sommet atteint, elle tira sur les rênes, les yeux écarquillés. Une bonne douzaine de ses bêtes avaient été séparées du troupeau et s'éloignaient, encadrées par Deke Cobbs et un cow-boy qu'elle ne connaissait pas.

Elle s'apprêtait à dévaler la pente à toute allure lorsque Deke l'aperçut. Il fit volter son cheval et chevaucha dans sa direction, laissant son compagnon s'occuper des bêtes.

— Qu'est-ce que tu fabriques ? lança-t-elle, furieuse, quand il l'eut rejointe. Attends que je raconte à Bertha ce que tu manigances. Elle te mettra à la porte avant que tu aies le temps de dire ouf !

— Tu crois ça, pauvre idiote ? ricana-t-il. Bertha est au courant, figure-toi. Autant que tu le saches, on a décidé de vendre le troupeau dès que tu auras fini de marquer les veaux.

Comme elle le fixait avec incrédulité, Deke se rapprocha.

— Si tu avais été plus gentille avec moi, j'aurais pu convaincre Bertha de t'emmener avec nous. Elle a prévu de te laisser.

Il ponctua ses paroles d'un regard sans équivoque.

— Si on allait se baigner ? On pourrait apprendre à mieux se connaître, toi et moi.

Flame le regarda avec un mépris non dissimulé.

— Je sais exactement ce que tu vaux, espèce de parasite. Je n'irai nulle part avec toi, même si ma vie en dépendait.

Sur ce, elle fit tourner sa jument et repartit au galop en direction de la rivière.

Des larmes de frustration l'aveuglaient. Quelles sortes de promesses ce moins-que-rien avait-il donc faites à son imbécile de mère ?

Quand elle fut suffisamment loin, elle ralentit l'allure et relâcha les rênes. Ses épaules s'affaissèrent. Apparemment, elle allait se retrouver livrée à elle-même plus tôt qu'elle ne s'y attendait. Sans le bétail, et sans argent pour en racheter, elle ne pourrait plus faire fonctionner le ranch.

Qu'allait-elle devenir ? Les yeux brouillés de larmes, elle contempla la prairie.

Il lui fallait absolument trouver une solution, un plan de survie, se dit-elle en mettant pied à terre. Mais pour l'heure, elle n'avait pas la moindre idée de la façon dont elle pourrait se sortir de cette impasse.

Assise à l'ombre des saules, elle passa l'après-midi à lancer des pierres dans la rivière tout en se creusant la tête. Après avoir passé plusieurs possibilités en revue, il lui apparut qu'elle n'avait d'autre choix que de travailler dans un ranch. Le métier de cow-boy était le seul qu'elle maîtrisait vraiment.

Plus elle y réfléchissait, plus cette idée lui plaisait. Elle se ferait passer pour un garçon. Elle se couperait les cheveux et se banderait le torse pour dissimuler ses seins. Elle n'eut pas le temps de creuser la question que le sommeil s'empara d'elle brutalement.

Le soleil était bas sur l'horizon quand les gargouillements de son estomac vide la réveillèrent. Presque au même instant elle entendit le caquètement de poules sauvages. Elle se leva sans bruit.

Elle savait se servir d'un revolver et, un quart d'heure plus tard, elle revenait avec une poule à la main. Elle entreprit de construire un petit feu, pluma le volatile et le mit à rôtir.

La viande était tendre et croustillante à souhait. Une fois l'estomac plein, Flame trouva enfin le courage de regagner le ranch.

3

Le soleil s'enfonçait lentement derrière l'horizon.
Il ferait bientôt nuit. Shilo se tenait sur une petite
butte, embrassant du regard la vallée assoupie. Il
aimait cette heure où les aînés se réunissaient autour
d'un grand feu, au centre du village, pour évoquer les
temps anciens tandis que les femmes préparaient le
repas du soir pour leur famille.

Shilo avait passé la journée à chasser le daim dans
la montagne. Il n'avait vu que des biches avec leurs
faons. Bien entendu, il les avait épargnées. Sans leur
mère, les jeunes mourraient rapidement de faim, s'ils
n'étaient pas dévorés par une bande de loups affamés.

Il rentrait donc au village les mains vides. Il espérait que les autres guerriers avaient eu plus de chance
qu'il n'en avait eu ces deux derniers jours.

Le bel Indien poussa un profond soupir. Diriger et
guider son peuple était une responsabilité qui pesait
lourdement sur ses épaules. Jamais il n'aurait imaginé que ce devoir lui incomberait si tôt ; jamais il
n'avait vraiment réfléchi à ce que serait sa vie lorsqu'il deviendrait chef.

Six mois auparavant, le cheval de son père avait fait
une chute au cours d'une chasse au buffle et ce dernier
avait été piétiné à mort. À l'âge de trente-six ans, Shilo
s'était brutalement retrouvé à la tête de son peuple.
Était-il à la hauteur de la tâche que l'on attendait de

lui ? Il l'ignorait. Il avait toujours été du genre insouciant. Jeune garçon, il avait mené une existence libre de toute entrave, chassant et pêchant avec son ami Stone Falcon. Plus tard, devenus adultes, il buvait le whisky de l'homme blanc, couchait avec les prostituées blanches que Stone ramenait. Sans parler des femmes indiennes, veuves ou d'épouses infidèles, qui passaient volontiers entre leurs bras.

Tout en descendant la colline en direction de la Platte, Shilo songea que ces jours bénis appartenaient définitivement au passé. Ce qui l'inquiétait le plus, c'était la fonction de sage conseiller qu'il était censé assumer auprès de son peuple. L'écouterait-on ? Il n'avait pas fait preuve de beaucoup de sagesse jusqu'à présent. Un autre profond soupir lui souleva la poitrine. On attendait aussi de lui qu'il choisisse une femme, maintenant, qu'il se range et fasse des enfants.

Il atteignit la Platte et suivit son cours, se représentant mentalement les jeunes filles de son village. Aucune ne l'attirait. Il avait toujours eu l'intime conviction que son village réunissait les filles les moins séduisantes de tous les campements indiens installés le long de la Platte.

Il décida de réfléchir à ce problème plus tard et s'arrêta à l'endroit où la rivière était la plus basse. Il s'avança dans l'eau, progressant entre les roseaux qui lui arrivaient à la taille, cherchant le canoë qu'il avait caché là avant de partir à la chasse. Il espérait qu'aucun jeune guerrier ne l'avait trouvé et n'avait pris la liberté de s'en servir, car sans son canoë, il aurait un long chemin à parcourir à pied pour rentrer.

Par chance, il était là où il l'avait laissé. Il poussa l'embarcation sur la rivière au-dessus de laquelle commençait à se former un voile de brume. Le courant l'entraîna rapidement là où la rivière formait une fourche. Il prit l'embranchement de droite, et atteignit quelques minutes plus tard la rive sableuse où il comptait accoster.

Sautant dans l'eau, il tira le bateau sur la rive et le cacha de nouveau parmi les roseaux. Une fois qu'il l'eut arrimé avec une grosse pierre, il se dirigea vers le chemin qui montait au village.

Il se figea soudain. La silhouette d'un homme assis sur une mule se découpait dans la pénombre. Une jeune fille se tenait près de la tête de l'animal. Shilo porta la main au pistolet logé dans sa ceinture et se remit en marche.

— Tu es perdu, vieil homme ? demanda-t-il quand il eut rejoint l'inconnu. De ce côté de la rivière, tu es en territoire Ute.

— Je sais où je suis, rétorqua le vieillard d'un ton irrité. J'ai parcouru ce territoire avant que tu sois né. J'ai probablement fumé le calumet de la paix avec ton grand-père.

Shilo retint un sourire amusé. Ce vieux grincheux disait sans aucun doute la vérité. Il avait souvent entendu les anciens parler avec respect des hommes de la montagne. Ils racontaient comment ces derniers passaient des hivers entiers dans leurs villages, aidant à la chasse pour pouvoir survivre.

— Es-tu venu pour fumer de nouveau le calumet de la paix ? s'enquit Shilo. Ou as-tu l'intention de voler l'une de nos jeunes filles pendant notre sommeil ?

— Ni l'un ni l'autre, répondit promptement le vieil homme. Je suis ici pour rendre service à un gars du nom de Stone Falcon.

Toute envie de plaisanter quitta Shilo.

— Mon ami a un problème ? demanda-t-il vivement.

— Je dirai ça à l'homme à qui je suis censé parler.

— Et qui est cet homme ? insista Shilo avec impatience.

Caleb scruta l'Indien. Pas commode, songea-t-il. Il pourrait devenir méchant si les circonstances s'y prêtaient.

Il répondit d'un ton grincheux :

— Je ne sais pas si cela te regarde, mais le nom du guerrier en question est Shilo.

Un juron fusa des lèvres de Shilo.

— Vieil idiot, pourquoi ne l'as-tu pas dit tout de suite ? Je suis Shilo. Est-ce que Stone va bien ?

— Surveille ta langue, homme rouge.

Caleb posa sa main noueuse sur le manche du couteau qui dépassait de sa ceinture.

— Je suis encore capable de te tailler en pièces.

Le visage de Shilo se radoucit. Dans son inquiétude pour son ami, il avait involontairement insulté le vieil homme. Son âge exigeait plus de respect.

— Pardonne-moi. Mes paroles ont dépassé ma pensée. Je suis inquiet pour Stone.

— Je préfère ça, grommela Caleb, que les excuses de Shilo avaient toutefois calmé. Stone avait l'air de bien se porter la dernière fois que je l'ai vu.

Du plat de son mocassin, il poussa doucement Little Bird.

— Il m'a chargé de te demander de l'accueillir dans ton village. C'est une Ute du nord. Elle s'appelle Little Bird. Elle ne parle pas beaucoup.

Shilo regarda d'un air perplexe la jeune squaw qui avait trébuché en avant. Le vieil homme lui racontait des bobards. Stone n'aurait jamais été attiré par une créature pareille. Il considéra son visage crasseux et ses pieds poussiéreux, ses cheveux emmêlés, la robe en loques qui pendait sur son corps frêle.

Son regard revint à Caleb.

— Quand Stone t'a demandé de m'amener cette... cette fille, il était ivre ?

— Non. Il était aussi sérieux qu'un pape. Ils venaient juste de terminer de dîner.

Comme Shilo se taisait, le regard soudain lointain, Caleb demanda :

— Tu la prends ou pas ? Je vais pas la garder avec moi. Elle me servirait à rien.

— À moi non plus.

Shilo lâcha un juron dans sa langue maternelle.

— Mais si Stone a eu une tocade pour elle, reprit-il, je lui trouverai une place dans notre village.

— Parfait, dit Caleb, grandement soulagé.

Et tandis que Shilo examinait de nouveau Little Bird d'un air dédaigneux, l'homme de la montagne s'éloigna tranquillement sur sa mule.

— Espèce de vieille canaille, articula rageusement Shilo quand, détournant les yeux de Little Bird, il s'aperçut que Caleb était parti.

Il voulait lui demander s'il savait quand Stone comptait rentrer. Il ne tenait pas à garder cette fille plus longtemps que nécessaire.

— Suis-moi, dit-il sans lui accorder un regard. On y va.

Il marchait si vite qu'elle devait presque courir pour se maintenir à sa hauteur. Il ne ralentit pas l'allure pour autant, si bien qu'au bout d'un moment, Little Bird commença à avoir du mal à respirer.

Cet homme arrogant le faisait exprès, devina-t-elle, en proie à un ressentiment croissant. Elle avait lu le mépris dans son regard. Elle savait qu'il n'avait pas une bonne opinion d'elle et n'avait accepté de l'emmener dans son village que pour faire plaisir à son ami.

Reverrait-elle un jour Stone Falcon ? Elle l'espérait. Il s'était montré gentil avec elle, de façon spontanée et désintéressée, et elle sentait qu'elle pouvait compter sur lui.

La douleur dans sa poitrine allait en augmentant, jusqu'à devenir intolérable. À bout de souffle, elle finit par s'adosser à un arbre, la main pressée contre sa cage thoracique.

— Je... ne peux... pas continuer, haleta-t-elle. Je dois... me reposer un peu.

Shilo s'immobilisa, et pivota sur ses talons.

— Arrête de geindre, dit-il froidement. Tu pourras te reposer autant que tu voudras quand tu seras morte.

Little Bird regrettait de n'avoir pas la force, et le courage, de foncer sur lui, de l'attraper par les cheveux et de le jeter à terre pour le marteler de coups de poing.

Découragée, elle se laissa glisser au sol.

— Je ne peux plus avancer.

Les poings sur les hanches, ses longues jambes écartées, Shilo gronda :

— Dans ce cas, reste là. Quand tu seras décidée à marcher, suis ce chemin jusqu'au village.

Sans un regard en arrière il repartit du même pas rapide.

— À quelle distance se trouve ton village ? cria Little Bird.

Il feignit de ne pas l'avoir entendue. Elle murmura une insulte indienne et regretta de nouveau de ne pas être assez forte pour se mesurer à lui physiquement.

Elle attendit que son souffle ait retrouvé un rythme normal et que la douleur se soit apaisée pour se remettre en route.

Quelques minutes plus tard, des rires d'enfants et des aboiements lui parvinrent. Elle contourna d'énormes blocs de rochers qui semblaient avoir été jetés là par un géant et se retrouva face à une demi-douzaine de chiens qui aboyaient en montrant les dents. Elle recula lentement, le cœur battant à tout rompre.

Les enfants cessèrent de jouer et, après l'avoir regardée avec curiosité, ordonnèrent aux chiens de se tenir tranquilles. Ils se rassemblèrent autour d'elle.

— Tu es perdue ? demanda un garçon.

— Je ne crois pas. Pas si un guerrier du nom de Shilo habite ici.

— Tu connais Shilo ? s'étonna une fillette d'environ huit ans en la détaillant sans vergogne.

Little Bird s'apprêtait à répondre quand Shilo sortit d'une grande tente et se dirigea vers eux. Il affichait la même expression sévère que lorsque le vieil homme de la montagne l'avait poussée vers lui.

Ignorant Little Bird, il lança un regard réprobateur aux enfants et leur ordonna de déguerpir. La jeune fille en était à se demander s'il existait une seule personne aimable dans cette tribu quand une jolie femme d'âge mûr les rejoignit.

— Tu logeras avec ma mère jusqu'à ce que je décide quoi faire de toi, annonça Shilo d'une voix dure.

— Je… je ne resterai pas ici, dans votre village ? demanda Little Bird avec inquiétude.

Mais il s'éloignait déjà en direction d'un tipi près d'un bouquet d'arbres.

— Ne t'inquiète pas, jeune fille, répondit la femme à sa place. Nous prendrons soin de toi. Ne tiens pas rigueur à mon fils de sa brutalité. C'est sa façon d'être.

Elle prit Little Bird par le bras.

— Viens, je vais te donner à manger. Après quoi, tu te laveras et enfileras des habits propres.

Little Bird sourit timidement à la femme, se demandant pourquoi elle avait l'air si triste.

— Tu es très gentille, dit-elle. Je m'appelle Little Bird.

— Je suis heureuse de faire ta connaissance, Little Bird. Je suis Moonlight. Tu me rappelles beaucoup la fille que j'ai perdue à cause de la variole ; elle avait à peu près ton âge.

— Je suis désolée.

— Ne parlons pas de choses tristes. Allons chez moi où tu pourras te restaurer.

Shilo attendait impatiemment devant la tente de sa mère quand elles arrivèrent.

— Tu as tout ce qu'il faut pour nettoyer la fille ? demanda-t-il à sa mère d'un ton bourru.

Celle-ci lui adressa un regard réprobateur.

— Elle s'appelle Little Bird, lui rappela-t-elle. Et, oui, j'ai tout ce qu'il faut. Mais j'aimerais que tu demandes à l'une des jeunes filles de faire chauffer de l'eau pour un bain et de nous l'apporter.

Shilo fila sans répondre, et les deux femmes pénétrèrent dans le tipi.

— Ton fils ne veut pas de moi ici, soupira Little Bird. Il ne tolère ma présence que parce que son ami Stone Falcon le lui a demandé.

— Il craint peut-être que tu ne t'interposes entre Stone et lui. Ils sont très proches depuis l'enfance.

Moonlight s'empara d'une longue cuillère en bois qu'elle plongea dans une marmite mijotant au-dessus d'un petit feu au centre de la tente.

— Il n'a aucune inquiétude à avoir de ce côté-là, assura Little Bird. Le rancher ne s'intéresse pas à moi. C'est un homme bon. Il m'a sauvée des mains d'hommes blancs qui voulaient m'emmener dans leur campement et abuser de moi. Je lui en serai éternellement reconnaissante.

— Avec raison. Ta vie aurait été irrémédiablement gâchée sans son intervention. Aucun homme décent n'aurait plus voulu de toi ensuite. Tu es trop jeune pour subir une chose pareille.

— Je suis plus âgée que je n'en ai l'air, contra timidement Little Bird.

Après l'avoir examinée de près, Moonlight déclara :

— Je dirais que tu n'as pas plus de douze ans.

— J'en ai seize, avoua Little Bird, amusée.

— Eh bien, tu ne fais pas du tout ton âge.

Moonlight saisit un bol en bois posé sur une pierre plate à côté du feu. Tout en le remplissant, elle reprit :

— Il est temps pour toi de trouver un jeune guerrier et de te marier, d'avoir un wigwam à toi dont tu auras la charge.

— Avoir mon propre foyer est mon plus cher désir. J'ai perdu mes parents quand j'avais douze ans et j'ai vécu avec ma tante et son mari jusqu'à l'année dernière. Puis le mari de ma tante est tombé malade et il est mort.

L'expression de Little Bird devint infiniment triste tandis qu'elle enchaînait :

— Nous n'avions aucun parent homme pour subvenir à nos besoins, et ma tante et moi sommes devenues pratiquement des esclaves dans notre propre village. Nous devions obéir aux ordres des autres femmes, et si nous osions refuser, nous n'avions pas à manger.

Moonlight compatissait avec la jeune orpheline mais elle n'exprima pas ses sentiments. C'était la coutume chez les Indiens : une femme sans homme pour prendre soin d'elle devait soit se marier de nouveau soit travailler dur pour une couverture et quelques miettes de nourriture. Parfois, ces malheureuses femmes étaient envoyées hors du village pour ramener ce qu'elles pouvaient. Nombre d'entre elles finissaient par se prostituer. Stone avait sauvé cette petite d'un tel destin.

Pendant que Little Bird mangeait avec appétit, Moonlight s'agenouilla devant une grande malle à l'autre bout du tipi. Elle en sortit trois pièces de vêtements : un caraco en coton, une robe en daim à franges et une paire de mocassins décorés de perles.

Little Bird venait juste de terminer son repas quand une fille qui devait avoir à peu près son âge entra, un seau d'eau chaude dans chaque main. Elle coula un regard curieux vers Little Bird tout en posant les récipients sur le sol, puis elle alla chercher la grande cuvette en terre cuite suspendue au mur et l'installa près du feu. Elle se tourna ensuite vers Moonlight, qui la congédia d'un sourire.

— Je vais d'abord te laver les cheveux, annonça celle-ci.

Elle attrapa un seau, versa la moitié de son contenu dans la cuvette, et fit signe à Little Bird d'approcher.

— Approche, petite, et penche-toi.

Il ne fallut pas moins de trois lavages pour nettoyer convenablement les cheveux de Little Bird. Au troisième rinçage, sa longue chevelure noire brillait comme un joyau.

Moonlight l'essora, puis la rassembla au sommet du crâne de Little Bird et la fixa avec deux longues épines de caroubier.

— À présent, enlève cette robe et jette-la dans le feu, ordonna-t-elle.

Pendant que Moonlight allait jeter l'eau sale à l'extérieur du tipi, Little Bird se débarrassa de ses oripeaux. Moonlight revint, versa le reste du seau dans la cuvette, puis s'agenouilla et prit le pain de savon rose posé sur les vêtements propres. Elle l'approcha du visage de Little Bird.

— Sens ce parfum. Shilo l'a acheté pour moi à une femme blanche. Il donnera à ta peau l'odeur des fleurs sauvages. Les jeunes guerriers seront attirés par toi.

À l'extérieur du tipi, deux jeunes garçons échangèrent un regard, puis plaquèrent la main sur la bouche pour éviter de rire trop fort. Ils savaient que la femme blanche n'avait pas vendu le savon à leur nouveau chef. Elle le lui avait offert, de même qu'un tas d'autres cadeaux. Quasiment tout le monde au village savait qu'Opal donnerait au grand Shilo tout ce qu'il voulait pourvu qu'il couche avec elle régulièrement.

— Ça sent bon, reconnut Little Bird. Mais je doute que les jeunes guerriers soient attirés par moi. Je suis trop laide.

— D'où te vient une telle idée? s'étonna Moonlight.

— Tous les gens de mon village le disent. Ils m'appellent la Vilaine.

La mère de Shilo prit le visage de Little Bird en coupe entre ses mains. Elle examina les traits délicats et les doux yeux noisette.

— Ils disent cela parce qu'ils n'ont jamais pris le temps de regarder sous la crasse, déclara-t-elle. Quand je t'aurai lavée, tu seras belle.

Moonlight fit mousser le savon sur un bout de tissu et commença à le passer sur le visage de Little Bird.

— Raconte-moi comment ta tante et toi êtes tombées entre les mains des hommes blancs.

Little Bird ferma les yeux pour que le savon ne la pique pas et relata l'histoire.

— Et ces quatre brutes ont quitté le saloon en emmenant ma tante avec eux, conclut-elle. J'ai tellement peur pour elle.

Et tu as parfaitement raison, pensa tristement Moonlight. La femme ne vivrait probablement pas longtemps. La façon dont certains Blancs traitaient les Indiennes était atroce. Beaucoup d'hommes aussi parmi les Indiens maltraitaient leur femme.

Elle ne put retenir un soupir en songeant à la cruauté des hommes, puis demanda :

— Que s'est-il passé ensuite, Little Bird ?

— Stone ne voulait pas de moi, il ne savait pas quoi faire de moi. Il m'a emmenée à son campement et m'a donné à manger. Un vieil homme de la montagne est arrivé sur ces entrefaites. Stone lui a demandé de me conduire auprès de ton fils. Il a dit que Shilo m'accueillerait dans son village.

Tandis que Moonlight la séchait, Little Bird observa d'un ton grave :

— Shilo n'était visiblement pas content de devoir s'occuper de moi.

Moonlight ne répondit pas, mais elle sourit intérieurement. Son fils changerait d'avis, elle en était convaincue, dès qu'il aurait vu cette jeune fille propre et correctement vêtue.

Il était 20 heures quand Flame atteignit le ranch. Elle conduisit Lady à l'écurie et gagna la maison. Les nerfs tendus à craquer, elle gravit les marches. Bertha et Deke étaient assis sur la terrasse au plancher de bois pourri qui courait devant la façade. Ils parlaient d'un couple de nouveaux colons qui campaient non loin du ranch. D'un seul regard sur Bertha, Flame comprit qu'elle avait plus qu'abusé de la bouteille d'alcool posée par terre entre eux.

— Je veux qu'ils soient sortis de ma propriété demain matin, tonna-t-elle d'une voix pâteuse.

Comme d'habitude, elle ignora sa fille. Elle ne s'intéressait à elle que lorsqu'elle avait besoin d'elle ou était en colère contre elle.

Deke, en revanche, la gratifia d'un regard lubrique, ses yeux voyageant de ses seins au bas de son ventre. Il glissa un coup d'œil à Bertha, et quand il vit qu'elle s'était affaissée tête en avant, il passa une main suggestive sur sa braguette.

— Tu as l'air fatiguée, chérie, dit-il, suffisamment bas pour ne pas risquer que Bertha l'entende. Si tu venais me retrouver dans l'écurie, tout à l'heure ? Je pourrais t'aider à oublier ta fatigue. Te faire te sentir vraiment très bien.

Flame lui adressa un regard assassin.

— La seule façon dont tu pourrais m'aider à me sentir bien serait de crever sur-le-champ.

— Tu penses pas ce que tu dis, ricana-t-il. Laisse-moi plutôt te montrer ce que je te garde en réserve.

Sur ce, il commença à déboutonner son pantalon.

Flame se demandait si elle rêvait. Bon sang, sa mère était assise juste à côté de lui ! Mais il était aussi ivre que Bertha, et capable de tout.

Vive comme l'éclair, elle plongea la main dans sa botte droite et en sortit un couteau. Une fraction de seconde plus tard, une lame de quinze centimètres en jaillissait. L'arme tendue devant elle, Flame s'avança vers Deke.

— Je vais te donner un coup de main, souffla-t-elle, le regard chargé de menace.

— Hé ! s'exclama Deke en se redressant sur sa chaise. Je blaguais. Pose ce foutu truc !

50

— Dans une seconde, répondit Flame d'une voix dangereusement douce.

Sa main vola dans les airs, la longue lame balaya la braguette de Deke dont les boutons s'éparpillèrent au sol.

— Espèce de dingue, s'étrangla-t-il en protégeant son sexe des deux mains. Tu as de la chance de pas m'avoir blessé.

Le gratifiant d'un regard haineux, Flame articula lentement :

— La prochaine fois, je te châtre, sale larve.

Elle se détourna et entra dans la maison au pas de charge, tandis que Deke lançait d'un ton hargneux :

— Un de ces quatre, je te coincerai sans ton couteau. On verra si tu es aussi courageuse.

Flame ignora sa menace. Elle retint sa respiration le temps de traverser le petit couloir qui empestait l'alcool, les corps sales et le sexe, et se rua dans sa chambre.

Épuisée et tremblante de rage, elle se débarrassa de ses bottes, se déshabilla et prit sa chemise de nuit sous l'oreiller. Tandis qu'elle l'enfilait, un éclair illumina la pièce. L'orage n'allait pas tarder à éclater.

Elle venait à peine de s'allonger et d'étirer ses membres douloureux quand un grondement de tonnerre ébranla la maison.

La pluie l'avait précédé de peu, et elle avait entendu Deke et sa mère rentrer. Elle étouffa un accès de rire en se demandant comment ce dernier allait expliquer la disparition des boutons de son pantalon.

Tout était calme dans la chambre voisine, les deux amants assommés par l'alcool ayant probablement sombré dans un sommeil profond.

Comme elle se tournait sur le côté, Flame s'aperçut qu'elle avait oublié de mettre la chaise pour bloquer la porte.

Elle était si fatiguée qu'elle hésitait à se relever.

Après réflexion, elle décida qu'elle ne courait aucun danger pour cette nuit. Elle entendait Deke ronfler bruyamment. Avec la quantité d'alcool qu'il avait ingurgitée, il était hors d'état de nuire.

Elle glissait doucement dans le sommeil, se demandant de quoi serait fait le lendemain, quand un craquement la tira de sa somnolence. Aussitôt, en alerte, elle se redressa dans son lit. À cet instant, un éclair illumina la pièce, et elle étouffa un cri : une silhouette sombre se découpait sur le seuil de sa chambre.

Le cœur battant à tout rompre, elle vit Deke s'approcher furtivement.

— Qu'est-ce que tu veux ? lança-t-elle en se recroquevillant contre le mur.

— Tu le sais parfaitement, répondit-il d'une voix traînante. Je veux me glisser entre tes longues jambes. Je pense qu'à ça depuis la première fois que je t'ai vue.

Flame remonta le drap jusqu'au menton. Elle se serait flanqué des gifles. Non seulement elle n'avait pas bloqué cette fichue porte, mais elle avait aussi oublié de cacher son colt sous son oreiller. Elle savait qu'il était inutile d'appeler sa mère à l'aide. Celle-ci cuvait son vin et ne l'entendrait pas. Et quand bien même elle serait en pleine possession de ses moyens, elle ne prendrait pas son parti, mais se contenterait de lui reprocher d'avoir attiré son amant dans sa chambre.

Flame tenta de ramener Deke à la raison.

— Et que fais-tu de ma mère ? Elle tient beaucoup à toi. Elle serait blessée d'apprendre que tu as voulu coucher avec moi.

— Je me fiche complètement de ce que ressent cette grosse vache, rétorqua-t-il avec mépris. J'ai tué le temps avec elle en attendant d'être avec toi. Et je crois bien que notre heure est enfin arrivée.

— Jamais.

Tout se passa très vite. Avant que Flame ait pu bondir du lit, Deke arracha le drap et le jeta par terre. Puis, avec une rapidité saisissante, il la renversa sur le dos et remonta sa chemise de nuit sur ses hanches.

Avec la force du désespoir, elle lutta contre les mains calleuses qui tentaient de lui écarter les cuisses. Ce salaud de Deke lâcha un rire gras quand elle s'attaqua à son visage. Folle de rage, elle enfonça les ongles dans sa chair, lui arrachant un juron. Il la gifla violemment, mais elle continua de se débattre. Jusqu'à l'épuisement. Enfin, à bout de forces, vaincue, elle cessa de se débattre, résignée à son sort.

Impuissante, elle sentit Deke lui écarter brutalement les jambes. Il se positionnait pour la pénétrer quand un grondement explosa dans la chambre. Brandissant une lampe, Bertha les fusillait du regard.

— Qu'est-ce qui se passe ici ? hurla-t-elle, le visage déformé par la rage.

Deke bondit hors du lit. Encore sous le choc, Flame l'entendit déclarer d'une voix geignarde :

— Bertha, chérie, tu sais bien qu'elle me fait du rentre-dedans, qu'elle se colle à moi dès qu'elle peut comme une chatte en chaleur. Ce soir, quand tu t'es endormie, elle est venue se glisser dans le lit à côté de moi. Elle a commencé à me caresser, à me raconter tout ce qu'elle allait me faire. Pardon, ma chérie, mais j'ai pas pu résister. Après tout, je suis qu'un homme.

Avant que Flame ait pu se rebiffer et traiter ce salopard de menteur, sa mère se jeta sur elle. Avec un cri de rage, elle gifla à toute volée son visage délicat.

— Espèce de garce ! hurla-t-elle. Je savais depuis le début que tu voulais Deke pour toi.

— Tu te trompes, protesta Flame en portant la main à sa joue. Je n'ai jamais…

Elle n'eut pas le temps d'achever sa phrase. Bertha l'attrapa par les cheveux et la jeta brutalement à terre. Alors qu'elle gisait sur le sol, étourdie, le souffle coupé, sa mère commença à lui marteler le visage et la poitrine de ses poings. Recroquevillée sur elle-même, Flame essayait tant bien que mal de se protéger de ses bras tandis que les coups pleuvaient encore et encore, comme s'ils ne devaient jamais s'arrêter.

Elle était au bord de perdre connaissance quand Deke intervint :

— Ça suffit, Bertha. Tu vas la tuer.

Le poing levé, Bertha s'immobilisa et baissa sur sa fille, qui gémissait de douleur, un regard empli de haine. Elle demeura ainsi un moment, le souffle court, puis elle se pencha soudain, empoigna les cheveux de Flame, et ordonna :

— Ouvre la porte, Deke !

Ce dernier s'exécuta, elle traîna Flame derrière elle jusqu'à la cuisine.

— Cette ordure va retourner d'où elle vient, éructa-t-elle.

4

L'orage éclata brusquement, avec une violence qui prit Stone par surprise. Des éclairs zébraient le ciel, le tonnerre grondait, et la pluie tombait à verse. Stone scruta les alentours à la recherche d'un abri.

Il avait chevauché toute la journée à la recherche de sa mystérieuse inconnue, s'arrêtant dans des ranchs isolés et explorant des vallées reculées. Il estimait avoir effectué, approximativement, une boucle et se trouver à présent à une quinzaine de kilomètres de son point de départ.

À la faveur d'un éclair, il repéra une saillie rocheuse à environ trois cents mètres. Il devrait pouvoir s'abriter suffisamment de la pluie ; peut-être même découvrirait-il une grotte...

Il pressa les flancs de Rebel et le guida sur la pente de la colline. Il s'apprêtait à accélérer l'allure quand il aperçut une faible lueur dans la masse sombre des arbres. Il tira sur les rênes, et fit bifurquer l'étalon. À en juger par la fixité de la flamme, il s'agissait d'une lampe. De toute façon, aucun feu de camp n'aurait résisté à un temps pareil. Il s'approcha de l'attrayante lumière.

Il se trouvait encore assez loin de l'éventuel abri quand, par-dessus le vacarme de l'orage, lui parvinrent des cris et des pleurs. Il ralentit le pas, hésitant à se mêler de ce qui était, manifestement, une querelle familiale.

Les pleurs se transformèrent en gémissements déchirants, et soudain, comme si une porte avait été ouverte à la volée, une étroite bande de lumière jaillit de l'obscurité. Sous le regard stupéfait de Stone, une grosse femme apparut, traînant une jeune fille qu'elle abandonna au milieu de la cour. Après quoi, tournant les talons, elle regagna la maison et claqua violemment la porte.

Stone plissa les yeux. La fille gisait sur le dos, la pluie martelant son visage pâle. Ils n'allaient tout de même pas la laisser dehors par un temps pareil ?

Au bout d'un moment, comme personne ne venait, il dut se rendre à l'évidence. Elle allait passer la nuit sous la pluie. Il mit pied à terre pour aller la secourir, et écarquilla les yeux, incrédule. La fille avait réussi à se mettre à quatre pattes et rampait vers un petit bâtiment qui ressemblait à une écurie. Elle disparut à l'intérieur, et il songea qu'elle était au moins à l'abri des intempéries.

Cela dit, elle avait besoin de plus qu'un endroit où s'abriter. Elle n'était même pas capable de marcher. De nouveau, il hésita à intervenir. Il en était encore à s'interroger quand un cheval sortit du bâtiment. La fille était plaquée sur son dos, les bras agrippés autour de son cou.

En une seconde, sa décision fut prise. Si cette fille tentait de fuir, c'était qu'elle craignait pour sa vie. Et si elle tombait de sa monture, elle risquait d'être piétinée.

Stone se remit en selle, et éperonna Rebel. Il rattrapa l'autre cheval en quelques secondes. Le saisissant par la crinière, il le guida vers le groupe de rochers qu'il avait repérés un peu plus tôt.

Il crut qu'il n'atteindrait jamais son but tant il devait progresser lentement de crainte que la fille ne lâche prise et ne fasse une chute.

Au bout de ce qui lui parut une éternité, ils approchèrent de la formation rocheuse. Il laissa Rebel se diriger librement entre les rochers tandis qu'il se concentrait sur la recherche d'un endroit où s'abriter.

Il avait presque abandonné tout espoir d'en trouver quand un violent éclair illumina toute la zone. Il remercia intérieurement le ciel : à seulement quelques mètres de là, l'entrée sombre d'une grotte trouait le chaos rocheux. Il guida son étalon dans sa direction, mit pied à terre et détacha le nécessaire de couchage fixé à l'arrière de la selle. Il dut attendre que la nuit s'illumine de nouveau pour repérer la grotte, qu'il atteignit en quelques enjambées.

Par chance, elle était sèche, quoiqu'une odeur d'humidité flottât dans l'air. Elle n'était pas très spacieuse, mais suffisamment haute pour qu'il s'y tienne debout sans avoir à baisser la tête.

Dans l'obscurité totale, il déroula rapidement les couvertures sur le sol tapissé de gravier. Il ressortit et arriva juste à temps pour cueillir dans ses bras la fille qui commençait à glisser du dos de la jument. Il la ramena au jugé vers l'entrée de la grotte et l'allongea sur les couvertures à la faveur d'un nouvel éclair.

Une fois qu'elle fut installée, il lui prit le poignet et chercha son pouls. Elle était si pâle et immobile qu'il craignit un instant qu'elle n'ait succombé. Mais il perçut bientôt un faible battement sous ses doigts. Une fois encore, il remercia le ciel, puis songea que s'il ne la débarrassait pas rapidement de cette chemise de nuit trempée, elle allait mourir pour de bon.

Sans hésiter il lui ôta le léger vêtement et le jeta au loin. Puis, tâtonnant dans le noir, il enveloppa dans les couvertures son corps qui s'était mis à trembler irrépressiblement. Cela fait, il s'assit sur ses talons et écarta ses cheveux humides de son visage.

Une nouvelle illumination lui permit de repérer un morceau de bougie près de la paroi, à quelques pas de la jeune fille. Et s'il ne se trompait pas, il avait aussi aperçu un tas de branchages dans un coin.

Il sortit des allumettes de la poche de sa veste et en frotta une contre la roche. Une petite flamme jaune jaillit. À sa lueur vacillante, il s'approcha de la bougie. Une fois celle-ci allumée, il s'occupa de rassembler les branches en un petit tas près du couchage. Le bois était sec et il ne fallut que quelques minutes pour qu'un bon feu illumine la grotte.

Stone y voyait à présent assez clair pour effectuer une inspection plus précise de leur abri. Il sourit en voyant un fusil cassé appuyé contre une paroi, et un couteau de poche dépourvu de lame. À côté se trouvaient une poignée de billes et des trognons de pommes. Manifestement, cette grotte était le terrain de jeu d'un petit garçon.

La fille se mit soudain à s'agiter et à gémir. Stone la rejoignit en hâte et s'agenouilla près d'elle. Les yeux comme des soucoupes, il la fixa avec incrédulité. Là, sous ses yeux, se trouvait la beauté rousse qui lui avait volé son cœur. Elle avait un énorme hématome au menton, un autre sur la joue, et un troisième sur sa pommette délicate ; pourtant, il l'aurait reconnu entre mille. À en juger par sa respiration hachée, il devina qu'elle avait aussi des côtes cassées. Et combien d'autres blessures les couvertures dissimulaient-elles ?

Il fronça les sourcils, en proie à un dilemme. Il aurait voulu se rendre compte de l'étendue de ses contusions, mais il ne pouvait se résoudre à la découvrir. Il l'avait déshabillée sans même y penser quand il ignorait qui elle était. Mais maintenant qu'il le savait, il avait le sentiment que ce ne serait pas correct de la voir nue alors qu'elle était réduite à l'impuissance.

Il n'avait pas trente-six solutions, conclut-il. Il la garderait au chaud jusqu'au matin, puis il irait chercher de l'aide. Il y avait un patelin non loin de là, se souvenait-il.

Il était en train d'alimenter le feu quand une voix de femme stridente lui arracha un sursaut.

— Cletie, tu es encore dans cette grotte ? Prépare-toi à recevoir une bonne correction, mon garçon. Je me suis fait un sang d'encre.

Stone se leva et se dirigea vers l'entrée de la grotte. Cette femme pouvait peut-être l'aider. L'orage s'était éloigné, emportant la pluie avec lui. Une grande femme maigre tenant une lanterne à la main émergea de l'obscurité, le front barré d'un pli soucieux. Ses cheveux tirés en arrière dégageaient un visage anguleux au milieu duquel brillaient des yeux noirs de fouine. Elle considéra Stone d'un regard soupçonneux et demanda :

— Qui es-tu, étranger, et que fais-tu ici ?

Comme elle tendait le cou pour regarder dans la grotte, Stone répondit :

— Je m'appelle Stone Falcon. Je n'ai pas vu votre fils.

— Qu'est-il arrivé à votre femme ?

Sans attendre d'y être invitée, elle pénétra dans la grotte, s'accroupit près de la jeune fille.

— Comment est-ce qu'elle s'est retrouvée dans cet état ? enchaîna-t-elle en lui adressant un regard ouvertement accusateur. On dirait qu'elle a été battue à mort avant d'être flanquée à l'eau.

Elle plissa les yeux, le clouant sous son regard.

— Ce n'est pas moi ! se défendit Stone tout en cherchant une explication qui mettrait un terme à ses questions. Nous avons été séparés par l'orage. Quand je l'ai enfin retrouvée, elle était ainsi. Elle n'a pas repris conscience depuis, je n'en sais donc pas plus.

Il entendit les chevaux ruer dehors et cela lui donna une idée.

— Celui qui l'a agressée voulait sa jument, je pense. La selle a disparu. À sa façon de respirer, j'ai bien peur qu'elle n'ait des côtes cassées. Pourriez-vous nous aider, s'il vous plaît ? Je vous paierai, bien entendu.

À la mention d'un paiement, une lueur d'intérêt s'alluma dans les yeux de la femme.

— Je vais l'examiner, grommela-t-elle en reportant son attention sur la jeune fille.

Elle portait des bottes d'homme usées, et sa robe était si fanée que Stone aurait été bien en peine de dire quelle était sa couleur d'origine. Mais ses mains qu'un dur labeur avait rendues calleuses furent aussi douces que celles d'un enfant quand elle écarta les couvertures et palpa le corps meurtri.

— Pauvre petite chose, murmura-t-elle en remettant les couvertures en place. Celui qui t'a fait cela doit te détester vraiment.

Elle leva les yeux vers Stone, qui s'était pudiquement détourné pendant qu'elle examinait la blessée.

— Elle a deux côtes cassées, peut-être trois, annonça-t-elle. Son corps est couvert de bleus.

— Vous pensez pouvoir faire quelque chose pour elle ?

La question de Stone sonnait comme une supplique.

— Je peux lui bander la cage thoracique et soigner ses contusions.

Elle marqua une pause, puis :

— Mais si l'une des côtes cassées a perforé le poumon, il y a un risque de pneumonie. On ne sait jamais comment les choses évoluent avec une fièvre pulmonaire.

— Elle n'a pas de vêtements, dit Stone dont le visage avait pâli à l'évocation de la pneumonie. Et nous n'avons pas de nourriture non plus. Nous rentrions chez nous quand l'orage nous a surpris.

— Où se trouve votre maison ?

— J'ai un ranch à l'est d'ici.

La femme hocha la tête.

— Vu vos chevaux, je pensais bien que vous étiez rancher.

Elle se tut un instant avant de reprendre :

— Je suppose que certaines de mes nippes lui iront. Par contre, je n'ai pas de chaussures. La nourriture ne sera pas de première classe, mais elle vous tiendra au corps.

Elle se leva.

— Je m'appelle Pearl Harding. Notre chariot est de l'autre côté de ces rochers. Dès que j'aurai retrouvé mon fils, je reviendrai. Une de nos mules s'est affolée quand l'orage a éclaté et elle s'est enfuie. Il est parti à sa recherche.

Stone sortit de la grotte avec elle.

— J'aimerais emprunter votre lanterne juste une minute, Pearl. Je veux m'assurer que mes chevaux ne sont pas blessés.

Pearl lui tendit la lampe et Stone s'approcha de Rebel qu'il examina avec soin. L'étalon avait quelques écorchures aux jambes, mais rien de méchant. Stone passait la main sur la croupe de la petite jument quand ses doigts rencontrèrent ce qui semblait être une marque. Il leva la lanterne et découvrit le mot *Flame*. Il sourit. Ce devait être le nom de la fille. La jument lui appartenait, et elle l'avait marquée au cas où on la lui volerait.

— Merci, Pearl, fit-il en rendant la lanterne à la grande femme maigre. Ils ont l'air d'aller bien.

Pearl hocha la tête, puis s'éloigna dans l'obscurité.

Stone retourna à l'intérieur de la grotte et s'agenouilla près de Flame toujours plongée dans l'inconscience. Il la contempla longuement avant de se risquer à caresser doucement ses cheveux à présent secs.

Et qui était-elle au juste ? Elle ne s'appelait pas seulement Flame. Elle avait aussi un nom de famille. Et qui était la femme qui l'avait traitée si cruellement ? Et l'homme qu'il avait aperçu sur le seuil quand Flame avait été jetée dehors ? Pourquoi ne s'était-il pas interposé ? Cet homme et cette femme étaient-ils des parents de la fille ? Ce ne pouvaient être son père et sa mère !

Tout en continuant de lui caresser les cheveux, Stone surveillait l'entrée de la grotte, impatient que Pearl Harding revienne. Cette dernière le rassurait. Il sentait qu'il pouvait compter sur elle pour soigner Flame.

D'après la position de la lune, visible à travers les nuages, Stone estima qu'il était aux alentours de minuit quand Pearl revint. Un gamin roux d'environ neuf ans l'accompagnait. Il tenait une lanterne d'une main et de l'autre un sac à linge dont le contenu s'entrechoquait. Pearl portait un paquet plat sous le bras.

— C'est mon plus jeune fils, Cletie, dit-elle en s'agenouillant près de Flame.

Elle ouvrit le paquet. Sur une pile de vêtements pliés étaient posées une bouteille remplie d'un liquide transparent ainsi qu'une petite boîte en métal. Pearl s'empara de la bouteille, l'ouvrit et versa quelques gouttes de son contenu sur un tissu qu'elle tamponna doucement sur les blessures.

— Ça fera dégonfler les ecchymoses, expliqua-t-elle.

Quand elle se fut occupée du cou, des bras et des épaules de Flame, elle referma le flacon et ouvrit la petite boîte. Il contenait un baume qu'elle entreprit d'appliquer sur les contusions.

— C'est pour aider à la cicatrisation.

Elle referma le couvercle.

— Maintenant, je vais m'occuper de son corps. Cletie, va t'asseoir dans le coin là-bas, ordonna-t-elle. La demoiselle a besoin d'intimité.

Le garçon obéit à sa mère. Stone le suivit.

Pearl mit près d'une heure à examiner la cage thoracique de Flame et à la bander. Quand elle eut traité ses nombreuses contusions, elle lui enfila des sous-vêtements, une robe et de grosses chaussettes en laine qui feraient office de souliers. Tout était vieux, mais propre et sentait le savon et l'air pur.

— Elle a deux côtes cassées, mais les poumons ne sont pas touchés, annonça Pearl en se levant et en lissant sa jupe. Les bleus disparaîtront en quelques jours, et elle sera comme neuve. Elle a l'air d'être en bonne santé, et si je me fie à ses mains, elle est dure à la tâche.

Elle baissa les yeux sur Flame qui dormait paisiblement, à présent, puis les reporta vers Stone.

— Vous avez une bien jolie femme. Je n'en ai jamais vu d'aussi belle par ici.

— Merci.

— Bon, fit Pearl en déroulant ses manches. Cletie et moi, on ferait mieux de rentrer. Mon mari va se réveiller et se demander où nous sommes passés.

Elle désigna le sac que le garçon avait apporté.

— Il y a de quoi manger là-dedans. Du bacon et du pain, et un pot de soupe de légumes que j'ai préparée ce matin. Il y a une casserole pour la réchauffer et un poêlon pour faire cuire le bacon.

Elle poussa Cletie vers l'entrée de la grotte.

— Je passerai voir comment va votre femme demain matin.

Elle les croyait mari et femme et, pour la deuxième fois, Stone ne put se résoudre à la détromper.

— Je ne sais pas comment vous remercier pour tout ce que vous avez fait, dit-il.

Elle balaya d'un geste ses paroles et marmonna d'un ton bourru :

— Tenez-vous juste prêt à me mettre de l'argent dans la main demain matin.

Il secoua la tête avec amusement tandis que la mère et le fils disparaissaient dans l'obscurité. Il n'y avait pas à dire, Pearl avait son franc-parler. Mais peu lui importait, quel que soit le montant qu'elle lui réclamerait, il le lui donnerait volontiers. Non seulement, elle avait été très douce avec Flame, mais elle semblait s'y connaître en matière de soins.

De retour à l'intérieur de la grotte, son regard se posa sur le pot de soupe, et son ventre se mit à gargouiller. Il était affamé. Il transvasa la soupe dans la casserole et plaça celle-ci près du feu. Bientôt, un délicieux arôme commença à se répandre dans la grotte, que Stone respira avec bonheur. Flame avait dû elle aussi sentir la bonne odeur, car il sentit soudain son regard peser sur lui.

Un regard où la perplexité le disputait à la crainte, nota-t-il en s'agenouillant près d'elle. Il tendit la main vers elle, mais elle se déroba tel un animal affolé.

— N'aie pas peur, dit-il avec douceur. Je ne vais pas te faire de mal.

Elle essaya de s'asseoir, puis y renonça avec un gémissement de douleur.

— Qui êtes-vous ? souffla-t-elle. Où suis-je ? Pourquoi ai-je si mal ? Tout mon corps est douloureux.

Stone fronça les sourcils. Était-il possible qu'elle ait oublié le mauvais traitement que la grosse femme lui avait infligé ?

— Je m'appelle Stone Falcon et tu es dans une grotte, dit-il finalement.

— Dans une grotte ?

Elle parut plus déconcertée que jamais.

— Qu'est-ce que je fais dans une grotte ?

Stone la dévisagea, en proie à une inquiétude croissante.

— Tu ne te souviens pas de ce qui t'est arrivé ?

Son joli visage se crispa tandis qu'elle fouillait visiblement dans sa mémoire, puis elle secoua la tête.

— Je me rappelle vaguement avoir été blessée et avoir pensé qu'une femme était en train d'essayer de me tuer. C'est tout.

— Tu ne te souviens pas pourquoi elle voulait te tuer ? Tu avais provoqué sa colère ?

Elle fit un effort pour se remémorer la scène. Il eut à un moment l'impression qu'elle y était parvenue ; puis ses yeux s'emplirent de larmes.

— Je suis désolée. Cela ne me revient pas.

— Ne pleure pas, voyons. Tu te souviens de ton nom, n'est-ce pas ? De l'endroit d'où tu viens ?

Ses lèvres frémirent et les larmes se mirent à couler sur ses joues.

— Je ne me souviens de rien, murmura-t-elle.

Stone dut se rendre à la réalité : Flame avait perdu la mémoire. Sa tête avait dû cogner le sol quand la femme l'avait si violemment jetée dehors. Ni lui ni Pearl n'avaient pensé à examiner son crâne.

— Vous connaissez mon nom ? L'endroit d'où je viens ? reprit Flame comme Stone se redressait et gagnait l'entrée de la grotte.

Levant les yeux vers le ciel obscur, il joua un instant avec l'idée qui venait de lui traverser l'esprit. Ce qu'il envisageait de faire était ignoble, mais il avait tellement peur de la perdre… Dieu lui pardonne, il ne pouvait pas prendre un tel risque.

Il retourna s'accroupir près de Flame qui posa sur lui son beau regard mélancolique. Avalant sa salive, il déclara :

— Tu t'appelles Flame Falcon.

Il vit son expression changer, et ne fut pas surpris lorsqu'elle remarqua :

— Je porte le même nom de famille que vous. Sommes-nous parents ?

Après une légère hésitation, il répondit :

— Nous sommes mari et femme.

Il s'attendait à être foudroyé sur place pour avoir osé un pareil mensonge, mais rien ne se passa. Les yeux écarquillés de stupeur, Flame regarda sa main gauche, puis croisa son regard.

— Je ne me sens pas mariée et je ne porte pas d'alliance. Avons-nous des enfants ?

Stone était au supplice. La situation s'annonçait plus compliquée qu'il ne l'avait imaginé. Elle posait des questions, exigeait plus de réponses qu'il n'en possédait. Il détourna le regard.

— Nous n'avons pas d'enfant. Nous ne sommes pas mariés depuis suffisamment longtemps.

— Depuis combien de temps le sommes-nous?

C'était de pire en pire, songea Stone. S'enfonçant dans le mensonge, il répondit :

— Seulement quelques jours.

Le silence retomba et il se prépara pour la question suivante.

— Je voudrais voir l'acte de mariage, articula-t-elle après réflexion.

Stone inspira profondément.

— Je ne l'ai pas encore. Le pasteur a dit qu'il devait le faire enregistrer avant de me le donner.

Elle le prit de court en changeant brusquement de sujet.

— Où étiez-vous quand on m'a agressée?

Pour se donner le temps d'inventer un autre mensonge, Stone mit un bout de bois supplémentaire dans le feu. Il le déplaça plusieurs fois comme s'il cherchait la meilleure position.

Mais il ne pouvait se dérober plus longtemps sans qu'elle trouve cela suspect. Assis sur ses talons, il répondit en regardant les braises rougeoyantes :

— Nous rentrions chez nous quand l'orage nous a surpris. Je n'en avais jamais vu d'aussi violent. Il y avait des trombes d'eau, on n'y voyait plus rien. Je ne sais pas comment c'est arrivé, mais nous avons été séparés. Quand je t'ai enfin retrouvée, quelqu'un t'avait battue et laissée inconsciente. Je t'ai installée sur la jument et j'ai cherché un abri. Je suis tombé sur cette grotte.

Flame toucha son visage, puis glissa la main sous la couverture et tâta le bandage qui lui enserrait la poitrine.

— Où avez-vous eu le baume que je sens sur mon visage?

Stone se détendit un peu. Enfin une question à laquelle il pouvait répondre honnêtement.

— Nous avons eu beaucoup de chance, commença-t-il avant de lui parler de Pearl. Une autre femme était aussi sous l'orage, à la recherche de son jeune fils. Elle est venue ici parce que le petit a l'habitude de jouer dans cette grotte. Je lui ai demandé de te soigner, et c'est ce qu'elle a fait après avoir retrouvé son enfant. Elle passera demain matin pour prendre de tes nouvelles.

Il désigna la casserole.

— Elle nous a apporté de la soupe. Tu en veux ?

— Volontiers. Je ne me souviens pas quand j'ai mangé pour la dernière fois. Et je parle littéralement, ajouta-t-elle, un éclat espiègle dans ses beaux yeux bleus.

Stone sourit, et pria pour qu'elle ne lui demande pas de quand datait leur dernier repas. Il en avait assez de mentir.

— Je m'occupe des chevaux, et je te sers tout de suite après.

Flame acquiesça de la tête et il sortit, soulagé de ne plus être soumis à ce feu roulant de questions, ne serait-ce que provisoirement. Car il était évident que les questions reprendraient sous peu. Flame semblait du genre curieux et obstiné.

Il amena Rebel près de l'entrée de la grotte, et la jument les suivit. Il débarrassa l'étalon de sa selle, puis attacha les deux chevaux à un arbre proche. Si un ours ou une meute de loups approchaient, il les entendrait hennir et pourrait intervenir rapidement.

La selle de Rebel dans les bras, il rentra dans la grotte et la posa par terre près de Flame.

— Si je la place derrière toi, penses-tu pouvoir t'y appuyer pour t'asseoir, le temps de manger ?

Flame hocha la tête.

— Je crois. Le bandage est bien serré.

— Laisse-moi t'aider à te redresser, proposa-t-il après avoir calé la selle derrière son dos.

Il la prit par la taille et la souleva avec précaution jusqu'à ce qu'elle soit en position assise.

— Ça va ? s'enquit-il, guettant une crispation sur son visage indiquant qu'elle souffrait.

Ses traits délicats étaient tout à fait paisibles. Elle le contempla un moment sans mot dire, puis elle sourit.

— Je suis plutôt mieux assise. J'ai l'impression de respirer plus facilement.

— Parfait, fit-il en lui rendant son sourire. Je m'occupe du dîner maintenant.

Il fouilla dans le sac que Pearl avait apporté, puis annonça en grommelant :

— Il n'y a pas de bols. Juste deux cuillères. Nous allons devoir manger dans la casserole.

— Cela ne me dérange pas, si vous êtes d'accord, dit-elle en s'emparant de la cuillère qu'il lui tendait.

Il assura que cela ne le dérangeait pas non plus, et ils se mirent à manger en silence.

La soupe fut rapidement avalée. Stone alimenta ensuite le feu tandis que Flame se rallongeait, la tête posée sur la selle.

— Parlez-moi de votre ranch, dit-elle après avoir étouffé un petit bâillement.

C'était là un sujet que Stone adorait. Il pouvait parler des heures durant du ranch que son grand-père avait construit dans sa jeunesse.

— C'est une grande maison avec quatre chambres. Quand mon grand-père, Stonewall Falcon, est venu s'installer dans l'Ouest et l'a bâtie, il prévoyait que ma grand-mère et lui auraient une flopée d'enfants. Ils n'en eurent qu'un. Un fils, mon père, Riley.

Stone secoua la tête d'un air amusé.

— Ma mère ne donna elle aussi qu'un seul enfant à mon père. Il y a donc deux chambres qui n'ont jamais été utilisées.

Il n'ajouta pas qu'il espérait que Flame et lui rempliraient un jour ces chambres de petits Falcon.

— L'endroit n'est pas en ruine, mais il y a sûrement deux ou trois choses à revoir côté décoration, poursuivit-il. La peinture, par exemple. Tout est plus vieux que moi là-dedans, avoua-t-il en riant. De temps en temps, une femme vient faire un peu de ménage.

Il ne précisa pas qu'il s'agissait d'une jeune veuve Indienne ni qu'elle venait au ranch pendant les mois d'hiver pour satisfaire tous ses besoins. Parfois le ranch était isolé par la neige pendant des mois. Impossible alors d'aller chez Mlle Opal. La jeune veuve n'était pas trop mal, une fois qu'on s'était habitué à l'odeur de la graisse d'ours dont elle s'enduisait les cheveux.

Stone ne pensait pas que Flame approuverait son arrangement avec cette femme, aussi évita-t-il le sujet.

— J'ai eu une enfance très heureuse, poursuivit-il. Je jouais la plupart du temps avec les enfants du village Ute voisin. Mon meilleur ami est un Indien. Il s'appelle Shilo. Nous sommes comme des frères. Il m'a appris à pêcher, à poser des pièges et à me servir d'un arc et de flèches. Il m'a aussi appris à aimer et à respecter la nature. Moi, en retour, je lui ai appris à s'occuper du bétail, à attraper les bêtes au lasso et à les marquer. Crois-moi, Flame, il n'y a pas de meilleur endroit au monde qu'un ranch pour fonder une famille.

Flame rougit légèrement, comprenant ce que fonder une famille supposait. Dans son cas, cela signifiait aller au lit avec un étranger, faire l'amour avec lui. Quelque chose lui disait qu'elle n'apprécierait pas cette facette du mariage. Quelque chose lui disait que ce serait un acte vulgaire. Elle étouffa un autre bâillement et sombra dans le sommeil.

Flame n'avait fait aucun commentaire, positif ou négatif, tandis que Stone lui offrait une version condensée de son enfance et de ses trente-cinq ans de vie. Il contempla son visage, ses yeux clos, le mouvement de sa poitrine qui se soulevait et s'abaissait au rythme régulier de sa respiration, et secoua la tête.

À quel moment de son récit s'était-elle endormie ? Il l'ignorait, et soupçonnait qu'il devrait tout reprendre depuis le début un peu plus tard.

Il se demanda s'il connaîtrait un jour son histoire. Retrouverait-elle jamais la mémoire ? Et si cela n'arrivait jamais, que ferait-il ? Il lui avait dit qu'ils étaient mariés, ils ne pourraient donc pas se rendre à l'église et prononcer leurs vœux.

Bon sang, il aurait mieux fait de se taire au lieu d'inventer cette histoire abracadabrante ! songea-t-il en enlevant ses bottes et en s'allongeant à même le sol.

La dernière pensée qui lui traversa l'esprit avant qu'il glisse à son tour dans le sommeil fut qu'il ne pourrait pas lui faire l'amour en toute conscience tant qu'ils ne seraient pas légalement mariés. Ce serait profiter d'elle de la pire manière qui soit. Mais qu'arriverait-il s'il faiblissait dans sa détermination et qu'un bébé naisse de ce désir qu'il avait d'elle ? Que se passerait-il si la mémoire lui revenait un jour et qu'elle découvrait qu'elle vivait dans le péché ?

Mais en attendant que le pire se produise peut-être, il avait un autre sujet d'inquiétude. Que penserait-elle lorsqu'ils se retrouveraient au lit et qu'il ne la prendrait pas dans ses bras ?

5

Une voix de femme en colère réveilla Stone. Il ouvrit les yeux et fixa le plafond de granit au-dessus de lui. Où diable était-il ? Quelque chose de dur lui entaillait le dos. Il roula sur le flanc en réprimant un gémissement. À la vue de la fille endormie à côté de lui, tout lui revint d'un coup.

Il l'avait sauvée des mains d'une folle furieuse et l'avait amenée ici. La femme qu'il entendait crier dehors l'avait soignée. Mais Flame n'était pas tirée d'affaire. Elle avait perdu la mémoire. Et il se demanda avec inquiétude si elle l'aurait retrouvée à son réveil. Parce que si tel était le cas, il n'osait imaginer sa réaction lorsqu'elle se rappellerait tous les mensonges qu'il lui avait racontés.

La lumière du soleil baignait la grotte, et Stone vit pour la première fois Flame de près au grand jour. Elle dormait paisiblement, une main fine et délicate repliée sous le menton. En dépit des bleus qui marquaient son visage, sa peau apparaissait fine et son teint parfait. Une boucle rousse était venue s'égarer au coin de ses lèvres légèrement entrouvertes, et le regard de Stone s'attarda sur sa bouche tendre. Il aurait voulu y goûter comme on goûte à un fruit fraîchement cueilli.

Mais pourrait-il se le permettre un jour ? Il songea aux mensonges qu'il lui avait débités sans vergogne, la veille, et qui risquaient de compromettre définitivement ses chances de la courtiser et de se faire aimer d'elle. Son ami Shilo lui avait dit qu'il fallait être fou pour se croire amoureux d'une femme qu'on n'a vue qu'une fois, et de loin. Mais aussi fou que cela paraisse, c'était pourtant ce qui s'était passé.

Stone se redressa comme la maigre silhouette de Pearl Harding obscurcissait l'entrée de la grotte.

— Vous dormez encore ? commenta-t-elle d'un ton de reproche en entrant. Le soleil est levé depuis plus de deux heures.

Cletie la suivait, un sac à linge jeté par-dessus l'épaule. Sa mère le houspilla comme il le déposait sur le sol d'un geste désinvolte.

— Je vous ai apporté de la soupe, dit-elle en retroussant ses manches. Et une autre lotion que vous appliquerez sur les blessures de votre femme.

Elle regarda Flame.

— Comment va-t-elle ce matin ?

Avant que Stone ait pu répondre, Flame se redressa avec précaution.

— Je me sens beaucoup mieux, dit-elle en souriant. Vos soins m'ont fait un bien fou.

Une lueur de fierté éclaira le regard de Pearl. Manifestement, la reconnaissance de Flame lui allait droit au cœur.

Son ton n'en resta pas moins bourru lorsqu'elle s'agenouilla près de la jeune femme et demanda :

— Comment vont vos côtes ?

— Elles me font encore souffrir, mais pas autant qu'hier. En revanche, j'ai toujours très mal à l'arrière de la tête.

Pearl la regarda avec surprise, puis se tourna vers Stone.

— Vous ne m'aviez pas dit qu'elle s'était cogné la tête.

— Je l'ignorais, se défendit-il face à son air accusateur.

— Tournez-vous, petite, que j'examine votre crâne, dit doucement Pearl à Flame.

Elle aida la jeune fille à se retourner et lui palpa le crâne avec infiniment de précaution.

— Ah, voilà ! s'exclama-t-elle en s'arrêtant sur un point juste au-dessus de l'oreille gauche. Vous avez une bosse ici. Quelque chose vous a entaillé le cuir chevelu, il y a du sang séché.

Stone réfléchissait. Devait-il parler à Pearl de l'amnésie de Flame ? Peut-être s'y connaissait-elle aussi dans les troubles de la mémoire.

— Votre tête sera douloureuse pendant quelques jours, mais il n'y a rien d'inquiétant, reprit Pearl en aidant Flame à se rallonger. Voyons votre visage maintenant.

Un sourire de satisfaction se dessina sur ses lèvres tandis qu'elle examinait les hématomes.

Elle s'assit sur ses talons.

— Dans une semaine, il n'y aura plus aucune trace, déclara-t-elle. Pensez-vous pouvoir monter à cheval ?

— Je crois que oui. Vous voulez dire aujourd'hui ?

Pearl se leva.

— Rester dans cette grotte humide ne vous aidera certes pas à guérir. Vous avez besoin de la chaleur du soleil le jour, et d'un lit confortable la nuit.

Elle se tourna vers Stone.

— À quelle distance se trouve votre ranch ?

— À une quinzaine de kilomètres. Ce n'est pas un trajet trop long pour elle ?

— Pas si vous allez lentement. L'important, c'est de ne pas exercer trop de pression sur ses côtes.

— Nous ferons de nombreuses pauses, lui assura-t-il.

Pearl prit le sac que Cletie avait posé par terre.

— Bon, eh bien, pendant que vous sellez vos chevaux, je vais faire frire du bacon et réchauffer la soupe, proposa-t-elle. Inutile d'attendre pour vous mettre en route.

Stone se sentait à la fois nerveux et tout excité tandis qu'il préparait les chevaux. Il lui tardait d'emmener Flame chez lui, mais en même temps, il craignait qu'elle n'apprécie pas la solitude du ranch. Peut-être fallait-il y être né et y avoir grandi, comme c'était son cas, pour aimer la vie qu'on y menait.

Il serait bientôt fixé, se dit-il en retournant dans la grotte. En attendant, il ne pouvait que prier pour que cela se passe du mieux possible.

Flame était assise devant le feu, et mangeait avec appétit le bacon croustillant et la soupe de légumes de Pearl. Avec sa splendide chevelure en désordre et ses grands yeux clairs encore lourds de sommeil, il la trouva d'une beauté stupéfiante. Seigneur, comment pouvait-il être assez stupide pour penser qu'une telle femme consentirait jamais à être son épouse ? Elle allait haïr son ranch et, tôt ou tard, elle finirait par le quitter.

Pearl interrompit ses sombres pensées en lui tendant un bol de soupe et une assiette de bacon.

— Mangez, lui intima-t-elle de son ton bourru.

Flame leva les yeux et lui adressa un sourire rayonnant.

— C'est le meilleur petit déjeuner que j'ai jamais eu.

Pearl lui adressa un regard perplexe. Elle se demandait visiblement pourquoi un menu aussi banal la ravissait à ce point.

— Vous aimez cuisiner ? lui demanda-t-elle.

Flame eut l'air déconcerté, et Stone en comprit la raison. Elle ne se rappelait même pas si elle savait préparer un repas. Il s'empressa de répondre à sa place.

— Elle cuisine très bien. Mais elle n'a jamais cuisiné sur un feu de camp.

« Bon sang se dit-il, consterné, cesserai-je jamais de mentir ? »

— Ce qu'on prépare sur un feu de camp a meilleur goût, reconnut Pearl tandis qu'il étouffait le feu et éparpillait les quelques braises qui restaient. J'ai cuisiné de cette manière durant tout notre voyage vers l'Ouest, et Rudy n'arrêtait pas de dire que tout était bien meilleur.

Elle rassembla ses affaires et les fourra dans le sac.

— Je serai quand même contente de retrouver une vraie maison, poursuivit-elle. Nous espérons nous installer près d'ici, mais la propriétaire du terrain où nous campons ne veut pas que nous restions, alors nous levons le camp aujourd'hui.

Stone et Flame avaient nettoyé la vaisselle que Pearl avait apportée. Cette dernière la rangea dans le sac, puis attendit, l'air embarrassé. Au bout d'un moment, elle s'éclaircit la voix et dit :

— Je crois qu'il est temps que vous régliez votre note, et que Cletie et moi rentrions.

— Mais bien sûr, répliqua Stone, gêné de ne pas y avoir pensé. Combien vous dois-je, Pearl ? demanda-t-il en plongeant la main dans la poche de sa veste.

À sa façon de se dandiner d'un pied sur l'autre, il était évident qu'elle n'avait jamais fait payer ses services. Seule la nécessité devait l'y pousser, supposa Stone. Son hypothèse se révéla juste quand elle lui indiqua une somme si modique qu'il ne valait quasiment pas la peine de la demander.

Il compta le triple de ce qu'elle avait réclamé avec tant de scrupules.

— Tenez, Pearl, fit-il en lui donnant les billets. Et encore merci pour tout.

Pearl regarda avec incrédulité l'argent dans sa main.

— C'est beaucoup trop, protesta-t-elle. Je n'ai demandé que...

— Je sais ce que vous avez demandé, et ce n'était pas assez. Vous avez probablement sauvé la vie de ma femme. Tout l'argent du Colorado ne suffirait pas à vous récompenser pour cela.

Les traits rudes de Pearl s'adoucirent.

— Je vous remercie, Falcon.

Les yeux embués, elle plia les billets et les rangea dans la poche de son tablier usé.

— Mon mari et moi en ferons bon usage. Nous achèterons peut-être un cochon et quelques poules une fois que nous serons installés. Une bonne saucisse de porc avec des œufs, en hiver, quand il gèle, ça réconforte.

Elle donna le sac à Cletie, puis tendit la main à Stone.

— Bonne chance, Falcon.

Elle se tourna vers Flame.

— Faites attention à vos côtes pendant au moins un mois. Attendez que les fractures soient bien consolidées avant de vous remettre aux durs travaux.

— Entendu, répondit Flame tout en se demandant quelle sorte de durs travaux on pouvait attendre d'elle. Merci pour tout.

Elle sourit à Pearl, qu'elle ne trouvait pas si bourrue, finalement.

Cette dernière hocha la tête et poussa Cletie vers l'entrée de la grotte.

— Allons-y, fils. Il faut atteler les chevaux.

Avant qu'ils ne s'éloignent, Cletie contempla Flame avec des yeux énamourés.

Flame et Stone échangèrent un regard amusé.

— Il semblerait que j'aie un admirateur, observa la jeune femme en souriant.

Stone ne put s'empêcher d'éprouver un pincement de jalousie. Combien d'autres admirateurs avait-elle eus? s'interrogea-t-il. Sans doute beaucoup. Tout célibataire normalement constitué ne pouvait qu'avoir envie de la courtiser. Chassant cette pensée désagréable, il lui tendit la main.

— Nous ferions bien d'y aller.

— Je suis prête, fit-elle.

Elle lui agrippa le poignet et se leva avec précaution. Elle était si pâle et avait l'air si fragile que Stone lui demanda, inquiet :

— Ça va aller?

— Oui. C'est juste que je ne suis pas très solide sur mes jambes. J'aurai besoin d'aide pour monter sur cette petite jument.

— Tu ne la reconnais pas? demanda Stone en la prenant délicatement par la taille pour la hisser sur l'animal.

— Elle est à moi? s'enquit-elle, l'œil brillant.

— Oui, répondit-il sans hésiter.

Il ignorait si la jument lui appartenait ou pas, mais peu importait. Désormais, gare à quiconque essayerait de la lui enlever.

— Pourquoi n'a-t-elle pas de selle?

Flame serra automatiquement les jambes contre les flancs du cheval.

— Elle a été perdue dans l'orage.

Stone constata, avec une pointe de culpabilité, que mentir était en passe de devenir une seconde nature chez lui.

— Nous devrions peut-être la chercher.

— Pearl nous a conseillé de rentrer sans attendre, mais je te promets de revenir faire des recherches dans le coin.

C'était en effet son intention, mais pas pour chercher cette maudite selle. Il voulait en savoir plus sur les gens qui avaient maltraité Flame. Il fallait qu'il sache s'ils lui étaient apparentés d'une manière ou d'une autre.

Tandis qu'ils se mettaient en route, Stone ouvrant la marche, Flame contempla son mari. Elle n'avait gardé aucun souvenir de lui. Cela paraissait incroyable. Comment pouvait-elle avoir tout oublié d'un homme qu'elle devait aimer profondément? Un homme de surcroît si viril et si beau?

Avaient-ils fait l'amour durant leur nuit de noces? S'attendait-il qu'ils recommencent? Elle espérait que non. Pour l'instant il lui était un étranger, et elle n'était pas encore prête à lui abandonner son corps.

La contraindrait-il? se demanda-t-elle soudain, prise de panique. Elle écarta aussitôt cette possibilité. S'il était vrai qu'elle savait très peu de choses sur cet homme auquel elle était mariée, elle sentait confusément qu'il n'userait jamais de la force pour obtenir d'une femme ce qu'elle refusait de lui donner de son plein gré.

Y avait-il eu beaucoup de femmes dans la vie de Stone Falcon? s'interrogea-t-elle encore. Il paraissait assez âgé pour en avoir connu pas mal. Son visage, marqué de quelques rides, était celui d'un homme d'expérience.

Il était près de 10 heures quand Stone décida qu'il était temps de faire une pause.

— Il est temps que tu te reposes un peu, Flame, dit-il en s'arrêtant au bord de la rivière.

Il mit pied à terre, prit son nécessaire de couchage et l'étendit près d'un arbre.

— J'avoue que je commence à être fatiguée, admit-elle quand il vint l'aider à descendre de son cheval.

Avec un soupir de soulagement, elle s'allongea, sourit à Stone, et ferma les yeux. S'adossant à l'arbre, près d'elle, il savoura ce moment de détente. Seul le doux bruit d'une petite chute toute proche troublait le silence. Il pensait que Flame s'était endormie quand elle se lança dans une série de questions auxquelles il n'était absolument pas préparé.

— Est-ce que je suis originaire de la région? Nous sommes-nous fréquentés longtemps avant de nous marier? Comment nous sommes-nous connus? Mes parents vous aiment-ils? Est-ce que j'ai des frères et sœurs?

Stone leva les yeux vers les feuilles que la brise agitait doucement. Pourquoi diable n'avait-il pas pensé que tôt ou tard elle lui poserait de telles questions? Quoi de plus naturel maintenant qu'elle allait mieux?

Il se maudit intérieurement. Quel idiot! Il allait devoir lui inventer une famille, une histoire, des noms, des lieux, s'enfoncer plus avant dans le mensonge.

Il ne pouvait s'y résoudre. Mais était-elle prête à entendre la vérité ? Rien n'était moins sûr.

Il se leva et lui tendit la main.

— Si tu es suffisamment reposée, nous devrions nous remettre en route. Je répondrai à toutes tes questions quand nous serons arrivés au ranch. C'est une longue histoire.

6

Deke se réveilla en poussant un juron. De l'eau qui gouttait du plafond lui tombait sur le front. Il s'assit et s'essuya le visage avec un coin du drap roulé en boule entre Bertha et lui.

— Nom d'un chien, s'énerva-t-il quand il se rendit compte que le lit entier était mouillé.

Il secoua par l'épaule sa compagne qui ronflait bruyamment.

— Bertha, réveille-toi ! Le toit fuit à nouveau. Le lit est trempé.

Bertha se redressa et posa lourdement ses gros pieds sur le sol.

— Allons dans le lit de Flame, marmonna-t-elle en se levant avec peine.

— Elle y est peut-être, grogna Deke. Tu l'as sacrément amochée, hier soir.

— Elle sait qu'elle a intérêt à être debout. Il est presque 9 heures et il reste des bêtes à marquer.

— Plus tôt elle aura terminé, plus tôt on se tirera d'ici, commenta Deke en lui emboîtant le pas.

Il heurta Bertha qui s'était immobilisée sur le seuil de la chambre de Flame.

— Nom de nom ! s'exclama-t-elle. Qui a fait ça ?

Deke tendit le cou pour regarder par-dessus son épaule. La table de chevet avait été renversée. La lampe s'était brisée et de l'huile s'était répandue sur le sol. Une chaise amputée d'un pied gisait sur le côté. Les draps et les couvertures étaient éparpillés un peu partout.

— C'est toi qui as fait ça, Bertha, tu te souviens pas ? Tu croyais que Flame et moi, on s'envoyait en l'air. Quand je t'ai expliqué comment elle m'avait attiré dans son lit, tu es devenue dingue. J'ai bien cru que tu allais la tuer. Une chance que je sois intervenu.

Bertha le fixa de ses petits yeux porcins tandis que de vagues souvenirs des événements de la veille lui revenaient en mémoire.

— Je me souviens, grommela-t-elle. Et je suis pas sûre de croire tout ce que tu m'as raconté. Maintenant que j'y repense, elle avait plutôt l'air de te repousser.

— Mais enfin, bébé, tu sais bien que je l'aurais même pas regardée si elle m'avait pas aguiché. Tu es la seule femme qui compte pour moi.

Un pli soucieux se creusa entre les sourcils de Bertha tandis qu'elle se revoyait frappant sa fille à bras raccourcis avant de la jeter dehors en plein orage, seulement vêtue de sa chemise de nuit. Elle se tourna vers Deke.

— Où tu crois qu'elle a bien pu aller dormir ? lui demanda-t-elle, mal à l'aise.

— Peut-être dans l'écurie.

Bertha avait peur, soudain. Avait-elle battu sa fille trop brutalement ? Et si elle l'avait tuée ?

— Habille-toi, ordonna-t-elle d'un ton brusque. On va aller voir si elle est dans l'écurie.

En moins de deux minutes Deke avait enfilé son pantalon et ses bottes, et Bertha, sa robe froissée. Ils sortirent de la cuisine et faillirent tomber à la renverse.

La partie du bâtiment qui abritait les chevaux s'était effondrée sous la violence de l'orage. Les trois chevaux avaient disparu.

— Tu crois qu'elle est sous les décombres ? demanda Deke, le visage blême.

— Comment je le saurais ? s'énerva Bertha qui fonça à travers la cour.

Ils fouillèrent ce qu'il restait de l'écurie. Sans succès.

— Allons voir sous les arbres, suggéra Bertha en se dirigeant vers le bois de pins et de peupliers. Elle s'est peut-être réfugiée là-bas.

— Je l'espère, rétorqua Deke. Et j'espère qu'elle est encore vivante. Parce que sinon, tu devras en répondre.

— Comment ça, je devrai en répondre ?

Bertha fit volte-face.

— Tu étais là, il me semble, alors tu es autant coupable que moi.

— Tu es folle ? Je lui ai pas donné un seul coup.

— Mais tu étais prêt à le faire ! Et tu lui aurais fait bien d'autres choses si j'avais pas débarqué.

— Bon, écoute, on va arrêter de se disputer et essayer de la trouver.

Deke s'enfonça dans la forêt. Ils pataugèrent dans la boue et les flaques d'eau pendant plus d'une heure sans trouver la moindre trace de Flame. Il n'y avait que des empreintes de chevaux qui partaient dans toutes les directions.

— On est pas près de remettre la main dessus, conclut Deke. L'orage les a terrorisés.

— Flame est peut-être dans l'enclos à bétail, hasarda Bertha, de plus en plus inquiète. Allons-y.

— Hé, ça fait une sacrée trotte ! se plaignit Deke.

— Oh, pour l'amour du ciel, arrête de pleurnicher et viens !

Elle prit la direction de l'enclos.

— Comment ça se fait que tu te préoccupes autant de ta fille, soudain ? s'étonna Deke en la suivant à contrecœur. Tu te fichais bien de son sort quand tu la battais comme plâtre. C'est nouveau cet amour maternel.

Un sourire malveillant étira les lèvres de Deke. De toute évidence, cette grosse garce tremblait de trouille à l'idée d'avoir commis un meurtre. Lui glissant un regard de biais, il demanda d'un ton sournois :

— Qu'est-ce que tu feras si on la retrouve morte ?

Bertha se figea. Elle pivota lentement et lui adressa un regard si menaçant que Deke retint son souffle.

— Tu veux dire qu'est-ce que *nous* ferons, c'est bien ça ?

Elle s'avança, les poings serrés.

— Tu arrives pas à fourrer dans ton petit crâne qu'on est deux dans cette histoire.

— Je suis désolé, Bertha, dit-il en reculant. C'est juste que je suis horriblement inquiet.

— Eh bien arrête de t'inquiéter. Parce que si jamais on la retrouve morte, on lui attachera une pierre autour du cou et on la balancera dans la flotte, là où la Platte est la plus profonde.

— Et si on nous demande de ses nouvelles, qu'est-ce qu'on répondra ? Tôt ou tard quelqu'un se rendra bien compte de sa disparition.

— Si elle est morte, on restera pas ici assez longtemps pour qu'on nous pose des questions. Si elle est pas dans l'enclos, on conduira les bêtes que tu as rassemblées au Kansas, comme prévu. Tu sais comment joindre ton ami ?

— Oui. Il est en ville, il attend mes instructions.

Ils étaient presque en vue de l'enclos quand ils aperçurent les deux chevaux. Le gris de Bertha et le rouan de Deke. À force de douceur et de paroles apaisantes, ils parvinrent à approcher les deux animaux effrayés. Les tenant par la crinière, ils les conduisirent jusqu'à l'enclos.

À en juger par les traces de sabots fendus, Flame n'était pas passée par là. Appuyée à la clôture, Bertha se plongea dans de profondes réflexions. Puis elle se tourna vers Deke et ordonna :

— On a intérêt à se tirer avant que quelqu'un la trouve. Aide-moi à grimper sur mon cheval.

Deke faillit se rompre le dos en hissant la grosse Bertha sur sa monture. Il avait le visage écarlate et dégoulinant de sueur quand ce fut fait. Une fois de retour au ranch, ils dénichèrent trois selles épargnées par l'orage dans ce qui restait de l'écurie. Deke sella les bêtes et les attacha à un arbre, puis il rejoignit Bertha à l'intérieur de la maison.

— Il reste du café, fit-elle en lui tendant un gobelet.

— On n'a rien pour l'accompagner ? se plaignit-il. On n'a pas mangé grand-chose, hier soir, tu sais.

— On aura encore moins ce matin, rétorqua-t-elle sèchement. J'allais envoyer Flame faire des courses aujourd'hui, poursuivit-elle en jetant la cafetière vide dans une musette.

Des tasses, des assiettes et des couverts suivirent.

— Rassemble tes vêtements et ton sac de couchage, intima-t-elle. J'aurai préparé mes affaires le temps que tu amènes les chevaux.

Dans un sac à part, elle fourra un poêlon, une marmite, du sucre, du sel et du café.

À peine quelques minutes plus tard, ils se retrouvaient devant les chevaux. Cette fois, Bertha se débrouilla pour monter seule en selle.

— Tu m'attendras à l'endroit où j'ai rassemblé les bêtes pendant que j'irai en ville chercher mon ami Hoss, déclara Deke.

Il lui adressa un grand sourire, puis :

— Ensuite, on prend le large, exactement comme prévu.

— Et les jeunes veaux dans l'enclos ? Tu vas pas les prendre ?

Il y avait une pointe de mépris dans la voix de Bertha. Deke rougit.

— Bien sûr que si, grommela-t-il.

Bertha commençait à se rendre compte que Deke n'était pas une lumière. Comment ne l'avait-elle pas remarqué plus tôt ? Elle décida de reprendre les choses en main quand viendrait l'heure de vendre les bêtes.

Deke avait conduit une soixantaine de têtes au fond d'un petit canyon à quelques kilomètres de là. Une clôture improvisée les y tenait enfermées. Il aida Bertha à mettre pied à terre, puis retourna en ville chercher son ami.

Près d'une heure s'écoula avant qu'ils ne reviennent. L'ami en question était une armoire à glace dotée d'un visage fort laid, pourtant, jamais aucun homme n'avait autant attiré Bertha. Deke fit les présentations.

Le regard de Bertha fut instantanément attiré par l'étonnant renflement au niveau de la braguette de Hoss Jenkins. Un véritable taureau, nota-t-elle, envahie par une flambée de désir. Elle rougit légèrement quand, levant les yeux, elle comprit à son sourire qu'il avait lu dans ses pensées.

Alors que Deke était occupé avec son cheval, Hoss passa la main sur le devant de son pantalon et adressa un clin d'œil à Bertha. En réponse, elle glissa la langue sur ses lèvres et cambra les hanches dans sa direction. Son excitation grandit d'un cran comme le renflement du pantalon de Hoss prenait une dimension impressionnante. Aussitôt, elle commença à réfléchir à un moyen de se débarrasser de Deke. Il n'était pas très futé et pourrait bien leur donner du souci avec le bétail. Mais pour l'heure, elle avait besoin de lui pour conduire ce dernier jusqu'au Kansas. Elle aviserait ensuite.

— Si on se mettait en route ? proposa Deke. J'ai pas vraiment envie de m'attarder dans le coin.

— Ça me va, fit Hoss.

Il se hissait sur sa monture lorsqu'un juron lui échappa. La selle ne tenait pas.

— Cette fichue lanière a encore lâché! s'exclama-t-il avec irritation. On peut aller nulle part tant que je l'aurai pas remplacée.

— On peut peut-être essayer de la réparer, risqua Deke.

— Ça fait déjà trois fois qu'elle casse, répliqua Hoss, agacé. Tu es bon pour retourner en ville m'en acheter une neuve.

L'expression de Deke disait clairement qu'il n'aimait pas l'idée de laisser Hoss et Bertha seuls. Il se fichait pas mal de ce qu'ils pouvaient faire pendant son absence, mais si Bertha se mettait à lui préférer Hoss, elle l'éjecterait de son lit illico. Il ne voulait pas que cela arrive avant que le bétail soit vendu.

Cependant, il craignait Hoss, alors il se contenta de répondre :

— Dans ce cas, file-moi de quoi la payer. Je suis à sec.

— Comme toujours, non? ironisa Hoss en sortant une poignée de billets de sa poche.

Dès que Deke et son cheval furent hors de vue, Bertha et Hoss se jetèrent l'un sur l'autre. Bertha retroussa sa jupe et Hoss déboutonna son pantalon tandis qu'ils se laissaient glisser au sol.

Une demi-heure plus tard, Hoss roula sur le côté. Ils demeurèrent un moment immobiles, haletant comme des buffles. Dès qu'il eut retrouvé son souffle, Hoss s'assit.

— On ferait mieux de se rajuster. Ce vieux Deke va pas tarder. Tu voudrais pas qu'il nous soupçonne, pas vrai?

— Je m'en moque complètement, riposta Bertha, tout sourire. Mais dis-moi voir, cette lanière a vraiment lâché ou c'était du pipeau? ajouta-t-elle tout en débarrassant ses cheveux et sa jupe des brins d'herbe et des aiguilles de pin.

— Non, avoua Hoss en riant. Je voulais juste l'éloigner.

Il se dirigea vers son étalon, retira de la selle la lanière en question et alla la jeter dans un ravin proche.

Bertha et lui étaient sagement assis sur un rocher plat quand Deke arriva, dix minutes plus tard.

7

Blottie sous les fourrures, Little Bird tenta vainement de se raccrocher au beau rêve qui lui échappait.

Ouvrant les yeux, elle regarda autour d'elle, et compara le grand tipi à la misérable hutte où sa tante et elle avaient vécu. Elle laissait passer l'eau quand il pleuvait, et l'hiver, c'étaient le vent et la neige qui y pénétraient. Il n'y avait pas de fourrures moelleuses sur lesquelles s'allonger, juste deux couvertures élimées à se partager, et qui constituaient une protection bien mince contre le froid qui montait du sol en terre battue.

Ici, le sol entier était tapissé de fourrures. Little Bird se demanda combien de temps on lui permettrait de demeurer chez Moonlight. Pas longtemps, imaginait-elle. Son arrogant de fils y veillerait.

Jamais personne ne l'avait prise en grippe aussi instantanément. Même lorsque sa tante et elle étaient de véritables esclaves dans leur village, personne ne les regardait avec un tel mépris. S'il avait pu s'en dispenser, Shilo aurait même évité de poser les yeux sur elle.

Curieusement, c'était de lui qu'elle était en train de rêver. Ils marchaient le long de la rivière, main dans la main, parlant et riant. Juste avant qu'elle ne se réveille, Shilo avait plongé son regard dans le sien et lui avait murmuré qu'il la voulait pour femme. Elle n'avait pas eu le temps de lui répondre.

Ce n'était qu'un rêve. Elle avait tout intérêt à ne pas l'oublier. Les beaux guerriers n'étaient pas destinés à des filles comme elle. Elle aurait déjà de la chance si elle épousait un laideron, qui la battrait probablement.

Les pensées de Little Bird dérivèrent du côté de Stone Falcon. Elle le trouvait si gentil et si beau. Elle se demanda si elle le reverrait un jour. Sans doute, puisqu'il était l'ami de Shilo. Elle voulait le remercier encore de l'avoir sauvée des griffes de ces abominables frères Jackson. Et lui demander une autre faveur : qu'il essaye de savoir où sa tante pouvait se trouver.

Tandis que les voix joyeuses d'enfants lui parvenaient, Little Bird s'assit et s'empara de la robe de daim soigneusement pliée près d'elle. Elle en était très fière. C'était la plus belle robe qu'elle ait jamais possédée, et la première qui n'ait pas été portée par d'autres avant elle.

Elle la caressa doucement avant de l'enfiler. Elle avait entendu Moonlight parler avec un homme et avait cru reconnaître la voix de Shilo.

Elle chaussait ses mocassins quand le rabat de la tente s'écarta, livrant le passage à Moonlight. Celle-ci fixa le rabat à un piquet pour le tenir ouvert, puis sourit à Little Bird.

— Tu dois être reposée et affamée, observa-t-elle, le regard pétillant. Tu as dormi dix heures d'affilée.

— Oh, ce n'est pas possible ! Je devrais être dehors en train de travailler avec les autres femmes. Elles vont me prendre pour une fainéante.

Little Bird passa rapidement les doigts dans ses cheveux pour les démêler.

— Tu auras tout le temps de te mettre au travail demain, petite. Aujourd'hui, je veux que tu te reposes.

Tout en parlant, Moonlight s'agenouilla sur le lit de fourrure, derrière Little Bird.

— J'ai l'intention de te remplumer un peu, pour-suivit-elle en passant un peigne dans la longue che-velure brillante de Little Bird. Quand j'aurai tressé tes cheveux, nous irons prendre notre petit déjeuner dehors.

Little Bird espérait de tout son cœur que Shilo ne serait pas présent. En vain. Quand Moonlight eut ter-miné de la coiffer et qu'elles sortirent, le fier guerrier à la mine sévère était assis devant le feu de camp. Lors-qu'elle le salua, il lui retourna un regard furibond.

— J'espère que tu n'envisages pas de nous faire attendre ainsi tous les matins, lâcha-t-il d'un ton froid. Parce que si c'est le cas, tu vas au-devant d'une lourde déception. Il n'y a pas de paresseux dans ce village. Ceux qui ne travaillent pas ne mangent pas.

L'attaque avait été violente, directe, brutale. Au bord des larmes, Little Bird s'agenouilla, et se contenta de demeurer les yeux rivés sur ses mains étroitement ser-rées. Moonlight ne fit aucun commentaire, mais le regard qu'elle adressa à son fils le fit taire pour le res-tant du repas. Quand il eut terminé de manger, il se leva et s'en alla sans mot dire.

Moonlight le suivit des yeux, visiblement décon-certée. Une pareille grossièreté ne ressemblait pas à Shilo. Surtout à l'encontre d'une jeune fille que Stone lui avait demandé d'accueillir.

Une pensée lui vint soudain. Se pouvait-il que son fils soit attiré par la frêle orpheline ? Elle était jolie, calme et modeste. Sa voix était douce. C'était exacte-ment le genre de jeune fille qu'il devrait épouser.

La tristesse voila le regard de Moonlight. Son fils était enfin tombé amoureux, mais d'une jeune fille sur laquelle son meilleur ami avait jeté son dévolu. Shilo n'essayerait pas de s'interposer entre eux, elle le savait. Et c'était son impuissance qui le mettait en colère. Sa façon de traiter Little Bird n'était qu'une parade destinée à dissimuler ses véritables senti-ments.

Le visage serein de Moonlight se durcit. Elle n'abandonnait pas tout espoir que Little Bird devienne un jour sa belle-fille. En attendant, elle veillerait à ce que la jeune fille soit le plus possible à portée de vue de son fils. S'il s'attachait vraiment à elle, il la courtiserait en dépit de sa longue amitié avec Stone.

Du moins l'espérait-elle. Sur certains points, son fils ressemblait beaucoup à son défunt père. Il ne serait l'homme que d'un seul amour. Et la possibilité que son unique enfant traverse la vie sans le réconfort d'une femme et d'une famille la désolait.

Moonlight poussa un profond soupir. Elle avait une autre raison de vouloir que Shilo se marie. À la mort de son père, il était devenu le chef de la tribu. Son peuple attendait de lui qu'il choisisse une femme et fasse de beaux enfants pleins de santé. De nombreuses jeunes filles le couvaient déjà de leurs regards langoureux, mais aucune ne semblait l'intéresser.

Little Bird la gratifia d'un pâle sourire.

— Ton fils n'est pas content de m'avoir à sa charge, apparemment.

— Ne te préoccupe pas du comportement de mon fils, rétorqua Moonlight en lui tapotant la main. Nous verrons comment les choses auront évolué d'ici à quelques lunes.

Un enfant d'environ trois ans s'approcha de Moonlight, serrant un petit arc et une flèche dans ses mains potelées. Avec un sourire à faire fondre, il mit sa tante en joue. Éclatant de rire, celle-ci l'attira sur ses genoux.

— Vilain garçon, fit-elle en lui chatouillant le ventre. Tu tirerais sur ta tante ?

Le petit s'esclaffa, puis tendit la main et s'empara d'une galette.

— Tu aimes les enfants ? demanda Moonlight à Little Bird tandis qu'il se régalait.

— Oh, oui! Ils sont tellement innocents. Dans mon village, j'étais chargée de m'occuper d'eux. J'aime particulièrement prendre soin des bébés. Les enfants me manqueront.

Little Turtle sauta des genoux de sa tante pour se lancer à la poursuite d'ennemis imaginaires.

— Eh bien, je crois que j'ai exactement le travail qu'il te faut, Little Bird, déclara Moonlight quand le petit eut disparu sous les arbres.

— Vraiment?

— Nous avons besoin de quelqu'un pour surveiller les enfants quand leurs mères sont à la pêche ou à la cueillette. Qu'en penses-tu? C'est une bonne idée, non?

— C'est une excellente idée, approuva Little Bird, ravie. Quand veux-tu que je commence?

— Dès demain matin. Il y a beaucoup d'enfants au village, et tu auras besoin d'aide. Je dois décider quelles jeunes filles seront dignes de ce travail. Certaines ne s'intéressent qu'aux jeunes guerriers. Je ne me vois pas leur confier nos enfants, qu'en penses-tu?

— Je suis tout à fait d'accord. Les enfants sont les précieux cadeaux du Grand Manitou, et nous devons leur assurer sécurité et santé, et leur apprendre les règles de l'honneur.

Un sourire satisfait éclairant son visage, Moonlight annonça:

— À présent, il est temps que je t'emmène faire la connaissance des anciens.

Alors qu'elles longeaient la longue tente du conseil des sages, elle ne put s'empêcher de remarquer les regards appréciateurs que les jeunes gens posaient sur Little Bird. Étonnamment, cette dernière ne semblait pas consciente de leur intérêt.

Moonlight apprécia le comportement déférent de la jeune fille quand elle la présenta aux sages et au sorcier. Celle-ci s'agenouilla même devant Shilo, en signe de respect. Moonlight eut du mal à se retenir de rire tant son fils semblait embarrassé. Il devait apprendre à considérer Little Bird comme n'importe quel membre de la tribu. Le connaissant, elle savait que cela lui demanderait un effort presque insurmontable.

Little Bird laissa échapper un soupir de soulagement lorsqu'elles quittèrent enfin la tente du conseil. Du plus loin qu'elle se souvînt, les anciens l'avaient toujours impressionnée. Ils avaient l'air si sérieux et sévère.

— Tu es contente que ce soit fini, j'imagine, fit Moonlight en passant son bras sous le sien. Les anciens sont si solennels et farouches. Même à mon âge, j'avoue avoir encore un peu peur d'eux.

Little Bird admit qu'elle ressentait la même chose, puis s'étonna en remarquant un groupe de femmes rassemblées près de la tente de Moonlight.

— Elles sont venues te voir, te jauger, murmura celle-ci. Ne t'inquiète pas.

La plupart adressèrent à Little Bird des sourires amicaux. Les plus jeunes, en revanche, la dévisagèrent froidement et se détournèrent avant que Moonlight ait eu le temps de faire les présentations. Les mères parurent mécontentes de l'attitude impolie de leurs filles, mais ne les réprimandèrent pas pour autant. Elle savait que c'était la jalousie qui les poussait à se comporter ainsi. En âge de chercher un mari, elles n'appréciaient pas cette nouvelle, et fort jolie, concurrente. Mais dès que Little Bird aurait trouvé un guerrier à son goût, elle serait la bienvenue parmi elles.

Bien que blessée par leur mépris, elle se consola en découvrant que toutes les jeunes filles ne la détestaient pas. Certaines restèrent pour lui souhaiter la bienvenue et l'invitèrent à aller se baigner avec elles plus tard dans la journée.

— Elles sont très gentilles, dit-elle à Moonlight comme elles regagnaient leur tente. Pourquoi les autres se sont-elles montrées aussi grossières avec moi ?

— Elles sont jalouses de toi. Elles craignent que tu n'attires les jeunes guerriers et qu'ils se détournent d'elles.

— Mais les jeunes guerriers ne m'intéressent pas ! s'exclama Little Bird, visiblement sincère. Je ne crois pas que j'aimerais me marier.

— Pourquoi cela, mon enfant ?

Moonlight était très étonnée. Toutes les jeunes filles rêvaient d'avoir un mari.

— Dans le village où je vivais, les maris frappaient souvent leur femme. Le mari de ma tante ne se comportait pas ainsi, et elle m'a dit que mon père n'avait jamais levé la main sur ma mère. Mais je ne veux pas courir le risque.

— Ce que tu racontes arrive parfois, reconnut tristement Moonlight. Surtout quand nos hommes boivent le whisky de l'homme blanc. Ils deviennent un peu fous et maltraitent leur femme. Mais tu devras prendre un mari tôt ou tard, Little Bird. Tu auras besoin d'un homme pour veiller sur toi.

Little Bird ne l'ignorait pas. Elle était consciente qu'une femme dépourvue de la protection d'un homme n'était pas en sécurité.

— J'espère que le mari que l'on me choisira ne sera pas trop vieux et ne me battra pas, dit-elle, résignée.

— Little Bird ! s'écria la mère de Shilo, choquée. Tu choisiras toi-même ton mari le temps venu. Personne ne t'imposera qui que ce soit. Nos jeunes guerriers te regardent déjà avec beaucoup d'intérêt, crois-moi. Ils iront bientôt demander à Shilo la permission de te courtiser.

Et Shilo s'empressera de l'accorder au premier venu, songea Little Bird, se rappelant comment ces choses-là se passaient dans son village. Elle se souvenait des mariages, des chevaux que l'on offrait et des fourrures et autres objets de valeur que l'on échangeait.

Lorsqu'elle assistait à ces festivités, elle n'imaginait pas qu'un jeune guerrier puisse un jour vouloir d'elle dans son tipi. Et maintenant que cela lui apparaissait possible, elle n'était pas sûre de s'en réjouir.

Mais Moonlight ne lui avait-elle pas assuré qu'elle serait libre de choisir elle-même son mari ? Elle pourrait toujours prétendre qu'aucun ne lui plaisait...

C'était là un vœu pieux, elle s'en doutait, car Shilo insisterait pour qu'elle se décide sans tarder. Il était évident qu'il était pressé de se débarrasser d'elle.

8

— Nous ne sommes plus très loin, annonça Stone. Le ranch se trouve juste de l'autre côté de cette crête.

Quelques minutes plus tard, il pointait le doigt en direction d'un groupe d'arbres.

— C'est là, dit-il avec fierté. Voilà l'endroit où je suis né et où j'ai grandi. La maison a près de cent ans. C'est mon grand-père, Stonewall Falcon, qui l'a construite.

Alors qu'ils se remettaient en marche, Flame contempla, étonnée, le grand et solide bâtiment qui se dressait à la jonction de deux cours d'eau. Quel bel endroit, se dit-elle, admirant les murs blancs qui brillaient doucement dans la lumière dorée du soleil couchant.

La couleur de la vaste véranda et de l'encadrement des fenêtres s'accordait à celle de l'herbe environnante. Une magnifique vigne vierge se lançait à l'assaut de la cheminée et courait sur la moitié de l'auvent qui ombrait la véranda. Flame dénombra quatre grandes fenêtres dotées d'épais volets en façade.

Si la maison avait l'air vraiment confortable et accueillante, le jardin, en revanche, paraissait un peu à l'abandon. Les parterres de fleurs étaient envahis par les mauvaises herbes, mais elle repéra deux grands rosiers couverts de boutons.

À mesure qu'ils approchaient, Stone éprouvait une inquiétude croissante. Il craignait que Flame ne soit déçue. Qu'elle s'attende à une demeure plus cossue. Mais au fond, c'était idiot, se rassura-t-il. N'ayant aucun souvenir de son passé, elle ne devait pas avoir d'attentes particulières.

Il s'apprêtait à lui suggérer d'entrer à l'intérieur quand elle tourna vers lui un visage rayonnant.

— Je l'adore, Stone. Elle semble dire, « Bienvenue, Flame ».

— Et je le répète après elle, fit-il en souriant.

Il sauta à terre, puis la prit par la taille et la déposa sur le sol avec précaution.

— Tu es fatiguée ? s'enquit-il. Tu veux te reposer un moment sur la véranda avant de visiter la maison ?

— J'aimerais autant la visiter maintenant, si cela ne vous dérange pas.

— Pas du tout. Tu auras le temps d'avoir un bon aperçu avant que la nuit tombe. Mais laisse-moi te prévenir : je ne suis pas très doué côté ménage.

Il ouvrit la porte et s'effaça devant Flame.

— Voici la pièce principale, annonça-t-il en lui emboîtant le pas.

Le regard de Flame fut aussitôt attiré par l'énorme cheminée qui trônait au centre du mur en pierres apparentes. Le foyer était si vaste qu'il pouvait contenir aisément deux grosses bûches. Il devait fournir beaucoup de chaleur, pensa-t-elle. Pas comme... Pas comme quoi ? Elle fronça les sourcils, cherchant à se rappeler la pensée fugitive qui lui avait traversé l'esprit. Sans succès.

Elle passa le mobilier en revue. Il était ancien, mais en parfait état. Il y avait un canapé et de larges fauteuils de cuir, un beau tapis de laine mexicain et trois guéridons, chacun pourvu d'une jolie lampe à huile. Des livres étaient éparpillés sur une longue table disposée près du canapé. L'ensemble apparaissait confortable en dépit de l'épaisse couche de poussière partout visible.

Stone la précéda dans un long couloir. Quatre portes desservaient les chambres. Elle ne jeta qu'un coup d'œil à l'intérieur de chaque pièce en passant, mais constata cependant que deux d'entre elles semblaient n'avoir jamais été utilisées. Dans la troisième, le lit était fait et tout était parfaitement en ordre. Quant à la quatrième, elle offrait un spectacle moins avenant. Le lit était défait, des vêtements gisaient sur le sol, une chemise et un pantalon étaient suspendus au montant du lit, et des bottes et des chaussettes sales traînaient un peu partout.

Elle ne put retenir un murmure mêlé de surprise et de répulsion.

— C'est plutôt moche à voir, pas vrai ? admit-il avec un sourire penaud.

— Je ne sais vraiment pas, répondit-elle en lui rendant son sourire.

Quoique rassuré, Stone se jura de mettre un terme à ce bazar. Il était temps qu'il cesse de vivre comme un porc.

Il rebroussa chemin, et la conduisit dans la salle à manger. C'était aussi une vaste pièce, qui donnait sur le devant de la maison. La table était assez grande pour accueillir une dizaine de convives. Elle possédait aussi une cheminée, bien que moins imposante que celle de la pièce principale.

Puis ce fut le tour de la cuisine. De belles dimensions, elle contenait quantité de placards. Des casseroles, des poêles et d'autres ustensiles pendaient au mur derrière le grand fourneau en fonte. Rien de tout cela n'avait été utilisé depuis longtemps, cela sautait aux yeux. Tout, y compris le fourneau, la longue table et les deux bancs, était couvert de poussière, mais Flame ne fit aucun commentaire. En fait, elle semblait même n'avoir rien remarqué. Bizarre, songea Stone. Mais peut-être se taisait-elle pour ne pas l'embarrasser.

— Vous ne cuisinez jamais ? se contenta-t-elle de demander.

— Non. Je mange avec les cow-boys au réfectoire. Mais je t'avoue qu'il me tarde de goûter à tes bons petits plats.

— J'espère que je me souviens comment on cuisine, fit-elle, visiblement inquiète.

— Ça te reviendra naturellement, j'en suis sûr, la rassura-t-il.

C'était gentil de sa part, mais Flame avait des doutes.

— Tu as l'air fatiguée, reprit Stone en la scrutant. Si tu allais t'allonger jusqu'à l'heure du dîner ? Charlie, le cuisinier, met le couvert vers 19 heures. Les hommes rentrent environ une demi-heure avant.

Flame admit qu'elle était lasse et Stone l'emmena dans l'une des chambres. Non seulement la pièce était de belle taille, mais le lit, ainsi que tout le mobilicr l'étaient aussi. La maison et son contenu avaient été à l'évidence conçus pour abriter des hommes grands et vigoureux. Elle se débarrassa en hâte de ses chaussettes et se glissa entre les draps avec bonheur. L'odeur de renfermé qui s'en dégageait n'eut pas le temps de l'incommoder, car elle sombra dans un profond sommeil à peine la tête sur l'oreiller.

Stone resta un long moment à la contempler. Il ne cessait de changer d'avis quant à l'attitude à adopter avec elle. Que lui répondre quand elle se réveillerait et lui poserait des questions ? Il n'envisageait pas de lui avouer son mensonge de peur qu'elle ne s'en aille sur-le-champ ; il perdrait alors toute chance de se faire apprécier d'elle. Il était important qu'ils passent du temps ensemble, qu'elle apprenne à le connaître.

Son regard tomba sur les chaussettes de Pearl, et il se rappela que Flame n'avait pas de chaussures. Quant à sa robe... Dès qu'elle serait rétablie, il l'emmènerait acheter des vêtements à Dogwood. En attendant, il devait lui trouver de quoi s'habiller convenablement.

Il se souvint tout à coup que la nièce de Charlie était venue lui rendre visite dernièrement. Au cours de son séjour, Jamey, l'un des jeunes cow-boys, était tombé amoureux d'elle. Hélas, au bout d'une merveilleuse idylle de deux semaines, la jeune fille avait dû rentrer chez elle! Depuis, Jamey était inconsolable. Ce que Stone comprenait.

La nièce de Charlie était si bouleversée qu'elle était partie oubliant l'une de ses valises. Peut-être contenait-elle des affaires que Flame pourrait porter. Les deux jeunes filles étaient sensiblement de la même taille. Charlie serait sans doute très heureux de se débarrasser de ladite valise, lui qui se plaignait que sa chambre était trop encombrée.

Stone quitta la chambre sans bruit et se rendit en hâte dans la grande cuisine extérieure où s'affairait Charlie.

— Tu n'es pas parti longtemps, observa ce dernier en guise d'accueil sans cesser de pétrir une boule de pâte. J'ai vu que tu avais ramené une jolie dame, ajouta-t-il.

— En effet.

Stone se servit une tasse du café qui était tenu au chaud toute la journée. Comme il ne développait pas, Charlie haussa un sourcil interrogateur.

— Elle reste longtemps?

— Je l'espère. C'est ma femme.

— Quoi! Tu veux dire que tu t'es marié pendant ton voyage?

— Exactement. Elle s'appelle Flame.

— Eh bien, pour une nouvelle! Tu crois que tu es prêt à te consacrer à une seule femme? C'est pas ton style, tu sais.

— Je suis sûr de moi, Charlie. J'ai pensé à elle tout l'hiver. Le plus drôle, c'est qu'elle vivait dans un ranch à quelques kilomètres d'ici et que je ne le savais même pas. On s'est mariés il y a deux jours.

— Alors tu es en pleine lune de miel, si je comprends bien, commenta le cuisinier avec un sourire entendu.

Stone prit le temps de faire fondre le sucre dans son café avant de répondre :

— Ce n'est pas exactement le terme que j'emploierais. Le soir de notre mariage, nous avons été surpris par un violent orage. Le cheval de Flame l'a désarçonnée, et elle s'est cogné la tête contre un rocher en tombant. Elle a des côtes cassées et pas mal d'ecchymoses. Mais le pire, c'est qu'elle est devenue amnésique.

Charlie lui adressa un regard incertain et lui demanda si c'était contagieux.

— Elle ne se souvient plus de son passé, lui expliqua Stone. Ni de moi, ni de sa maison, ni de ses parents. Elle ne se rappelle même pas que nous nous sommes mariés.

— Tu veux dire qu'elle a perdu la mémoire.

Comprenant à présent de quoi souffrait Flame, Charlie s'autorisa un soupir de soulagement.

— C'est vraiment moche, Stone. J'ai connu deux gars à qui c'est arrivé. L'un a retrouvé la mémoire au bout de quelques mois, mais l'autre pauvre vieux est allé dans la tombe sans savoir qui il était. Il est mort tout seul. Il avait une femme, mais comme il ne se souvenait pas d'elle, elle a fini par le quitter. Elle disait que c'était comme de dormir avec un inconnu... Si je peux faire quelque chose pour ta femme...

— Juste la traiter normalement. Et si tu as encore les affaires de ta nièce, Flame pourrait peut-être les emprunter. Nous avons perdu ses bagages pendant l'orage.

— Pas de problème, elle peut tout prendre. J'allais les jeter. Rien ne dit que ma nièce reviendra. Je ne sais pas ce qu'il y a dans cette valise. Mais elle est sacrément lourde.

Stone vida sa tasse de café et se leva.

— Merci, Charlie. Je vais les emporter tout de suite.

— La valise est dans ma chambre, dans un coin. Nous mangeons dans environ une demi-heure.

Charlie avait raison, nota Stone en traversant la cour. Cette valise était sacrément lourde.

Il retourna auprès de Flame. Le soleil s'était couché et la chambre était à présent plongée dans l'obscurité. Stone posa la valise par terre au pied du lit, alluma la lampe sur la table de nuit, puis regarda Flame. Elle dormait toujours profondément, la main sous la joue. Après l'avoir contemplée un instant, il lui secoua doucement l'épaule. Elle s'agita, battit des paupières, puis se recroquevilla soudain, l'air effrayé.

— Tout va bien, Flame, la rassura-t-il. C'est moi, Stone.

— Oh, Stone, souffla-t-elle avant de pousser un soupir. J'étais en train de faire un horrible cauchemar. Je me battais contre un homme qui s'était introduit dans ma chambre et essayait de me violenter.

— Tu te souviens de son visage ? la pressa-t-il.

Il espérait que ce rêve était le signe que la mémoire lui revenait.

— Oui et non. À un moment, son visage m'est apparu très clairement, et puis, il s'est évaporé avant que j'aie le temps de l'identifier. Mais je suis sûre qu'il fait partie de mon passé. Le rêve semblait si réel.

— Y avait-il quelqu'un d'autre dans ton rêve ? Une femme, peut-être ?

Flame se concentra.

— Je me souviens vaguement qu'une femme me criait après, fit-elle. Mais je ne veux plus y penser, Stone. Je commence à avoir la migraine.

— Je comprends, ne t'inquiète pas. Quand ton cerveau sera prêt, la mémoire te reviendra. Regarde, je t'ai apporté des vêtements qui appartenaient à la nièce de Charlie.

Il souleva la valise et la posa sur le lit.

— Si nous regardions ce qu'elle contient?

Flame se redressa et attendit avec impatience qu'il l'ouvre. Émerveillée, elle regarda les jolis vêtements soigneusement pliés.

— Déplie-les, l'encouragea Stone comme elle se contentait de les admirer. Vois si quelque chose est à ta taille.

Flame s'y risqua timidement. La valise contenait tout ce dont une jeune fille pouvait avoir besoin, découvrit-elle. Il y avait des sous-vêtements en coton fin, des robes comme elle n'en avait jamais vu. Des tenues avec des fanfreluches, de la soie, du velours, de la mousseline. D'autres plus simples, en coton et en lin. Au fond de la valise se trouvaient plusieurs paires de chaussures et une paire de bottines.

Flame leva vers Stone un regard ébloui.

— Tout semble être à ma taille, et tout est si splendide. Je suis sûre que je n'ai jamais rien possédé de tel.

Du plat de la main, elle lissa une chemise de nuit en batiste d'un rose très pâle.

Stone l'imagina au lit, vêtue du délicat vêtement, et lui tendant les bras. Il s'allongeait sur elle, se glissait entre ses cuisses...

— Il me tarde d'essayer ces robes, avoua Flame, le ramenant brutalement au présent. Peut-être celle-ci...

Elle en désigna une à motif floral.

— Qu'en pensez-vous?

— Oui, celle-ci sera parfaite, articula-t-il, quelque peu troublé. Charlie appellera bientôt pour le dîner. Je suis impatient de te présenter à tout le monde.

Flame porta la main à son visage couvert d'ecchymoses.

— Cela ne peut pas attendre demain? hasarda-t-elle d'une petite voix mal assurée. J'ai besoin de prendre un bain, et j'ai si mal à la tête.

Mais Stone n'était pas dupe. Elle redoutait, devinait-il, de se montrer avec un visage aussi abîmé. Il se plia à son souhait sans hésiter.

— Bien sûr, répondit-il en souriant. De toute façon, ce n'est pas si urgent de rencontrer ces rustres. Je vais chercher un plateau, et nous mangerons ici.

— Si cela ne vous dérange pas, je préférerais, Stone.

— Cela ne me dérange pas du tout, assura-t-il. Je vais voir ce que Charlie nous a préparé.

Dès qu'il eut quitté la chambre, Flame se rendit à la fenêtre et le regarda traverser la cour en direction du réfectoire. Elle aurait tant voulu se souvenir de lui. Jusqu'à présent, ce qu'elle avait découvert à son sujet lui plaisait beaucoup. Il était poli, plein de sollicitude. Il n'avait pas fait mine de vouloir réclamer son dû en tant que mari. À l'évidence, il comprenait et respectait ses craintes à l'idée de se retrouver à partager le lit d'un homme qu'elle ne connaissait pour ainsi dire pas.

Un léger sourire flotta sur ses lèvres. Elle avait le sentiment qu'il ne se passerait pas longtemps avant qu'elle ne soit amenée à le connaître de nouveau au sens biblique du terme. Elle soupira. Il était si séduisant. Comment avait-elle pu l'oublier ?

Les cow-boys étaient déjà à table quand Stone pénétra dans le long bâtiment. Il fut immédiatement la cible de commentaires, félicitations et railleries mêlés.

— Quelle femme a pu être assez stupide pour épouser un voyou dans ton genre ? cria l'un, tandis qu'un autre se demandait à voix haute si elle était aveugle.

Stone se contenta de hausser les épaules en riant. À l'un des hommes qui voulait savoir si elle était du coin, il répondit qu'elle n'était pas des environs immédiats et qu'ils la rencontreraient le lendemain.

— Elle est fatiguée et a besoin de repos, conclut-il.

À peine avait-il prononcé ces paroles qu'il les regretta. À voir les sourires entendus de certains, les remarques suggestives quant à la façon dont il avait pu fatiguer sa femme n'allaient pas tarder à fuser.

Il les tua dans l'œuf d'un regard froid.

— À partir de maintenant, interdiction absolue de parler de ma femme, dit-il fermement.

Les hommes plongèrent le nez dans leur assiette, l'air penaud. Il était clair qu'ils avaient intérêt à respecter Mme Stone Falcon s'ils ne voulaient pas se prendre une raclée mémorable.

— Ce poulet rôti a l'air délicieux, Charlie, fit Stone en allant se pencher sur le contenu d'un grand poêlon noir. Flame va se régaler.

Il prit deux assiettes sur la pile posée derrière le fourneau et commença à les remplir, ajoutant au poulet, de la purée de pommes de terre avec de la sauce et des haricots. Charlie sortit un grand plateau de dessous l'évier, et tint la porte ouverte à Stone une fois qu'il l'eut chargé.

— Le patron est un peu chatouilleux en ce qui concerne sa jeune épouse pour l'instant, dit-il quand il fut certain que Stone ne pouvait pas l'entendre. Il y a deux jours, alors qu'ils rentraient, ils ont été pris dans un orage. Sa femme a été désarçonnée et s'est cogné la tête en tombant. Elle ne se souvient plus de son passé. Elle ne se souvient même plus de lui, ni du fait qu'ils sont mariés.

Toute trace d'amusement s'effaça des visages des hommes qui l'entouraient. L'affaire était grave. Une dure épreuve pour un homme, jeune marié de surcroît.

— Pauvre vieux Stone, commenta l'un d'eux en secouant la tête. Dire qu'il a attendu tout ce temps pour se marier, et voilà que sa femme le reconnaît même pas.

— Je me demande si elle le laisse la toucher ? s'interrogea Jamey.

— Bon sang, Jamey, tu penses donc qu'à ça ?

— Comme si vous y pensiez pas, vous ! ricana le jeune garçon.

Personne n'osa nier.

Quand Stone retourna dans la maison, il trouva Flame dans la cuisine. Elle avait rempli une cuvette d'eau à la petite pompe de l'évier en étain, et venait juste de terminer de se laver le visage et les mains.

— Mmm, ça sent bon, s'écria-t-elle.

Elle adressa un sourire à Stone tout en s'efforçant coquettement de lisser sa chevelure emmêlée.

— Poulet rôti ! annonça ce dernier en enlevant le torchon propre que Charlie avait posé sur les assiettes d'un grand geste. Si tu disposes les assiettes sur la table, j'irai nous chercher des couverts en argent.

Cela fait, ils entamèrent leur repas.

— C'est le meilleur poulet rôti que j'aie jamais mangé, déclara Flame après avoir mordu dans une cuisse croustillante.

— Comment sais-tu que c'est le meilleur si tu ne te rappelles pas ton passé ? la taquina Stone.

Flame prit une autre bouchée.

— Si j'avais déjà mangé quelque chose d'aussi délicieux, je m'en souviendrais.

Ils avaient vidé leurs assiettes quand Charlie apparut à la porte de la cuisine, une cafetière à la main.

— Je me suis dit qu'un bon café vous ferait plaisir pour terminer votre dîner, fit-il en entrant.

— Tu as dû lire dans mes pensées, assura Stone avant de se lever pour aller chercher deux tasses dans un placard. Est-ce que tu aimes le café, Flame ? demanda-t-il en les posant sur la table.

— Je pense que oui.

Elle huma le liquide sombre que Charlie versait dans les tasses.

— En tout cas, cette odeur-là me plaît.

Elle goûta son café du bout des lèvres, puis un large sourire éclaira son visage.

— J'aime le café, constata-t-elle avec satisfaction avant de lever les yeux sur le vieil homme aux cheveux gris. Vous êtes un cuisinier hors pair, Charlie.

— Je suis sûr que vous êtes plus douée que moi, rétorqua-t-il en rougissant de plaisir. Vous savez probablement préparer des plats compliqués, comme font les Français.

— Je ne sais pas du tout de quoi je suis capable dans une cuisine, avoua Flame en portant de nouveau sa tasse à ses lèvres.

— Je ferais mieux de retourner au boulot, dit Charlie en pivotant sur ses talons. Je dois garder un œil sur ce Toby si je veux en tirer quelque chose. Je vous dis à demain matin.

— Toby est le jeune homme qui aide Charlie à la cuisine, expliqua Stone quand il fut parti. C'est un gamin travailleur, et Charlie l'apprécie beaucoup, mais il aime bien râler, termina-t-il avec un petit rire.

Il remplit de nouveau leurs tasses.

— Si nous allions boire notre café sur la véranda ? La soirée est si belle.

La soirée était en effet belle et paisible, constata Flame quand ils furent assis dehors à siroter leur café. Ils regardèrent les hommes quitter le réfectoire. Certains se dirigèrent vers le dortoir tandis que d'autres allaient chercher leur cheval à l'écurie afin de se rendre en ville. Ignorant que le patron et sa femme étaient à portée d'oreilles, ils chahutaient et employaient un langage coloré.

Tandis que l'obscurité se refermait sur eux et qu'une lune pleine commençait à monter dans le ciel, Flame tourna la tête vers Stone.

Le moment tant redouté était arrivé. Les mots qu'il allait prononcer signeraient peut-être l'arrêt de mort d'un quelconque avenir commun. Détournant les yeux, Stone se plongea dans la contemplation de la lune. Il ne pouvait continuer à mentir. Avec le recul, il mesurait à quel point il avait agi stupidement. S'il était prêt à lui révéler la vérité, rien ne l'obligeait à lui raconter comment il était tombé amoureux d'elle. Ni comment il avait attendu le printemps pour partir à sa recherche. Elle le prendrait pour un idiot, un blanc-bec superficiel.

Réprimant un soupir intérieur, il posa sa tasse sur le sol, à côté de lui, et lâcha :

— Je ne sais pas beaucoup plus de votre passé que ce dont vous vous souvenez.

Il lui parla ensuite de l'orage qui l'avait surpris, de sa quête d'un abri. Il lui expliqua comment il était arrivé aux abords de la vieille ferme et avait vu une grosse femme la jeter dehors.

— Avant que j'aie le temps d'intervenir, elle avait claqué la porte. Vous avez rampé jusqu'à l'écurie et vous avez réussi à monter sur la petite jument qui vous appartient.

Il lui relata en deux mots comment il l'avait rattrapée et avait finalement trouvé la grotte où ils s'étaient abrités.

— Et puis, Pearl Harding est arrivée. Elle a supposé que vous étiez ma femme et je ne l'ai jamais détrompée. Vous comprenez, vous n'aviez qu'une chemise de nuit pour tout vêtement.

Il s'interrompit un instant, puis ajouta :

— Charlie et les hommes croient aussi que nous sommes mariés.

Il inspira à fond, puis se risqua à regarder la jeune femme.

— Je suis désolé, Flame. Sur le coup, il m'a semblé que c'était la meilleure chose à faire. Je ne serais pas surpris si vous me traitiez de tous les noms.

Flame s'était d'abord raidie. Mais à mesure que Stone poursuivait son récit, elle s'était détendue et l'avait écouté calmement. Malheureusement, l'histoire qu'il lui racontait n'éveillait en elle aucun souvenir. Mais il avait l'air si sincère, elle ne pouvait que le croire.

— Je suppose que vous avez fait ce qu'il fallait étant donné les circonstances, admit-elle.

Stone n'en revenait pas d'avoir échappé au pire : le mépris, voire la haine de Flame. Peut-être que tout espoir de se faire aimer d'elle n'était pas perdu...

— Alors que faisons-nous maintenant ? demanda-t-elle, une pointe d'inquiétude dans la voix.

— Eh bien, selon moi, répondit pensivement Stone, nous pouvons continuer ainsi le temps que je retourne là où je vous ai trouvée, que je découvre qui vit dans cette maison et pose quelques questions.

— C'est sans doute une bonne idée, approuva Flame, même si son ton trahissait une certaine incertitude.

Elle n'était pas sûre de vouloir connaître les gens qui vivaient là-bas.

Il y eut un long silence.

— Et si vous n'apprenez rien à mon sujet ? risqua-t-elle finalement. Que se passera-t-il ?

— Ne vous tracassez pas. Vous êtes une femme mariée, rappelez-vous. Vous resterez simplement ici avec votre *mari*, conclut-il d'un ton taquin avant de s'esclaffer.

Flame réfléchit un moment, puis demanda d'une voix empreinte de gravité :

— Vous n'avez pas de femme dans votre vie ?

— Non. Pas d'autre femme, répondit-il, le regard perdu dans l'obscurité.

— Vous comprenez, n'est-ce pas, Stone, que tout cela n'est que de la simulation ?

De la simulation ? Il n'y avait aucune simulation dans ce qu'il ressentait pour elle, dans la façon dont il la désirait, rêvait de la posséder chaque nuit. Combien de temps pourrait-il feindre une simple amitié ? Cette constante brûlure qui le consumait de l'intérieur réclamerait tôt ou tard d'être apaisée.

— Évidemment, répondit-il pourtant. D'ailleurs, pour que la simulation soit parfaite, il faudrait commencer par se tutoyer.

Puis il ajouta d'une voix traînante :

— Ma chambre est à l'autre bout du couloir… avec un verrou à la porte.

Il lui adressa un sourire espiègle.

— Hum, fit Flame, le taquinant à son tour, je me demande s'il y a un verrou à la mienne.

— Serais-tu inquiète sinon ? s'enquit-il en arquant un sourcil.

— Devrais-je l'être ?

— Je ne sais pas. Je ne peux rien te promettre. Tu es terriblement séduisante. Me tirerais-tu dessus si je te rendais visite au milieu de la nuit ?

— Je ne sais pas. Je ne peux rien te promettre non plus. Peut-être que l'un de nous devrait dormir dans l'écurie.

— Ou peut-être devrais-tu partager la chambre de Charlie.

— Ou peut-être devrions-nous nous taire tous les deux.

Flame croisa les bras derrière la nuque, mettant ainsi inconsciemment en valeur ses jolis seins. Le regard de Stone s'y riva spontanément, et il dut se faire violence pour détourner les yeux. Il doutait d'être capable de garder longtemps le contrôle de lui-même s'il continuait de la lorgner ainsi.

— Tu as raison, concéda-t-il. Je vais aller te chercher de l'eau chaude au réfectoire pour que tu puisses prendre un bain avant de te coucher.

— Merci, Stone, murmura-t-elle. Et bonne nuit.

Elle savait que s'il y avait un verrou à sa porte elle ne s'en servirait jamais pour se protéger de lui.

9

Debout sous le soleil ardent, Shilo suivait des yeux la courbe de la rivière qui filait vers le sud, ses rives verdoyantes bordées de saules et de peupliers.

Cela faisait près d'une heure qu'il était là, à tergiverser, s'efforçant de prendre une décision Que devait-il faire au sujet de Little Bird ? En l'espace d'une semaine, la pitoyable créature que le vieux montagnard avait laissée sous sa protection avait changé du tout au tout. Grâce à une alimentation régulière, elle avait repris du poids, son regard pétillait et ses cheveux étaient aussi lisses et brillants que de la soie. Elle riait, désormais, d'un rire joyeux qui résonnait à travers le village.

Elle était merveilleuse avec les enfants, d'une gentillesse et d'une douceur à toute épreuve. Il demeurait parfois dans l'ombre des arbres pour le seul plaisir d'écouter le son de sa voix tandis qu'elle racontait des histoires aux petits dont elle avait la charge.

Il n'était pas le seul au village à être attiré par la nouvelle venue. Les jeunes guerriers la regardaient, eux aussi. Bientôt, ils viendraient le trouver pour lui demander la permission de se promener le soir avec elle. En langage d'homme blanc, pour la courtiser.

Shilo se rembrunit. Que leur répondrait-il ? Et que répondrait-il aux anciens quand ils lui feraient comprendre qu'il était temps pour lui de prendre femme ? Même sa mère le pensait.

Un sourire ironique lui vint aux lèvres. À ce propos, il aurait presque pu croire que sa mère aurait aimé avoir Little Bird comme belle-fille. Elle ne cachait en tout cas pas son attachement à la petite orpheline. Mais bien que Little Bird fût une Ute, elle venait d'une tribu différente. Sa mère et son peuple attendraient de lui qu'il épouse une jeune fille de leur propre tribu.

Et puis, il y avait Stone. Qu'éprouvait-il pour cette fille ? Il était revenu depuis près d'une semaine avec sa jeune épouse et l'avait amenée la veille au village pour la présenter à Moonlight et aux anciens. Elle s'appelait Flame et était d'une grande beauté. Malheureusement, elle avait perdu la mémoire, et il était impossible de prévoir si elle se rappellerait jamais ce qu'avait été sa vie avant l'accident.

Mais mémoire ou pas, les chaleureuses retrouvailles de Stone et de Little Bird l'avaient contrarié. Shilo avait lu dans le regard de Flame de la jalousie. Et il la comprenait parfaitement. Lui non plus n'avait pas apprécié les sourires que Stone et Little Bird avaient échangés. Il s'était demandé s'ils avaient couché ensemble. Et si oui, avaient-ils l'intention de rester amants ? Little Bird, avait-il remarqué, ne faisait aucun cas de l'intérêt que lui portaient les jeunes guerriers. Était-ce à cause de Stone ? Peut-être devrait-il conseiller aux jeunes guerriers de s'adresser à Stone Falcon avant de se risquer à courtiser Little Bird.

Shilo flanqua un coup de pied rageur dans une pierre. À quoi pensait donc Stone ? Il croyait pouvoir avoir les deux femmes ? En épouser une et faire de l'autre sa putain personnelle ? Ce genre de comportement ne lui ressemblait pas, mais ces filles étaient vraiment très belles. N'empêche, Little Bird ne méritait pas un tel sort : une vie de solitude, moralement condamnée de tous. Et que dire si jamais elle donnait naissance à des enfants métis ? Tout le monde l'éviterait comme la peste. Stone la désirait-il au point de lui infliger un pareil destin ?

Des voix féminines le firent tressaillir. Levant les yeux, il aperçut des femmes du village qui venaient dans sa direction, des paniers de linge sale sous le bras. C'était jour de lessive. Spontanément, il chercha Little Bird parmi elles, avant de se rappeler qu'elle s'occupait des enfants, et ne serait donc pas là. C'était probablement sa mère qui se chargeait de lui laver ses vêtements. Elle l'aimait tellement.

Craignant d'être assailli par un groupe de jeunes filles faussement timides gloussant à qui mieux mieux, Shilo se détourna et regagna le village à grands pas. Il atteignait son wigwam lorsqu'il remarqua Little Bird et Stone assis à l'ombre des arbres, quelques enfants réunis autour d'eux. Ils riaient gaiement d'une histoire que Little Bird était en train de leur raconter.

Que fabriquait Stone ici aujourd'hui ? s'interrogea-t-il, contrarié malgré lui. Il chercha Flame du regard, ne la vit nulle part. Pourquoi diable son ami était-il venu sans sa femme ? Était-ce parce qu'il avait envie d'être seul avec Little Bird ?

Le visage fermé, il s'approcha du joyeux groupe. Stone leva les yeux et lui sourit.

— Tu as l'air plus en colère qu'un ours pris au piège, l'ami, lança-t-il. Qu'est-ce qui ne va pas dans ton monde aujourd'hui ?

— Où est ta femme ? demanda Shilo d'un ton bourru, ignorant la question de Stone de même que la présence de Little Bird.

Stone dévisagea son ami. Il lui parut plus grognon que d'habitude.

— Tu m'as l'air vraiment de mauvais poil, commenta-t-il. Aurais-tu eu une mauvaise vision ou es-tu juste ta revêche incarnation habituelle ?

Comme Shilo poussait un vague grognement en guise de réponse, Stone se tourna vers Little Bird et lui demanda :

— As-tu déjà vu Shilo sourire ?

Les yeux de la jeune Indienne étincelèrent de malice.

— Non. Mais il paraît que ses lèvres ne peuvent pas s'incurver vers le haut. Tu crois que c'est vrai ? ajouta-t-elle d'un ton faussement sérieux.

— Laisse-moi y réfléchir une minute, répondit Stone qui feignit de considérer gravement sa question.

Au bout d'un moment, il secoua tristement la tête.

— Maintenant que j'y songe, je crois que cela pourrait bien être vrai. Pauvre garçon. Voilà pourquoi il a toujours l'air si sombre.

— Toi, tu n'as pas de problème pour incurver tes lèvres, ce matin, rétorqua Shilo en scrutant son ami, les yeux plissés. On dirait un stupide opossum. J'en déduis que le mariage te convient, même si tu n'hésites pas à laisser ta femme seule.

— Je lui ai proposé de m'accompagner, mais quand elle a su que je comptais te demander de venir chasser avec moi elle a décliné mon invitation. Elle a dit qu'elle n'avait pas envie de traîner dans la forêt toute la journée à la recherche d'un pauvre animal à tuer. De toute façon, elle est encore faible et ses côtes la font souffrir.

— Elle doit boire beaucoup de bouillon de daim et de bœuf si elle veut recouvrer ses forces.

— Que crois-tu que je lui ai donné ? Elle en a tellement bu qu'elle peut à peine en supporter la vue. Alors, est-ce que tu veux venir chasser avec moi ? Hier, j'ai repéré un petit groupe de jeunes antilopes dans Quail Valley.

— Pourquoi pas, fit Shilo en haussant les épaules avec indifférence. On a besoin de gibier frais au village. Ma mère a laissé entendre qu'elle mangerait bien de la dinde rôtie.

— Je peux vous accompagner? s'enquit Little Bird, l'œil brillant à l'idée de passer la journée dans la forêt.

— Bien sûr, répondit Stone. Nous…

— Pas question, intervint Shilo en adressant un regard noir à la jeune fille. Tu oublies que tu es censée t'occuper des enfants.

— Oh, c'est vrai! dit-elle en rougissant d'embarras. Je suis désolée, Shilo.

Ce dernier se renfrogna plus que jamais.

Stone ne put s'empêcher de s'interroger sur l'attitude de son ami. Pourquoi diable se montrait-il si abrupt et si froid avec Little Bird. Elle était calme et douce. Il ne lui en voulait tout de même pas du peu de nourriture qu'elle consommait. D'autant qu'elle la gagnait en veillant sur les enfants.

Il lui vint alors à l'esprit que Shilo était peut-être tombé amoureux de la jeune fille et était en colère contre lui-même, et contre elle, précisément pour cette raison. Il était trop têtu pour admettre qu'il aimait une orpheline qui n'apporterait aucune richesse à leur mariage.

Pourtant, à y regarder de plus près, cela ne lui ressemblait guère. Shilo se moquait pas mal de ce que les gens pouvaient penser de ses actes. S'il avait envie d'épouser Little Bird, rien ne l'en empêcherait. Il devait y avoir une autre explication à sa conduite envers la jeune fille.

Shilo alla chercher son fusil dans son tipi.

— Combien as-tu de cartouches? demanda-t-il à Stone en revenant. Je n'en ai presque plus.

— J'en ai largement assez pour nous deux, assura Stone en tapotant la cartouchière attachée autour de sa taille. J'en ai acheté hier en ville.

— Alors, allons-y, grommela Shilo impatiemment.

— À plus tard, Little Bird, fit Stone en se levant et en époussetant son pantalon. Je vais essayer de te rapporter un écureuil ou deux.

— Merci, Stone. J'adore l'écureuil rôti.

Le sourire chaleureux dont la jeune Indienne accompagna ses paroles n'échappa nullement à Shilo. Dès que Stone et lui se furent suffisamment éloignés, il demanda sèchement :

— Pourquoi lui ramènerais-tu du gibier ?

— Cela me semble juste de contribuer de temps en temps à sa nourriture dans la mesure où je t'ai demandé de l'accueillir.

Un silence tendu tomba entre les deux hommes. Lorsque Shilo reprit enfin la parole, ce fut pour poser une question si impensable que Stone s'arrêta net et lui lança un regard stupéfait.

— Little Bird est-elle aussi ta femme ? demanda-t-il avec colère. Une seule ne te suffit donc pas ?

— Qu'est-ce qui ne tourne pas rond dans ta tête, mon vieux ? s'exclama Stone en lui agrippant le bras pour le faire pivoter face à lui. Je ne veux pas d'autre femme que Flame.

— Alors ne te soucie pas de savoir si Little Bird a suffisamment à manger ou non.

— Hé, espèce d'Ute aux longues jambes, as-tu fait d'elle *ta* femme ?

— Sûrement pas ! riposta Shilo avec mépris. J'aime que mes femmes aient un peu de chair sur les os. Je ne veux pas être obligé de secouer les fourrures de mon lit pour la trouver. Sans compter que je risque de la casser en deux si jamais je couche avec cette maigrichonne.

— J'en doute, s'esclaffa Stone. Je t'accorde que Little Bird est petite et d'aspect frêle, mais la vie qu'elle a menée ces derniers temps lui a donné beaucoup d'endurance. À mon avis, elle te survivrait dans un lit.

— Pfff ! Ce fichu tabac que tu fumes doit t'embrouiller l'esprit, commenta Shilo. Tu connais ma vigueur.

Stone sourit et le sujet fut clos. Il était de toute façon temps de se taire s'ils voulaient surprendre quelque gibier.

116

Mais s'il ne parlait pas tandis qu'il avançait avec précaution derrière Shilo, Stone n'en réfléchissait pas moins. Son ami était-il tombé amoureux de la petite orpheline ? Il devait admettre qu'elle s'était révélée fort jolie fille. Il n'osait penser à ce qu'il lui serait arrivé s'il ne l'avait arrachée des mains des frères Jackson. Elle serait peut-être morte à l'heure qu'il était... ou en train de souhaiter l'être. Il espérait de tout cœur que le fier Indien était amoureux d'elle et qu'il l'épouserait un jour.

Il espérait encore plus ardemment que lui-même épouserait Flame un jour.

Deke Cobbs se laissa aller en arrière sur sa selle et balaya du regard l'enclos mis en place aux abords de la ville. Bertha, Hoss Jenkins et lui étaient sur la route depuis deux semaines.

À environ un kilomètre de la ville, ils avaient fait halte au bord d'une rivière pour que les bêtes s'abreuvent, puis ils s'étaient installés ici juste après l'aube. Le soleil était tout à fait levé à présent, et il était temps de conduire le bétail dans l'enclos. Les acheteurs n'allaient pas tarder. Certains seraient de modestes ranchers cherchant à ajouter quelques têtes à leur troupeau. La majorité seraient des envoyés du gouvernement, chargés d'acheter du bœuf pour les réserves indiennes. Grâce à Flame, ils avaient des bêtes de premier choix. Ils avaient d'ailleurs veillé à ne pas les surmener afin qu'ils atteignent Hays en bonne condition.

Le regard de Deke s'assombrit. Il devrait emmener cette traînée avec lui. Elle jouissait d'une certaine notoriété en ville.

Mais ce n'était pas un problème. Il avait un plan. Hoss allait avoir une grosse surprise. Il savait que son prétendu ami et Bertha couchaient ensemble dès qu'ils en avaient l'occasion. Et ce depuis le premier jour. Ils commençaient à être moins prudents, du reste. Parfois, ils ne se souciaient même pas d'être discrets. Ils l'avaient réveillé à de nombreuses reprises avec leurs halètements et le bruit de leurs gros ventres nus claquant l'un contre l'autre.

Deke eut une moue de mépris. La garce n'avait pas senti le poids de son corps sur elle pendant ces deux semaines. Mais elle lui avait néanmoins donné satisfaction, songea-t-il.

Il étira ses muscles endoloris. Il ne serait pas mécontent de dormir de nouveau dans un vrai lit. Il était pressé d'être au soir pour se glisser entre des draps propres avec une jeune putain qui sentirait bon le parfum et non la bouse de vache. Mais pour l'heure, il devait aller réveiller les deux autres fainéants afin qu'ils l'aident à convoyer le troupeau en ville.

Quand il arriva au campement, Bertha et Hoss ronflaient comme des sonneurs. Il leur flanqua à chacun un grand coup de pied dans le derrière.

— C'est l'heure d'emmener le troupeau à l'enclos, brailla-t-il devant leurs regards courroucés.

Comme Bertha tendait la main vers sa chemise et son pantalon, Deke observa d'un air dégoûté :

— Si tu allais à la rivière te décrasser un peu. Et mets des habits propres, nom d'un chien ! Aucun acheteur s'approchera de notre bétail s'ils reniflent ton odeur.

Bertha bondit de sa couche, le visage rouge de fureur.

— Je vais t'apprendre à me parler comme ça ! cria-t-elle d'une voix stridente en s'avançant vers lui.

Deke attendit qu'elle soit à quelques centimètres de lui pour lui envoyer son poing dans la figure. Il la percuta au menton. Elle bascula en arrière ; sa lourde masse heurta la terre qui trembla presque sous le choc. Tandis qu'elle gisait à leurs pieds, clouée par la douleur, Deke et Hoss éclatèrent d'un rire gras.

118

Tempêtant et fulminant, Bertha les traita de tous les noms, ce qui ne fit qu'accroître leur hilarité.

Quand elle se tut finalement, hors d'haleine, Deke et Hoss la saisirent chacun par un poignet et la remirent sur pied.

— Calme-toi et va te laver, ordonna Deke en lui claquant son gros fessier. Et change-toi.

Dès qu'ils atteignirent l'enclos, un peu plus tard, Deke se mit en quête du responsable de l'attribution des places : John Rodgers.

— Joli troupeau, commenta ce dernier après avoir désigné la partie de l'enclos où Deke pouvait mettre ses bêtes. Vous en tirerez un bon prix.

— Où en sont les cours cette année ? Ma bourgeoise veut une jolie bague pour notre mariage.

Deke indiqua de la tête l'arbre à l'ombre duquel Bertha et Hoss l'attendaient.

— Les cours fluctuent, mais dans l'ensemble ils sont plutôt à la hausse. Vous devriez pouvoir lui offrir un gros diamant.

Deke se hissa sur ses étriers et fit signe à ses compagnons de le rejoindre. Il dut se contenir pour ne pas montrer son exultation. Quand il se séparerait d'eux, il aurait en poche plus d'argent qu'il n'en avait jamais possédé.

Une fois le bétail en sécurité dans leur enclos, Deke épongea la sueur de son visage et déclara :

— Je sais pas vous, mais si je prends pas bientôt un repas digne de ce nom, je vais tomber dans les pommes. Si on allait en ville pendant que Rodgers pèse les bêtes ?

Bertha et Hoss acquiescèrent sans hésiter, et une demi-heure plus tard, tous trois étaient attablés dans un saloon et commandaient des steaks, des œufs et des galettes chaudes.

Deke finit d'engouffrer son petit déjeuner alors que Bertha et Hoss entamaient à peine le leur. Il commanda une deuxième tasse de café, puis se leva.

— Je vais faire un tour aux cabinets, dit-il. Je reviens terminer mon café et on retourne à l'enclos.

Il sortit et se rendit en toute hâte à l'endroit où les chevaux étaient attachés. Ce n'était pas par hasard que son cheval se trouvait à côté de la jument de Bertha. Il contourna l'animal, s'assura que personne ne l'observait, et sortit un couteau de sa poche. Soulevant la jambe arrière droite de la jument, il fit sauter son fer en utilisant le couteau comme un levier. Après avoir jeté le fer dans l'abreuvoir, il détacha son étalon, grimpa en selle et descendit la rue au galop pour rejoindre les enclos.

La chance était encore de son côté, car il n'eut aucun mal à se faire passer pour le jeune mari de Bertha. On lui proposa une belle somme pour le bétail, qu'il réussit à se faire verser en liquide.

L'argent bien au chaud dans sa poche, il remonta en selle et piqua des deux en direction du Texas. Il regrettait juste de ne pas être là pour voir la tête de Bertha quand elle découvrirait son forfait ! Et de ne pas avoir la possibilité de lui lancer à la figure qu'il estimait avoir mérité chacun de ces dollars pour toutes les fois où il s'était forcé à coucher avec elle.

Un grand sourire lui fendit le visage. Il savait comme deux et deux font quatre que Hoss prendrait à son tour la poudre d'escampette dès qu'il saurait qu'elle était sans le sou.

Au bout de dix minutes, comme Deke n'était toujours pas revenu des toilettes, Hoss commença à avoir des soupçons. Il connaissait bien le gaillard, et savait qu'il était capable des pires coups, ami ou pas. Il jeta un coup d'œil à Bertha, qui était occupée à racler les dernières miettes dans son assiette.

— Qu'est-ce qui retarde Deke, à ton avis ?

Elle haussa les épaules.

— Il est peut-être tombé dans le trou, fit-elle en rigolant.

— Et peut-être qu'il est parti sans nous.

Les petits yeux fendus de Hoss étaient remplis de méfiance.

— Viens, on va aller l'attendre dehors, proposa-t-il en se levant et en filant vers la sortie.

Il laissa échapper un juron sonore en constatant que le cheval de Deke avait disparu.

— Où tu crois qu'il est ? s'inquiéta Bertha en parcourant la rue du regard.

— À ton avis, espèce d'idiote ?

Il était tellement furieux qu'il pouvait à peine parler.

— Il est parti vendre les bêtes, tiens.

— Mais il peut pas faire ça ! Elles portent toutes ma marque.

— C'est pas ça qui l'arrêtera, crois-moi !

Bertha comprit qu'il fallait réagir vite.

— Viens, fit-elle entre ses dents serrées. On peut le rattraper avant qu'il touche le fric. Et quand j'aurai mis la main sur lui, je lui flanquerai une balle entre les deux yeux.

Ils étaient à peine en selle qu'ils s'aperçurent que la jument de Bertha avait perdu un fer. Ils n'eurent aucun mal à deviner qui en était responsable.

— Nom de Dieu ! explosa Hoss. Le temps qu'on lui remette ce fichu fer, ce salaud sera loin. Tu as de l'argent ?

Bertha secoua la tête.

— Pas un centime.

— Moi non plus. J'ai dépensé mon dernier dollar au saloon.

L'énorme poing de Hoss s'abattit sur le pommeau de sa selle.

— On a même pas de quoi ferrer ta jument.

— Qu'est-ce qu'on va faire ? demanda Bertha qui semblait désemparée, pour ne pas dire effrayée.

Hoss descendit de cheval et alla s'asseoir sur les marches du saloon, le regard rivé au sol. Au bout de quelques minutes, Bertha le rejoignit et demanda vertement :

— Tu as l'intention de rester assis là toute la journée ?

Hoss lui adressa un regard entendu et répondit calmement :

— Ouais, je crois que je vais rester là. Et toi, mademoiselle Bertha, tu vas passer la journée sur le dos. Tu piges ?

Elle le regarda, perplexe. Puis elle comprit.

— Tu veux dire...

— Exactement. On va faire une bonne équipe. Toi dans l'écurie sur les bottes de foin, et moi assis là à traiter avec les clients.

— Traîne pas pour me les envoyer, fit-elle avec impatience en se dirigeant vers l'écurie aussi vite que son énorme poids le lui permettait.

10

Stone sirotait son café en laissant son regard errer sur la vallée. Quatre cents têtes de bétail y étaient éparpillées, certaines broutant l'herbe tendre, d'autres alignées le long de la Platte, le museau dans l'eau.

Il aimait tout particulièrement ce moment de la journée, quand le soleil levant baignait le paysage de sa lumière dorée. La brume qui flottait sur la rivière commencerait à s'élever, puis se dissiperait progressivement.

Il termina son café, posa la tasse vide sur la rambarde, puis s'appuya contre le pilier de la véranda. Il possédait le plus vaste ranch à une centaine de kilomètres à la ronde, avec pas moins de deux mille têtes de bétail. Il avait une belle maison et de nombreux amis. Il aurait dû être l'homme le plus heureux du Colorado. Mais il ne l'était pas. Il était même probablement l'être le plus malheureux de tout le territoire.

Le mois qui venait de s'écouler avait été une épreuve. Il ignorait combien de temps encore il supporterait de vivre sous le même toit que Flame. Chaque nuit, l'idée qu'elle soit tout près, tranquillement endormie, lui était un pur cauchemar. Il l'imaginait en chemise de nuit transparente, sa superbe chevelure déployée sur l'oreiller, ses adorables lèvres légèrement entrouvertes comme dans l'attente d'un baiser.

Elle s'était adaptée sans peine à la vie du ranch. Tout le monde l'aimait, en particulier Charlie, le cuisinier, et son jeune apprenti. Elle avait bien récupéré et retrouvé ses forces, mais son passé lui échappait toujours. Il était surpris qu'elle ne montre pas plus d'intérêt à la cuisine ou à l'entretien de la maison. En fait, elle était assez négligente dans ce domaine, si bien qu'il avait fini par embaucher une Mexicaine pour se charger de ces tâches. Maria tenait impeccablement la maison, mais elle ne cuisinait que des plats mexicains, ce qui n'était pas du goût de Stone. Flame et lui prenaient la plupart de leurs repas au réfectoire.

Il n'aimait rien tant que regarder la jeune femme monter à cheval. Il admirait son habileté à attraper une bête au lasso et à la marquer. Elle était plus efficace et plus rapide que la plupart de ses hommes, bien qu'elle ignorât totalement d'où lui venait ce savoir.

Il se remémora le jour où il l'avait vue pour la première fois maîtriser un veau et le marquer.

Ils étaient en selle en train de regarder un cow-boy tenter de ficeler les pattes d'un jeune veau de bonne taille pour qu'on puisse le marquer. Il avait fait plusieurs tentatives. En vain.

Contrarié par la maladresse de son employé, Stone était sur le point de mettre pied à terre pour le remplacer quand Flame avait bondi à bas de son cheval. D'un mouvement souple du poignet, elle avait fait tournoyer son lasso au-dessus de sa tête, et avait encerclé le cou de l'animal. Après quoi, elle avait ordonné à son cheval de reculer afin que la corde demeure tendue. En l'espace de quelques secondes, elle avait maîtrisé le veau et lui avait attaché les pattes. Quelques secondes supplémentaires, et la bête était marquée.

— Il n'y a pas de secret, avait-elle expliqué au jeune cow-boy en relâchant le veau. Tout est affaire de précision et de rapidité.

Lorsqu'elle était remontée en selle, Stone n'avait pu s'empêcher de lui demander avec admiration :

— Où et quand as-tu appris à faire cela ?

Flame l'avait regardé d'un air interdit.

— Je ne sais pas, avait-elle soufflé.

Elle avait paru si confuse que Stone n'avait pas osé la questionner plus avant.

Un long soupir lui échappa. Cette femme qu'il aimait si passionnément demeurait une énigme. Jamais il n'en avait connu qui lui ressemblât. Il n'avait pas la moindre idée de ce qu'elle éprouvait pour lui. Certes, elle se montrait toujours agréable avec lui, songea-t-il, essayant de puiser dans cette pensée un certain réconfort. Mais un instant plus tard, force lui fut de reconnaître qu'elle était tout aussi agréable avec ses hommes. Lesquels, pour la plupart, donneraient leur vie pour elle.

En revanche, il y avait une femme qui haïssait Flame. Au point d'avoir tenté de la tuer.

Deux semaines plus tôt, il avait chevauché jusqu'à la vieille maison que Flame avait fuie. À la lumière du jour, elle lui était apparue dans un état de délabrement inouï. À vrai dire, elle semblait sur le point de s'effondrer. Alors qu'il s'en approchait, il avait eu la certitude qu'elle était vide – une certaine immobilité de l'air, un silence particulier.

Après avoir mis pied à terre, il s'était avancé prudemment sur la véranda branlante et avait ouvert la porte. Une odeur fétide l'avait assailli à peine entré. Il avait fait rapidement le tour des quatre pièces. De toute évidence, les occupants avaient quitté les lieux à la hâte.

Et, aussi inimaginable que cela paraisse, il avait compris que Flame avait vécu ici. La petite chambre sens dessus dessous le lui soufflait. Et les quelques vêtements élimés qu'il avait trouvés étaient à sa taille.

Avec qui partageait-elle cette maison ? s'était-il demandé. Ses parents ? Sûrement pas. Quels parents fallait-il être pour traiter ainsi sa fille ?

Il s'efforça d'écarter l'hypothèse selon laquelle elle aurait pu vivre ici avec son mari. Car si tel était le cas, où était-il passé? Et qui était la femme qui l'avait maltraitée? Il avait aperçu un homme cette nuit-là. Se pouvait-il que ce soit le mari de Flame? Mais quelle sorte de mari pouvait rester sans réagir tandis qu'on battait sa femme à mort?

Il avait appris au moins une chose, songea-t-il en ressortant de la vieille ferme. Flame n'avait pas vécu dans l'aisance. L'état de cet endroit en attestait.

Mais les habitants de cet endroit n'étaient pas non plus des miséreux. Le ranch était certes petit, mais la terre était bonne, et une rivière traversait la propriété. Un homme ambitieux et travailleur pouvait transformer cet endroit en paradis. Ce qui n'avait clairement pas été le cas.

S'immobilisant sur la véranda, il embrassa du regard les herbages environnants. Surpris, il aperçut plusieurs têtes de bétail qui paissaient sur une butte bordant la rivière. Appartenaient-elles au ranch? Du reste, à qui ce ranch appartenait-il?

Remontant en selle, il chevaucha jusqu'au troupeau et dénombra les têtes. Il y en avait trente-trois, toutes en bonne condition, et portant la marque Bar X.

Dès qu'il aurait un peu de temps, il reviendrait faire un tour dans le secteur, décida-t-il. Il interrogerait les fermiers des environs afin de savoir qui était le propriétaire du troupeau portant cette marque et ce qui était arrivé aux gens qui habitaient ici.

Mais d'abord il emmènerait Flame, se promit-il. En voyant la vieille maison, la mémoire lui reviendrait peut-être.

Flame reconnut Stone dans le cavalier qui approchait. Il avait une façon unique de se tenir en selle. Tandis qu'elle le regardait, elle se demanda ce qu'il ressentait pour elle. Il était toujours poli, attentif à son bien-être. Il la traitait presque comme une invalide, alors qu'elle était loin de se sentir faible ou malade. À vrai dire, elle n'avait jamais été en meilleure forme. Le repos et une alimentation équilibrée avaient fait des merveilles sur son organisme.

Elle soupira. Si seulement Stone se comportait avec elle comme avec Little Bird. Ils n'arrêtaient pas de plaisanter ensemble, de se taquiner. Parfois, il glissait le bras autour des épaules de la jeune Indienne et la serrait contre lui. Flame détestait l'admettre, mais dans ces moments-là, un abominable sentiment de jalousie la tenaillait.

À en juger par la façon dont son visage s'assombrissait et ses poings se serraient, Shilo n'appréciait pas non plus leurs rapports. Elle avait du mal à comprendre le bel Indien. Il adressait à peine la parole à la jeune fille quand il l'amenait chez eux en visite, et s'il le faisait, c'était toujours d'un ton bourru. Cependant, le regard qu'il posait sur Stone et Little Bird lorsque ceux-ci s'amusaient trahissait une jalousie au moins aussi forte que la sienne. S'il éprouvait de l'affection pour la petite Indienne, pourquoi ne la traitait-il pas plus gentiment ?

Flame se demanda soudain s'il y avait plus que de l'amitié entre Stone et Little Bird. Et si tel était cas, Shilo était-il au courant ? Gardait-il le silence par fidélité à sa longue amitié avec Stone ?

Et qu'avait fait Stone aujourd'hui ? se demandat-elle encore. D'après la direction, il venait du village indien. Avait-il rendu visite à Little Bird ? Avait-il envie de passer un moment seul avec elle ? Elle comprenait qu'il recherche la compagnie de la jeune fille qui était toujours si gaie et si pleine de vie, alors que sa supposée femme ne trouvait jamais une occasion de rire, ne savait même pas qui elle était ni d'où elle venait.

Stone immobilisa sa monture devant la maison, sauta à terre et gravit les trois marches menant à la véranda. Il découvrit Flame qui se balançait doucement dans le rocking-chair. Elle portait une robe rose pâle ornée de minuscules roses rouges dont le décolleté, quoique modeste, laissait entrevoir sa poitrine ferme. Avec ses cheveux flamboyants qui retombaient en boucles souples sur ses épaules, elle avait l'air d'un ange.

Pour la millième fois, il se dit qu'il fallait absolument qu'il trouve le moyen de se faire aimer d'elle.

Il lui offrirait de jolies toilettes qui seraient bien à elle. Peut-être aussi des bijoux. À présent qu'il y songeait, la boîte à bijoux de sa mère se trouvait au grenier. Il se rappelait vaguement un coffret recouvert de velours contenant des pierres brillantes. Un de ces jours, il irait le chercher et en ferait l'inventaire.

— Comment s'est passée ta journée, s'enquit-il en se laissant tomber dans le fauteuil près de la jeune fille. Qu'as-tu fait de beau ?

« Rien d'aussi amusant que toi », faillit-elle rétorquer avec amertume. Mais sa voix était égale quand elle répondit :

— J'ai aidé les hommes à marquer les jeunes bêtes.

Stone fronça les sourcils.

— J'aimerais que tu ne te fatigues pas autant. Tes côtes sont encore fragiles. Tu ne pourrais pas trouver de quoi t'occuper dans la maison ? Je ne sais pas moi, faire des travaux de broderie ou cueillir des fleurs et composer des bouquets pour égayer les pièces. À moins que tu ne préfères t'occuper du jardin. J'ai remarqué que les parterres étaient pleins de mauvaises herbes.

Les suggestions de Stone arrachèrent un tressaillement à Flame. Elle détestait qu'il la prenne ainsi en défaut. Elle avait l'intime certitude qu'elle ne savait pas broder. Elle n'était même pas sûre de connaître le sens exact de ce terme. Et bien qu'elle aimât les fleurs, elle n'avait aucun souvenir d'en avoir jamais cueilli ni d'avoir jamais composé le moindre bouquet. Si elle le lui demandait, Charlie permettrait peut-être à son jeune apprenti, Toby, de l'accompagner dans la prairie pour en cueillir.

Regardant Stone, elle murmura :

— J'irai cueillir des fleurs demain. La prairie en regorge.

— Tu le feras un autre jour. J'ai pensé que Charlie pourrait nous préparer un pique-nique et que nous pourrions passer la journée à nous promener à cheval. Cela te plairait ?

— Oh, oui ! s'écria Flame, les yeux brillants. Ce serait merveilleux !

— Alors, c'est entendu. Nous partirons tôt demain matin.

Il n'était pas loin de midi quand ils quittèrent le ranch. Deux bœufs avaient brisé la barrière de protection d'une zone marécageuse et avaient commencé à couler. Stone avait dû donner un coup de main à ses hommes pour les tirer de ce mauvais pas.

À présent, ils traversaient d'un pas tranquille les prairies qui s'étendaient à perte de vue autour d'eux. Flame ne se rappelait pas s'être jamais sentie aussi heureuse. Stone avait été fort occupé ces derniers temps, contraint qu'il était de conduire chaque semaine le bétail dans un pâturage différent pour lui procurer de l'herbe fraîche. Ils ne se voyaient quasiment qu'au moment du dîner, qu'ils partageaient avec quinze hommes dans le réfectoire. Le repas achevé, ceux-ci en profitaient pour poser à leur patron des questions concernant le travail ou pour discuter de choses et d'autres, tout simplement. Au début elle était allée s'asseoir sur la véranda, espérant qu'il la rejoindrait lorsqu'il aurait fini de parler avec ses employés. Cela ne s'était produit que rarement. Alors, elle avait fini par cesser de l'attendre. Après tout, peut-être n'avait-il pas envie de converser avec elle. Elle était probablement très ennuyeuse.

De son côté, Stone pensait au plaisir qu'il avait à chevaucher avec Flame. Le soir, quand elle allait s'asseoir sur la véranda, il devait se faire violence pour ne pas la rejoindre. Il craignait tellement de lui imposer sa présence qu'il finissait par faire comme ses cow-boys : il demeurait dans l'ombre et la contemplait de loin, le regard empli de désir.

Il ignorait combien de temps encore il serait capable de supporter cette situation. Flame occupait son esprit jour et nuit. Même quand il dormait elle était là, à côté de lui, blottie contre son flanc, la tête nichée au creux de son épaule.

L'idée qu'elle puisse un jour tomber amoureuse d'un autre que lui le torturait. Il n'osait l'imaginer épousant cet homme.

Stone tira sur les rênes de sa monture au pied de la longue montée qui conduisait au village indien. Flame se raidit. Avait-il prévu d'inviter Little Bird à les accompagner ?

— Pourquoi nous arrêtons-nous ? demanda-t-elle, dissimulant à peine sa contrariété.

— J'ai aperçu Little Bird et les enfants assis sous ce grand peuplier, là-bas. Je pense que ce serait gentil d'aller leur dire bonjour.

Avant que Flame ait le temps de répondre, il éperonna Rebel et se dirigea vers l'arbre.

Little Bird l'accueillit avec un grand sourire.

— Quelle bonne surprise ! s'exclama-t-elle. Cela fait longtemps que tu n'es pas venu.

Quelle petite menteuse ! pensa Flame en les rejoignant. Ses mains se crispèrent sur les rênes comme Stone mettait pied à terre. Combien de temps comptait-il rester ? Il vint l'aider à descendre de cheval, mais ne parut pas remarquer son agacement.

— Voulez-vous venir boire un rafraîchissement sous ma tente ? proposa Little Bird.

Prenant Stone de vitesse, Flame secoua la tête.

— C'est gentil, mais non. On s'est juste arrêté pour dire bonjour.

— Et pour parler un peu, fit Stone, qui s'assit et tira la natte d'une petite fille.

Ce qui déclencha les plaisanteries et taquineries habituelles entre Stone et Little Bird.

Luttant pour ne pas perdre son sang-froid, Flame détourna le regard de leurs pitreries. C'est alors qu'elle repéra Shilo, qui se tenait sous un arbre à quelque distance de là et les observait froidement. Une bouffée de colère la saisit. Pourquoi diable restait-il planté là à regarder Stone comme s'il était sur le point de lui sauter à la gorge ? Pourquoi ne prenait-il pas cette fille à part et ne lui disait-il pas le fond de sa pensée ? Pourquoi ne lui avouait-il pas tout net qu'il voulait l'épouser, et qu'elle ne devrait pas plaisanter ainsi avec un homme marié ? Après tout, Stone et elle étaient censés être mariés, et Shilo ignorait que ce n'était pas le cas.

L'idée lui vint soudain que le grand Indien se posait probablement les mêmes questions à son sujet. Il devait se demander pourquoi elle ne réagissait pas. Eh bien, elle allait cesser de se comporter comme si son amnésie l'avait rendue stupide. Elle se leva, lissa sa robe et déclara d'un ton brusque :

— Allons, Stone, il est temps de partir. À moins, bien sûr, que tu n'aies changé d'avis et que tu ne préfères rester ici avec Little Bird.

Stone lui adressa un regard surpris.

— Il n'est pas question de renoncer à notre promenade, j'étais juste…

— Tu es sûr de ne pas vouloir rester ici avec Little Bird ? coupa Shilo en s'avançant vers eux. J'ai remarqué que tu semblais apprécier beaucoup sa compagnie.

Stone regarda son ami d'un air interrogateur. Puis une lueur amusée s'alluma dans ses yeux. Ce fut cependant d'un ton très sérieux qu'il répondit :

— J'apprécie effectivement la compagnie de Little Bird. C'est la petite sœur que je n'ai pas eue.

À en juger par leur regard, Flame et Shilo n'en croyaient pas un traître mot. Mais Stone ne vit que l'expression revêche de son ami et cela le conforta dans son idée. En effet, depuis un certain temps déjà, il soupçonnait Shilo d'être amoureux de Little Bird, mais de ne pas oser se déclarer. Il avait besoin d'un petit coup de pouce, et Stone Falcon était l'homme de la situation, décida-t-il.

Quand il se leva et s'approcha de Flame, celle-ci s'était ressaisie si bien qu'il ne devina pas que la jalousie la consumait. Après l'avoir aidée à monter en selle, il dit au revoir à ses amis. Little Bird le salua en retour, mais Shilo ne lui concéda qu'un grognement.

— La journée est en grande partie écoulée, fit remarquer Flame d'un ton grognon lorsqu'ils s'arrêtèrent pour pique-niquer, un peu plus tard.

— Nous avons passé plus de temps que prévu avec Little Bird, admit Stone tout en observant avec inquiétude les nuages noirs qui commençaient à s'amonceler à l'ouest.

L'atmosphère était devenue immobile tandis que la lumière virait lentement au gris-vert. Ils venaient juste de ranger leurs affaires et d'enfourcher leurs montures quand un éclair zébra le ciel. Il fut suivi d'un énorme grondement de tonnerre. Jetant un coup d'œil par-dessus son épaule, Stone vit au loin la pluie qui arrivait.

— Flame, cria-t-il pour se faire entendre par-dessus le fracas des sabots des chevaux affolés, nous avons intérêt à nous abriter vite fait si nous ne voulons être trempés en moins de deux !

— Mais où veux-tu aller ? demanda-t-elle sur le même ton.

— Il y a une baraque délabrée à environ un kilomètre d'ici. En forçant un peu l'allure, on peut peut-être y arriver à temps.

Au début, Flame ne prêta pas attention à autre chose qu'au sol vibrant sous les sabots de sa jument lancée au galop. Puis, à mesure qu'ils progressaient, elle commença à éprouver une inquiétude inexplicable, comme un étrange malaise.

Ils avaient atteint une rangée de peupliers quand la pluie les rattrapa. Ce fut comme si un rideau liquide s'abattait du ciel devant eux. Flame aperçut alors une vieille maison dont la vue lui arracha un frisson.

Spontanément, elle ralentit l'allure, laissant Stone la distancer et foncer en direction de l'abri. Il dépassa la maison et continua vers une dépendance à moitié en ruine. À la grande surprise de Flame, sa jument suivit impatiemment l'étalon. C'était comme si elle savait où elle allait, nota-t-elle, de plus en plus mal à l'aise. Et pourquoi elle-même éprouvait-elle une impression semblable ? Elle scruta les alentours, en proie à une peur diffuse et incontrôlable.

Quand elle pénétra dans l'écurie, Stone avait déjà mis pied à terre. Il se hâta de l'aider à descendre de cheval.

— Assieds-toi sur cette botte de foin, fit-il en attrapant une couverture destinée aux chevaux et en la posant sur ses épaules. Je vais attacher ta jument et je reviens.

Avec l'impression de se déplacer dans le brouillard, Flame s'assit. Elle était trempée et tremblait de la tête aux pieds. Elle se mit à triturer un brin de paille en s'efforçant de comprendre ce qui se passait dans sa tête. Elle avait le sentiment de flotter entre deux mondes : l'un infernal, l'autre rassurant et paisible.

— Allons dans la maison, suggéra Stone, faisant irruption dans ses pensées tourmentées. On y sera au sec.

— Non, ce ne sera pas sec, riposta Flame sans réfléchir.

— Pourquoi dis-tu cela ? s'enquit Stone, plein d'espoir.

— Je ne sais pas, répondit-elle, l'air effrayé. Ça m'est venu tout seul.

— Ça m'arrive aussi parfois, ce genre de choses, mentit-il. Allons voir.

Il la prit par le bras, et ils traversèrent la cour boueuse au pas de course. Ils se réfugièrent sous la véranda, qui fuyait comme une passoire. Précédant Flame, Stone ouvrit la porte branlante, puis s'effaça pour la laisser pénétrer à l'intérieur. Elle fit quelques pas, puis se figea sur le seuil.

— Entre, fit-il en la poussant doucement. Sinon la maison va être aussi trempée que nous.

— Je ne peux pas, gémit Flame, puis elle se jeta contre lui et enfouit le visage au creux de son cou.

La saisissant par les bras, Stone l'écarta un peu de lui.

— Pourquoi est-ce que tu ne peux pas, Flame ?

Il la scruta. Elle était pâle comme la mort.

— Que se passe-t-il ? insista-t-il en la secouant légèrement. Qu'est-ce qui t'a effrayée ?

— Je l'ignore, avoua-t-elle. C'est juste une sensation. J'ai l'impression que cette maison incarne le mal, que des événements malfaisants s'y sont déroulés.

Elle était au bord des larmes et Stone préféra ne pas insister.

— Tu t'es beaucoup dépensée aujourd'hui, dit-il. Tu crois que tu pourrais t'allonger et te reposer pendant que je m'occupe des chevaux ?

— Oui, si tu ne t'absentes pas trop longtemps.

— J'en ai pour dix minutes, pas plus, je te le promets.

Flame se rendit dans les deux chambres et choisit la moins humide. Les draps et les couvertures gisaient

134

sur le sol. Elle les remit en place, puis troqua ses vêtements mouillés pour ceux posés au pied du lit. Elle ne s'étonna pas qu'ils lui aillent parfaitement. Ivre de fatigue, elle s'allongea et s'endormit presque immédiatement.

11

Ses bottes s'enfonçant dans les flaques d'eau boueuse, Stone regagna l'écurie à grands pas. La pluie pénétrait tellement à l'intérieur de ce qu'il restait du bâtiment qu'il aurait aussi bien pu se trouver dehors sous un arbre.

Il scrutait la pénombre à la recherche d'un endroit sec quand sa tête heurta un objet qui pendait d'un chevron. Réprimant un juron, il tendit la main et attrapa ce qui se révéla être une lampe. En la secouant, il entendit qu'elle contenait encore du pétrole. Il sortit une allumette de la poche de sa veste, la frotta contre l'ongle de son pouce, et approcha la flamme de la mèche.

À la lueur de la lampe, il repéra deux stalles sèches à l'autre bout du bâtiment. Il y conduisit les chevaux, et leur retira leur selle. Il les bouchonna ensuite avec un sac de jute qui traînait dans un coin, puis, ne trouvant ni maïs ni avoine pour les nourrir, leur donna une généreuse portion de foin.

Tout en s'occupant à sa tâche, il ne cessait de penser à Flame et à la réaction qu'elle avait eue en entrant dans la vieille maison. En l'amenant ici, il espérait lui causer un choc tel que la mémoire lui reviendrait. Le choc avait bien eu lieu, mais la peur qu'il avait ranimée en elle lui donnait à penser qu'il valait peut-être mieux qu'elle ne se souvienne jamais de son passé.

Trop fatigué pour réfléchir davantage à tout cela ce soir, Stone récupéra sa sacoche et la lampe, et retourna bien vite dans la maison. Le sac contenait les restes de leur pique-nique. Il ne savait pas ce qu'il en était pour Flame, mais lui était littéralement affamé.

Il dénicha la jeune femme dans la première chambre où il pénétra. Elle était couchée sur le côté, profondément endormie, ce qui ne le surprit guère. Elle devait être à la fois mentalement et physiquement épuisée. La chambre était très humide, aussi attrapa-t-il la couverture posée au pied du lit pour l'en recouvrir.

Il retourna dans la cuisine en prenant soin de fermer la porte derrière lui. Aussi silencieusement que possible, il fouilla dans les deux placards et finit par trouver un bocal contenant un reste de café en grains. La vieille cafetière était affreusement sale et il passa cinq bonnes minutes à la récurer. Après quoi, il alluma le fourneau graisseux et mit de l'eau à chauffer. Quand celle-ci fut bouillante, il avait moulu assez de café pour le dîner et, si nécessaire, pour le petit déjeuner le lendemain matin.

Pendant que le café infusait, il débarrassa la table, sortit deux tasses d'un placard. Quand l'arôme du café se répandit dans l'air, indiquant qu'il était prêt, il le posa à l'arrière du fourneau, puis disposa sur la table les restes de leur déjeuner. Il s'apprêtait à aller réveiller Flame lorsqu'elle apparut sur le seuil de la cuisine.

Elle lui sourit.

— Je crains de m'être endormie. Cette délicieuse odeur de café m'a réveillée.

— Tu as faim ? s'enquit-il en lui rendant son sourire. Il nous reste du poulet rôti et deux sandwiches au bœuf.

— Ce sera parfait, assura Flame en allant se laver les mains.

Ils se mirent à table et s'attaquèrent sans attendre à leur dîner improvisé. Les sandwiches d'abord, puis le poulet qu'ils mangèrent avec les doigts, faute de couverts propres.

Comme la pluie continuait de tambouriner sur le toit et de marteler les fenêtres, Stone observa :

— J'ai l'impression que nous allons devoir passer la nuit ici. Je n'ai pas le cœur de sortir les chevaux par ce temps.

— Je suis d'accord. Les pauvres bêtes ont besoin de repos. Elles doivent être épuisées.

Il y eut un silence, puis Stone regarda Flame et demanda :

— Est-ce que tu te souviens de la grotte et de Pearl ?

— Oui, très clairement, répondit-elle, le visage grave. Difficile d'oublier à quel point j'étais effrayée et désorientée. Mais tu étais si doux et patient que mes peurs se sont rapidement dissipées et que je t'ai fait confiance.

— Alors tu penses toujours que j'ai eu raison de prétendre que nous étions mariés ?

— Oui. Les gens jaseraient s'ils savaient que je vis avec toi sans que nous soyons mariés.

Stone se leva pour aller se servir une autre tasse de café. Il en proposa à Flame qui refusa.

— Alors nous continuons ainsi ? fit-il en revenant s'asseoir.

S'empourprant légèrement, elle murmura :

— Je n'y vois pas d'objection. Et toi, qu'en penses-tu ?

— Moi non plus. Mais il y a un point auquel nous n'avons pas suffisamment réfléchi. Combien de temps pourrons-nous faire chambre à part sans éveiller les soupçons ? Jusqu'ici c'était plausible parce que tu étais blessée. Mais tout le monde t'a vue à l'œuvre avec le bétail, et on peut difficilement prétendre que tu es encore faible.

— C'est une question délicate, reconnut Flame en se mordillant la lèvre. Que proposes-tu ?

138

— Que nous fassions chambre commune.

— Quoi !

Flame posa si brusquement sa tasse que du café se renversa sur sa main.

— Il n'est pas question que je vive dans le péché avec toi, Stone Falcon, déclara-t-elle d'un ton sans réplique.

— Est-ce que je te demande de vivre dans le péché ? répliqua Stone, irrité.

— Certes, non. Pas directement. Mais tu sais très bien que nous ne dormirons pas très longtemps ensemble comme frère et sœur.

— Tu ne te fais pas confiance, c'est cela ?

Flame rougit de nouveau. Effectivement, elle ne se faisait pas confiance. Il suffirait qu'il ébauche un mouvement vers elle pour qu'elle fonde entre ses bras. Mais il n'était pas question qu'elle se ridiculise en le lui avouant. Levant fièrement le menton, elle répliqua d'un ton hautain :

— Ce n'est pas en *moi* que je n'ai pas confiance.

Stone dut lutter pour ne pas l'attirer dans ses bras et l'embrasser à en perdre haleine. Le moment aurait été vraiment mal choisi. Il devait déjà s'estimer heureux de disposer du temps nécessaire pour la courtiser, comme il l'avait prévu.

Il se figea soudain et tendit l'oreille.

— Tu entends ?

— Quoi ? demanda Flame.

— La pluie s'est arrêtée, répondit-il en se levant pour aller à la fenêtre.

— Nous pouvons rentrer à la maison, dans ce cas, fit-elle, soulagée. Ça tombe bien, parce que dormir ici ne me disait rien du tout.

Ils rassemblèrent leurs affaires, puis gagnèrent l'écurie.

Les chevaux avaient repris suffisamment de forces, car une fois sellés, ils filèrent joyeusement dehors.

— Lâchons-leur la bride, suggéra Stone en éperonnant légèrement Rebel.

L'étalon partit au galop, la jument de Flame le suivant de près. Ils atteignirent le ranch en deux fois moins de temps qu'il ne leur en avait fallu pour parvenir à la vieille maison.

L'air était frais et agréablement parfumé après la pluie, et ils riaient comme deux enfants euphoriques quand ils s'immobilisèrent devant l'écurie. Stone mit pied à terre et vint aider Flame à descendre de sa monture. La saisissant à la taille, il la fit glisser lentement le long de son corps. Quand ses pieds touchèrent le sol, elle leva la tête et plongea son regard dans le sien. Il y lut comme une invitation, et resserrant les mains autour de sa taille, s'inclina pour chercher ses lèvres.

Flame posa les mains sur ses épaules. Leurs lèvres se rencontrèrent. Ce fut alors qu'une voix féminine s'éleva :

— Stone, nous étions tellement inquiets pour Flame et toi ! L'orage était si violent que nous avons craint qu'il ne vous soit arrivé quelque chose.

Flame et Stone s'écartèrent d'un bond tandis que Little Bird et Shilo les rejoignaient. Si Flame fut incapable d'articuler une parole, Stone lança froidement à Shilo :

— Depuis quand est-ce que je ne saurais pas me débrouiller en cas d'orage ?

— Ce n'est pas moi qui m'inquiétais pour toi, rétorqua ce dernier. En ce qui me concerne, tu aurais aussi bien pu te noyer.

La colère étant à l'origine des propos échangés, aucun des deux hommes n'y prêta grande attention.

— C'est moi qui m'inquiétais, Stone, intervint Little Bird en posant la main sur son bras. Un cousin que j'aimais beaucoup a été foudroyé pendant un orage alors qu'il n'avait que sept ans. Depuis, les éclairs m'effraient.

Le regard que Flame décocha à l'Indienne était on ne peut plus dubitatif, mais seul Shilo le remarqua.

Un sourire narquois lui vint aux lèvres. La femme blanche n'était visiblement pas prête à abandonner Stone sans se battre. Little Bird n'avait aucune chance...

— Que diriez-vous d'aller boire un café au réfectoire, proposa Stone, histoire de calmer un peu la tension.

Little Bird allait accepter, mais Shilo fut plus rapide.

— Une autre fois, dit-il. Flame a l'air bien fatigué.

— Je le suis, en effet, Shilo, confirma la jeune femme en lui adressant un regard empli de gratitude. Eh bien, je vous dis bonsoir et à une autre fois.

Sans un mot de plus, elle se dirigea vers la maison.

Stone la suivit du regard, pensif. Cela ne ressemblait guère à Flame de se montrer aussi distante. Qu'est-ce qui avait bien pu la contrarier? Comme il se tournait vers ses compagnons, il surprit le sourire amusé de Shilo. Celui-ci se moquait de lui ou quoi?

Il était sur le point de lui demander ce qu'il trouvait de si drôle quand son ami dit :

— Tu ferais mieux d'aller voir ce qui tourmente ta femme.

Stone lui jeta un regard perplexe, mais déjà Shilo pivotait sur ses talons et s'éloignait. Little Bird se hâta à sa suite, laissant Stone seul avec ses interrogations.

Flame s'était rendue directement dans sa chambre. Elle n'était pas d'humeur à parler avec Stone ce soir. Elle se déshabilla, enfila sa chemise de nuit et s'assit au bord du lit.

Quelle sorte d'homme était Stone Falcon? Il était sur le point de l'embrasser quand Little Bird avait surgi. Mais contrairement à elle, il n'avait pas paru contrarié par cette interruption. En tout cas, il n'avait pas fait la moindre remarque à la belle Indienne.

Un long soupir s'échappa de ses lèvres. Devaient-ils vraiment continuer ce simulacre de mariage ? Stone avait affirmé que oui, mais le voulait-il vraiment ? En véritable gentleman qu'il était, il resterait avec elle jusqu'à ce qu'elle recouvre la mémoire, ou qu'elle se sente au moins capable de reprendre sa vie en main.

Elle en était là de ses réflexions lorsqu'elle entendit les pas de Stone dans le couloir. Elle se figea, et retint son souffle comme il frappait doucement à la porte. Elle ne répondit pas et il s'éloigna sans insister.

Quand elle réussit enfin à s'endormir, ses joues étaient mouillées de larmes.

12

— Ne marche pas si vite, Shilo, haleta Little Bird qui avait un mal fou à se maintenir à sa hauteur.

Il ne répondit pas, mais accéléra un peu plus l'allure.

— J'ai eu l'impression que Flame était contrariée quand elle nous a quittés, reprit-elle.

Ignorant le grognement de dérision de Shilo, elle enchaîna :

— Tu ne trouves pas qu'elle avait l'air un peu crispée en nous saluant ?

— Ne joue pas les innocentes, aboya Shilo. Flame était en colère, en effet, et c'est précisément ce que tu souhaitais. Tu fais les yeux doux à son mari. Tu ferais mieux de fourrer dans ta petite tête que tu ne l'éloigneras jamais d'elle. Il couche peut-être avec toi dans les bois, mais tu ne seras jamais sa femme.

Sur ce, il s'éloigna d'un pas si rapide que Little Bird fut incapable de le suivre.

Elle le regarda disparaître entre les arbres, tiraillée entre des émotions contradictoires. Découvrir qu'il tenait à elle, qu'il était jaloux des bons moments qu'elle passait avec Stone lui faisait infiniment plaisir. Ce dont elle rêvait s'était enfin produit. Mais d'un autre côté, elle aimait beaucoup Flame, et elle s'en voulait de n'avoir pas pris ses sentiments en considération en se montrant attentive à Stone. Elle se sentait honteuse et triste d'avoir été une source de tourments pour la femme blanche. Stone n'était pour elle rien de plus qu'un ami. C'était à Shilo que son cœur appartenait.

Un sourire espiègle se dessina cependant sur ses lèvres. À partir de maintenant, elle lui donnerait des tas de raisons d'être jaloux. Mais jamais en présence de Flame, décida-t-elle. Elle ne voulait pas blesser la jeune femme qui avait déjà suffisamment souffert.

Quand Little Bird arriva au village, Shilo était assis avec les autres hommes autour du feu de camp. Ils se réunissaient là chaque soir afin de discuter des événements de la journée et de préparer les activités du lendemain. Tout le monde parlait sauf Shilo, constata-t-elle tandis qu'elle les observait depuis l'entrée de son tipi. Assis en tailleur, il fixait les flammes, l'air sombre et pensif.

Avec un grand sourire satisfait, Little Bird pénétra dans sa tente. Elle dormit comme un bébé cette nuit-là.

De nuit, la rivière était si indistincte et silencieuse qu'elle paraissait irréelle, songea Shilo qui, debout sur la rive de la Platte, contemplait le flot obscur. Il pensait à Little Bird. Elle n'avait pas nié faire les yeux doux à Stone. La seule réaction à sa décharge était sa surprise sincère lorsqu'il avait mentionné Flame. Il était clair qu'elle n'avait pas blessé la femme de Stone à dessein. C'était une petite écervelée, mais il la savait incapable d'une telle méchanceté. Elle appréciait et admirait Flame, c'est pourquoi il serait intéressant de voir comment elle se comporterait vis-à-vis de Stone désormais.

Mais pourquoi diable avait-il fallu qu'il s'entiche de cette fille ? se demanda-t-il, abattu. Pourquoi était-il à ce point obsédé par son beau visage, ses longs cheveux soyeux, sa voix douce ? Et comment pouvait-il la respecter alors qu'elle essayait de voler le mari d'une autre ?

Et parlons-en de ce mari. Il était pire que Little Bird. Il n'avait pas la moindre intention de quitter sa femme. La petite écervelée ne se rendait-elle donc pas compte qu'il ne cherchait qu'à coucher avec elle ?

Un loup hurla sa solitude dans le lointain, et Shilo, furieux contre lui-même d'aimer celle qu'il ne fallait pas, faillit hurler en réponse.

Au village, deux femmes dormaient tranquillement dans leur lit de fourrure. Un sourire entendu incurva la bouche de la plus âgée tandis que celui de la plus jeune se faisait encore plus béat. Le bel Indien avait mordu à l'hameçon. Il ne restait plus qu'à le ferrer. Les deux femmes savaient que ce ne serait pas facile. Il résisterait de toutes ses forces.

Shilo se réveilla tard le lendemain matin. Il avait dormi d'un sommeil agité et sans cesse interrompu qui ne lui avait procuré aucun repos. Ses rêves n'avaient fait que tourner autour de Little Bird et de Stone. Il se voyait, se querellant avec son ami, lui ordonnant de s'éloigner de la jeune Indienne. Il lui rappelait qu'il avait déjà une épouse et qu'il devait laisser les autres femmes tranquilles. Stone lui répondait : « Désolé, l'ami, mais je veux la jeune beauté Indienne. »

Comme il descendait de son hamac, il entendit les enfants appeler Little Bird. Il s'étira, enfila un pantalon en daim à franges, des mocassins, et quitta son wigwam. Des femmes occupées à préparer le petit déjeuner le saluèrent en souriant.

Il leur répondit d'un hochement de tête, puis se rendit à la rivière. Après d'être déshabillé, il plongea avec délices dans l'eau fraîche.

Il ignorait que Little Bird était aussi descendue se baigner. Accroupie sous les saules, elle le regarda jaillir de l'eau, sa peau cuivrée recouverte de milliers de gouttelettes scintillant sous le soleil. Lorsqu'il grimpa sur un rocher plat pour laisser la brise le sécher, elle ne put s'empêcher de dévorer des yeux son corps athlétique. Elle savait que ce n'était pas convenable pour une jeune fille d'espionner ainsi un homme nu, mais c'était plus fort qu'elle. Quand il se leva pour se rhabiller, elle détourna la tête, non sans avoir jeté un coup d'œil furtif à son sexe.

Il était d'une taille terriblement impressionnante, songea-t-elle, nerveuse, tandis qu'elle pénétrait à son tour dans la rivière pour prendre son bain.

Lorsqu'elle vit Shilo un peu plus tard, au petit déjeuner, elle ne put s'empêcher de rougir, ce qu'il dut à coup sûr trouver bien étrange.

La veille, avant de s'endormir, il avait pris la décision de proposer à Stone d'aller pêcher ou chasser en sa compagnie. Il avait besoin de lui parler de Little Bird. Les choses ne pouvaient pas continuer ainsi.

— Il y a une réunion du conseil ce matin, lui rappela sa mère. Elle ne va pas tarder à commencer. Certains anciens sont déjà autour du feu.

« Enfer et damnation », jura Shilo intérieurement, utilisant l'expression qu'employait souvent son ami Stone. Ces réunions étaient toujours interminables et affreusement ennuyeuses. On y réglerait les différends, on donnerait aux jeunes couples la permission de se marier, puis les regards convergeraient vers lui, demandant implicitement quand il comptait prendre femme. Si on lui posait directement la question ce matin, il lui serait difficile de ne pas glisser un coup d'œil du côté de Little Bird.

Se redressant d'un mouvement souple, il décida qu'il ferait son possible pour écourter la réunion.

Il était midi quand Stone remonta la rue principale de Dogwood pour se rendre au cabinet du Dr John

Williams. Il était las de s'interroger, de supposer et d'espérer. Il aurait dû aller voir le médecin depuis longtemps. Flame n'avait toujours pas le moindre souvenir de son passé, et il commençait à craindre qu'elle ne retrouve jamais la mémoire.

Après avoir attaché Rebel, il grimpa la volée de marches qui menait au cabinet du docteur. Il attendit un moment, car Williams était occupé avec un patient.

Lorsque vint son tour, le médecin le salua avec chaleur et le pria d'entrer.

— Qu'est-ce qui vous amène, Stone ? s'enquit-il en se lavant les mains. Vous m'avez l'air en pleine forme.

— Je vais bien, docteur. Je suis là pour ma femme.

— J'ai entendu dire que vous vous étiez marié, en effet, et avec une véritable beauté, de surcroît. Félicitations. Votre femme serait-elle enceinte ? demanda-t-il en se séchant les mains.

— J'aimerais bien que ce soit le cas, avoua Stone en s'asseyant sur une chaise grinçante.

Il enleva son Stetson, le posa sur ses genoux, et enchaîna :

— Quelques jours après notre mariage, ma femme a fait une chute de cheval et s'est cogné la tête. Depuis – cela fait environ un mois que c'est arrivé –, elle ne se souvient plus de son passé. J'aurais aimé avoir votre avis sur la question et savoir si vous aviez une idée du temps qu'il faudra pour que la mémoire lui revienne.

— L'amnésie est une pathologie très mystérieuse, et la science n'en est encore qu'à ses balbutiements dans ce domaine. En règle générale, et en s'appuyant sur de nombreux cas, on constate que la mémoire revient spontanément.

Williams enleva ses lunettes et entreprit de les nettoyer consciencieusement.

— Vous croyez que je peux intervenir pour activer les choses ? hasarda Stone.

— Non. Si vous essayez de la forcer à retrouver la mémoire, vous risquez de créer des dégâts irréversibles, le prévint le médecin. Le mieux est de la traiter normalement, et de ne surtout pas la bombarder de questions qui ne feraient qu'augmenter sa confusion.

Il remit ses lunettes sur son nez.

— Ne vous inquiétez pas, mon garçon. Je suis sûr que les choses rentreront dans l'ordre très bientôt.

Stone était presque à la porte quand Williams ajouta avec un sourire :

— Allez-y doucement au lit. Souvenez-vous que vous êtes un inconnu pour elle. Bien sûr, si elle suggère que cela lui plairait, il n'y a aucun inconvénient à ce que vous fassiez l'amour.

Mortifié, Stone se sentit rougir et rétorqua abruptement :

— Ce conseil n'était pas nécessaire, docteur. Je sais me contrôler.

Il pivota et quitta le cabinet comme s'il avait le diable aux trousses.

Le vieux Caleb était heureux de retrouver enfin la solitude des montagnes. Avec son arme à canon court et son fusil, il était prêt à affronter tous les dangers, qu'ils soient d'origine humaine ou animale.

La piste était facile à suivre, et il avait progressé rapidement. Mais avant de se rendre chez lui, il devait faire un petit détour par le chalet de son vieil ami, Rudy Martin.

Depuis quinze ans, il était le seul lien entre celui-ci et sa fille. Toutes ces années, il l'avait tenu informé de la situation de son unique enfant. En dehors de lui, personne ne savait que Rudy Martin vivait dans la montagne.

Caleb commençait à sentir le poids de la fatigue quand il aperçut une faible lumière perçant les ténèbres.

— On y est presque, Bessie, grommela-t-il. Il était temps. J'ai si faim que je pourrais te manger. Tu as de la chance d'être une telle carne.

Caleb guida sa mule vers le vieux chalet en rondins qui se dressait entre les arbres.

— Hé, Rudy ! appela-t-il en plaçant les mains en porte-voix. C'est Greenwood. Fatigué et affamé.

La porte du chalet s'ouvrit, laissant passer un rai de lumière sur la véranda.

— Salut, vieux loup ! lança le grand type mince qui s'encadrait sur le seuil. Entre donc. J'ai du ragoût et du café encore chauds.

— Je m'occupe de ma mule et je te rejoins. Elle est dans le même état que moi, fatiguée et le ventre vide.

Quelques minutes plus tard, Rudy se roulait une cigarette tandis que Caleb se jetait sur la nourriture. Il savait qu'il valait mieux attendre qu'il ait achevé son dîner avant de le questionner. Ce n'était certes pas l'envie qui lui en manquait, car le vieil homme était le seul à lui apporter des nouvelles de sa fille, mais il réussit pourtant à contenir son impatience.

Après ce qui lui parut une éternité, Caleb s'écarta de la table, extirpa un mouchoir raisonnablement propre de sa poche pour s'essuyer la bouche, puis entreprit de se préparer une pipe. Ce ne fut que lorsqu'il en eut tiré quelques bouffées qu'il prit la parole :

— Rudy, je t'apporte des nouvelles inquiétantes cette fois.

Rudy se pencha en avant, l'air anxieux.

— Ma petite fille ne va pas bien ?

— À vrai dire, j'en sais rien. Bertha a quitté la région avec un cow-boy, et ta fille a disparu. Je suis passé au ranch, comme d'habitude. Il était désert.

Il adressa un regard sombre à Rudy et lâcha :

— Je crois qu'il est temps que tu rentres et que tu cherches ce qui est arrivé à ta petite.

— Tu as raison, vieux. Je suis resté suffisamment longtemps à l'écart. J'aurais dû aller récupérer ma fille et lui offrir un vrai foyer il y a des années.

Les deux hommes discutèrent jusque tard dans la nuit, Rudy passant en revue les différents plans d'action possibles, et s'efforçant d'y voir clair dans tout ce qui lui passait par la tête afin de prendre les bonnes décisions.

13

Bertha se faufila le long du mur du fond du *Painted Lady Saloon*. Elle cherchait Hoss. Il était midi et elle ne l'avait pas vu depuis la veille.

Elle avait sa petite idée quant à l'endroit où il se trouvait et avec qui. Une jeune et séduisante prostituée était arrivée en ville la semaine dernière. Hoss bavait d'envie dès qu'il posait les yeux sur elle. Elle aurait parié n'importe quoi qu'il était avec elle en ce moment même, dans l'une des chambres au-dessus du saloon.

Pour en avoir le cœur net, il lui suffisait d'aller dans la cuisine du saloon et d'adresser à Jose un sourire entendu. Une fois qu'ils seraient couchés dans sa chambre, il lui dirait tout ce qu'elle voulait savoir.

Une demi-heure plus tard, Jose lui en avait dit bien plus qu'elle ne le souhaitait.

— Je vais tuer cette salope, ragea-t-elle en quittant le lit. Je vais lui briser les reins.

Comme elle entrait dans le saloon, prête à emprunter l'escalier menant aux chambres, Jose la rattrapa.

— Non, Bertha, ne monte pas, lui conseilla-t-il. Hoss est avec elle. Il risque de te faire passer un sale quart d'heure si tu la touches.

En dépit de sa fureur, Bertha ne pouvait qu'admettre qu'il avait raison. Hoss l'avait déjà frappée parce qu'elle se plaignait de la façon dont il regardait la jeune prostituée.

Elle s'était tenue à carreau depuis parce qu'elle était certaine que la blonde ne couchait pas avec lui. Après tout, pourquoi une jeune et jolie femme voudrait-elle d'un gros type aussi laid? Mais les choses avaient changé. Cette traînée accueillait Hoss dans son lit chaque fois qu'il le voulait. Et elle savait pourquoi. Jose le lui avait dit. Hoss la payait généreusement pour coucher avec elle.

— Et elle s'en vante, avait précisé le cuisinier. Elle prétend qu'elle a gagné cent dollars rien qu'avec lui la semaine dernière.

— C'est plus que ce que je gagne en un mois! s'était écriée Bertha. Bon sang, il lui refile l'argent de nos économies!

— Pourquoi est-ce que tu fais des économies, Bertha? lui avait demandé Jose, surpris.

— Pour aller à San Francisco. On va ouvrir un bordel de première classe.

Jose s'était bien gardé de faire le moindre commentaire, mais il y avait de la pitié dans ses yeux quand il avait regardé Bertha sortir. «Pauvre imbécile, avait-il pensé, tu iras jamais à San Francisco avec ce type-là. Je parie qu'avant la fin du mois il se sera volatilisé avec ton fric.»

D'un pas pesant, Bertha regagna la cabane qui abritait son commerce. De loin, elle aperçut quatre de ses clients réguliers assis sur le banc qui en flanquait l'entrée. L'espace d'un instant, elle fut tentée de rebrousser chemin et d'aller dans l'autre cabane que Hoss et elle appelaient leur «maison». Mais elle se ravisa bien vite. La seule fois où elle avait voulu prendre un jour de congé, histoire de contrarier Hoss, il lui avait flanqué une raclée qui l'avait convaincue que le jeu n'en valait pas la chandelle.

Elle s'approcha donc des quatre hommes, et leur adressa un sourire salace.

— Alors, prêts à prendre du bon temps, les gars? lança-t-elle.

Le premier de la file se leva. Elle prit l'argent qu'il lui tendait avant de le laisser entrer dans la cabane. Celle-ci contenait en tout et pour tout un vieux lit et une chaise. Il n'y avait rien de beau dans cette chambre, rien de beau chez Bertha non plus. Mais elle ne prenait pas cher et faisait à peu près tout ce qu'on lui demandait tant que ça n'était pas douloureux.

Elle se débarrassa de sa robe, et s'allongea sur le lit. L'homme la rejoignit vite fait. Sa journée de travail avait commencé.

La soirée débutait à peine quand Bertha referma la porte derrière son dernier client. Elle enfila sa robe et lissa du plat de la main ses cheveux ébouriffés. Après quoi, elle rassembla ses gains, les compta, puis les fourra dans sa poche et sortit. Elle descendit la rue en direction de l'autre cabane. Le poids de l'argent battant contre son ventre lui arracha un sourire. Hoss serait content, elle en était sûre, et peut-être oublierait-il la jeune prostituée si elle lui ramenait davantage d'argent.

Hoss et elle avaient traversé une période difficile après que Deke avait vendu le bétail en douce et s'était enfui. La ville où ils s'étaient retrouvés coincés n'était pas folichonne. En dehors des ranchers de passage, il n'y avait que des fermiers, et ceux-ci ne fréquentaient que rarement les prostituées. Hoss prétendait qu'ils travaillaient tellement dur toute la journée qu'ils n'avaient plus la force de s'activer la nuit.

Ils avaient finalement réussi à économiser suffisamment pour aller s'installer dans une ville plus grande et plus animée. Coldwater. Là, ils s'en étaient sortis beaucoup mieux que prévu. Bertha ne comptait pas avoir de nombreux clients étant donné la concurrence. En effet, les filles qui travaillaient dans

153

les saloons étaient plus attirantes et plus jeunes. Elles portaient en outre de jolis vêtements et sentaient bon. Mais elles étaient aussi sélectives dans le choix des hommes qu'elles acceptaient dans leur lit. Elles méprisaient les types comme Hoss.

Quand le bruit avait couru que la nouvelle venue ne refusait aucun homme et faisait à peu près tout ce qu'on lui demandait, les clients avaient afflué.

La sacoche en cuir où elle entassait les dollars en argent grossissait de jour en jour. Bientôt, ils auraient de quoi déménager à San Francisco et ouvrir l'établissement dont ils rêvaient. Hoss lui avait promis qu'elle travaillerait moins une fois qu'ils seraient installés là-bas. Elle espérait qu'il tiendrait parole, car elle se sentait fatiguée depuis quelque temps.

Elle atteignait la cabane, ouvrit la porte, et se figea, l'oreille tendue. Quelqu'un farfouillait dans leur chambre! Ça ne pouvait pas être Hoss; il ne rentrait jamais à cette heure.

Après s'être débarrassée de ses chaussures, elle s'approcha à pas de loup de la petite pièce adjacente à la cuisine. Elle eut un choc en découvrant le sac de voyage de Hoss ouvert sur le lit, rempli aux trois quarts. Sa stupéfaction vira à l'indignation quand elle le vit sortir la sacoche en cuir de l'armoire et la mettre dans le sac.

— Qu'est-ce que tu fabriques? gronda-t-elle.

Hoss sursauta et fit volte-face, furieux contre lui-même. Un homme ne devrait jamais laisser une femme comme Bertha le prendre par surprise.

Il lui adressa un regard méprisant.

— À ton avis? ricana-t-il.

— Je dirais que tu t'apprêtes à filer avec mon fric, rétorqua-t-elle du tac au tac.

— Et si je confirme, tu fais quoi? demanda-t-il en serrant les sangles du sac.

Bertha s'empourpra, et fixa Hoss avec incrédulité. Le salopard, il était en train de lui faire le même coup

154

que Deke ! Eh bien, par Dieu, elle le laisserait pas filer avec son argent.

— Je vais te montrer ce que je vais faire, glapit-elle avant de se jeter sur lui, les doigts repliés telles des serres.

Hoss voulut reculer hors de sa portée, mais il trébucha contre une chaise. Poussant des hurlements de chat sauvage, elle lui lacéra les joues de ses ongles.

Débitant un flot d'injures, Hoss lui envoya son énorme poing dans la figure de toutes ses forces. Elle bascula en arrière ; sa tête alla heurter l'angle de l'armoire, et elle demeura inerte sur le sol.

Hoss n'attendit pas de voir si elle se relevait ou pas. Il attrapa son sac de voyage et quitta la cabane au pas de course. Il se hissa sur son cheval qui était attaché à deux pas, et piqua des deux en direction du *Painted Lady Saloon*.

Il imaginait déjà l'étonnement de la jolie blonde lorsqu'il lui montrerait la sacoche pleine d'argent. Il lui avait promis de l'emmener à San Francisco, mais elle avait sans doute cru qu'il parlait en l'air, car elle s'était montrée très froide avec lui la nuit dernière. Elle était même allée jusqu'à lui dire qu'elle ne voulait plus le voir. Mais elle changerait d'avis lorsqu'elle comprendrait qu'il était sincère, et prêt à la sortir de ce trou pourri de Coldwater. Il avait hâte de voir son expression quand il viderait le contenu de la sacoche sur ses genoux.

Ce fut la propriétaire du saloon qui ouvrit la porte quand il frappa. Elle lui adressa un regard revêche.

— Vous savez bien que les filles travaillent pas si tôt, Hoss. Qu'est-ce que vous voulez ?

— Je veux parler une minute à Blondie. Juste parler.

Après une légère hésitation, la femme hocha la tête.

— Je vais voir si elle est d'accord.

Elle lui referma la porte au nez et il l'entendit monter l'escalier.

Au bout de plusieurs interminables minutes, le battant se rouvrit sur Blondie elle-même, la mine renfrognée. Sa robe de chambre transparente négligemment ceinturée à la taille dissimulait à peine ses seins.

— Qu'est-ce que tu veux, Hoss ? grommela-t-elle. On ouvre pas avant deux bonnes heures.

— Je peux entrer une minute ? J'ai un truc à te montrer.

Blondie secoua la tête.

— Ça m'intéresse pas, alors va-t'en maintenant.

Comme elle commençait à refermer la porte, il insista :

— Mais, chérie, j'ai l'argent pour t'emmener loin d'ici ! On peut aller à San Francisco, comme je te l'avais promis.

Elle le fixa un instant, interdite, puis éclata de rire.

— J'irais même pas au bout de la rue avec toi, espèce de gros porc, cracha-t-elle. Emmène plutôt la vieille Bertha qui est malade avec toi.

— Malade ! Elle est pas malade ! protesta-t-il, une pointe d'inquiétude dans la voix.

Et si cette traînée avait attrapé une saloperie et la lui avait refilée ?

— Tu crois ça ? rétorqua Blondie avec un sourire dédaigneux. C'est le bruit qui court en ville, en tout cas. Tu aurais dû te douter que ça finirait par arriver, vu qu'elle s'enfile tout ce qui passe à sa portée. C'est du reste pour ça que je veux plus coucher avec toi. J'ai pas envie de finir comme elle.

Hoss était tellement furieux qu'il voulut la gifler. Mais Blondie n'était pas née de la dernière pluie. Il n'avait pas levé la main, qu'elle lui claqua la porte au nez et la verrouilla. Il entendit son rire moqueur résonner tandis qu'il remontait en selle et s'éloignait. Il ne lui restait plus qu'à retourner avec Bertha, la queue entre les jambes. Il espérait juste que ce n'était pas trop tard.

De retour dans la cabane, il découvrit, déconcerté, que Bertha n'avait pas bougé d'un poil. Elle était couchée dans la position où il l'avait laissée. Il s'accroupit près d'elle, chercha son pouls. En vain. Transpirant soudain à grosses gouttes, il se releva en hâte et fonça dehors.

Tout en quittant la ville au triple galop, il tenta de se rassurer en se disant que le shérif ne perdrait pas son temps à essayer de mettre la main sur l'assassin d'une vieille prostituée. De telles affaires étaient monnaie courante.

À la nuit tombante, il fit halte pour dormir, et reprit la route tôt le lendemain matin en direction de la frontière du Wyoming.

Il chevauchait depuis environ une heure quand il aperçut au loin un gros nuage de poussière. Il discerna bientôt une douzaine d'Indiens qui chevauchaient à vive allure. Éperonnant son cheval, il fila se mettre à couvert sous des peupliers, mit pied à terre et courut s'accroupir derrière un grand buisson pour essayer d'identifier à quelle tribu ils appartenaient.

Il était persuadé qu'ils ne l'avaient pas vu, lorsqu'une balle fit voler la terre à côté de lui. Il eut à peine le temps de s'aplatir au sol qu'une autre balle traversait les feuillages au-dessus de lui. Depuis sa position, il pouvait les voir s'adresser des signes.

Il blêmit, et son front se couvrit de sueur. Ils étaient trop nombreux, il n'avait aucune chance de leur échapper. Peut-être que s'il se rendait, ils l'épargneraient et le garderaient comme esclave. Il pourrait toujours tenter de s'enfuir plus tard. Il enleva son bandana et l'attacha à l'extrémité de son fusil. Puis, après avoir pris une profonde inspiration, il se leva lentement en agitant le drapeau. Une longue minute s'écoula. Il croyait être tiré d'affaire quand un tomawak siffla dans l'air et vint se ficher dans sa poitrine. Le souffle coupé, il chancela, puis s'effondra sur le sol.

157

Les Indiens poussèrent des cris victorieux en brandissant leurs tomawaks, puis repartirent au galop à travers la prairie.

14

L'aube pointait quand Flame se réveilla. Se recroquevillant, elle s'efforça de ne pas penser à Stone et à Little Bird, à leur si grande complicité.

Elle entendit Stone marcher dans le couloir et se retourna vivement face au mur. S'il ouvrait la porte, elle ferait semblant de dormir.

Plusieurs jours s'étaient passés depuis qu'ils s'étaient abrités de l'orage dans la vieille maison délabrée, et Stone n'avait pas réitéré sa proposition de faire chambre commune. À sa grande surprise, Flame devait admettre qu'elle en avait éprouvé de la déception.

Elle s'attarda au lit, réfléchissant à ce qu'elle allait faire de sa journée. Depuis qu'elle avait vu cette vieille maison, elle ne cessait d'y penser. Cet endroit la hantait au point qu'elle se demandait si elle ne devrait pas y retourner. Pourquoi pas aujourd'hui ?

Elle se leva, s'approcha de la fenêtre et écarta le lourd rideau. Comme chaque matin, une brume épaisse flottait au-dessus de la rivière, qui disparaîtrait progressivement à mesure que le soleil s'élèverait dans le ciel.

Flame soupira. Elle aimait cette maison, la campagne environnante, l'impression de sécurité qu'elle y ressentait. Elle ne comprenait pas pourquoi ce sentiment de sécurité était si important pour elle, mais elle soupçonnait son existence passée d'avoir été extrêmement différente de celle qu'elle menait ici depuis maintenant plus d'un mois.

Elle se détourna de la fenêtre, s'exhortant à ne pas trop s'attacher au ranch Falcon. Stone ne semblait pas réellement désireux de transformer leur simulacre de mariage en une union véritable. Ces derniers jours, il s'était comporté en voisin aimable, et tout la portait à croire qu'une fois complètement rétablie, il s'attendrait qu'elle parte.

Tandis qu'elle s'habillait, elle entendit les cow-boys gagner bruyamment le réfectoire pour prendre leur petit déjeuner. Elle irait à la vieille maison abandonnée ce matin, décida-t-elle. Son instinct lui soufflait que la clé de son passé se trouvait dans cet endroit. Elle devait d'abord régler ce problème de mémoire avant de commencer à songer à son avenir.

Stone aperçut Flame qui traversait la cour en direction du réfectoire, et son cœur s'emballa, comme d'habitude. Au soleil, sa chevelure formait un halo flamboyant, et elle se mouvait avec une grâce infinie. C'était vraiment la plus belle femme que Dieu ait jamais créée. La plus belle qu'il ait jamais vue, en tout cas. Comme le docteur le lui avait suggéré, il n'avait exercé aucune pression pour approfondir leurs relations. Mais ces derniers jours, garder ses distances lui avait coûté énormément. Tandis qu'elle s'arrêtait pour dire un mot à Maria, il pénétra dans le réfectoire à la suite de ses employés.

Quelques minutes plus tard, la porte moustiquaire se referma sur Flame avec un claquement. Tous les regards convergèrent sur elle. Les cow-boys ne pouvaient s'empêcher de la lorgner, et Stone ne pouvait les en blâmer. Après tout, ils faisaient la même chose que lui, non ?

Flame demeura un instant sur le seuil, un timide sourire aux lèvres. C'était encore une chose qu'il appréciait chez elle. Sa modestie. N'étant pas consciente de sa beauté, elle n'en jouait pas, ne s'en servait pas pour parvenir à ses fins.

— Bonjour, Flame, la salua-t-il.

Il se leva et lui tira sa chaise tout en la scrutant. Elle avait l'air en bonne forme, et il en fut heureux.

— J'espère que tu as faim, reprit-il. Charlie nous a fait des crêpes, ce matin.

— J'adore les crêpes de Charlie, déclara-t-elle en gratifiant ce dernier d'un grand sourire.

Il rougit du compliment tant il y était peu habitué. Les cow-boys ne le félicitaient jamais. Ils n'ouvraient la bouche que lorsqu'ils avaient une raison de se plaindre. Certes, il savait qu'ils appréciaient sa cuisine, mais se l'entendre dire était tout de même bien agréable.

— Qu'as-tu prévu de faire aujourd'hui, Flame? s'enquit Stone en prenant plusieurs crêpes.

— Je ne sais pas encore, répondit-elle, hésitant à lui révéler son projet. Et toi?

— Il reste des bêtes à marquer avant de les emmener à la vente de printemps d'Abilene. Je pense que nous y passerons la majeure partie de la journée.

— C'est un travail difficile et ingrat. J'étais toujours contente quand je l'avais terminé.

Son visage exprima la plus vive surprise. Pourquoi avait-elle dit cela? se demanda-t-elle.

Une lueur d'espoir s'alluma dans les yeux de Stone. L'espoir que Flame soit en train de retrouver une partie de son passé. Les paroles qu'elle venait de prononcer levaient le voile sur son aptitude à travailler avec le bétail et les chevaux. Elle avait sûrement appris tout cela dans le vieux ranch.

Le silence se fit autour de la table tandis que Flame et Stone buvaient leur café. Stone essayait de rassembler son courage pour demander à Flame de l'accompagner au bal annuel des ranchers, le samedi suivant. Flame essayait de rassembler son courage pour oser son premier mensonge.

Ce fut elle qui parla la première.

— Stone, j'aimerais te demander une faveur. Mais n'hésite pas à dire non si tu n'es pas d'accord.

— Je ne peux pas imaginer te refuser quoi que ce soit, répondit-il avec douceur.

À quoi jouait-il ? s'interrogea-t-elle. Pourquoi feignait-il d'éprouver de tendres sentiments envers elle ? Cela ne faisait qu'ajouter à sa confusion. Elle se racla la gorge, puis se jeta à l'eau :

— Voilà, je pensais aller cueillir des fleurs sauvages, comme tu me l'avais suggéré. Mais comme il est dangereux de se promener à pied au milieu des bœufs, j'aurais aimé utiliser le chariot.

Elle ignorait pourquoi, mais elle n'arrivait pas à lui avouer qu'elle souhaitait retourner à la vieille maison.

— Pas de problème, fit Stone sans hésiter. Je n'en ai pas besoin aujourd'hui. Bien, ajouta-t-il, je crois que je ferais bien d'y aller sinon, pas un des cow-boys ici présents ne se bougera.

Il sourit, et tendit la main par-dessus la table pour presser brièvement celle de Flame.

Perplexe, elle se demanda si cette marque d'affection était sincère, ou si elle faisait partie de la petite comédie destinée aux employés.

— À plus tard, lança-t-il en s'éloignant.

Il était à mi-chemin de l'écurie quand il se rendit compte qu'il n'avait pas parlé du bal à Flame.

L'homme et le cheval étaient aussi fatigués l'un que l'autre, mais l'appaloosa continuait d'avancer d'un pas pesant, tête basse. Il semblait deviner confusément que son maître voulait arriver à destination le plus vite possible.

Rudy Martin avait pris la route dès que Caleb l'avait informé de la disparition de Flame. Il avait fermé son chalet, emballé la plupart de ses affaires, et descendu la montagne en direction du ranch qu'il avait quitté quinze ans auparavant.

L'inquiétude le rongeait. Il craignait pour la vie de sa fille, craignait de ne jamais la revoir. Tant qu'elle vivait au ranch, il se contentait de se dire qu'ils se retrouveraient un jour. Et cela lui suffisait, car il était sincère. Évidemment, elle ne se souviendrait pas de lui, se disait-il. Cette pensée ranimait alors la culpabilité qu'il éprouvait à l'idée de l'avoir abandonnée.

Si elle avait été un garçon, il l'aurait emmenée avec lui. Mais Flame était une petite chose délicate et fragile. Il n'imaginait pas lui infliger l'existence qui était la sienne. Mais durant les quinze années écoulées, il ne s'était pas passé un seul jour sans qu'il pense à sa fille.

Cela faisait des années qu'il n'avait pas quitté sa montagne, et il ne savait pas à quoi s'attendre. Il y avait peut-être une guerre en cours avec les Indiens, des voleurs de bétail et des braqueurs de banque pouvaient se terrer dans les vallées. Quoi qu'il en soit, il était prêt à tout pour retrouver sa fille.

Jusque-là, son voyage s'était déroulé sans incident.

Tandis qu'il cheminait, ses pensées le ramenèrent à Bertha et à leur mariage. Il n'y avait jamais eu d'amour entre eux. Il ne l'avait épousée que parce qu'elle avait prétendu être enceinte de lui. Connaissant Bertha et son goût pour les hommes, il doutait que l'enfant soit de lui. Mais l'honneur l'avait forcé à se détourner de la jeune fille qu'il aimait vraiment afin que le bébé à venir ait un père.

Un seul regard à la frimousse auréolée de cheveux roux du nouveau né, et il avait su sans l'ombre d'un doute qu'il s'agissait bien de sa fille. Elle était le portrait craché de grand-mère Martin. Il l'avait prénommée Flame.

Bertha, qui aurait préféré avoir un garçon, se désintéressa vite de sa fille. Elle ne la berça jamais dans ses bras, ne lui murmura jamais de mots doux.

Pour le bien de la petite, il avait tenté de donner une chance à leur couple. Mais Bertha n'avait fait que multiplier les infidélités. Elle couchait avec tous les hommes qui passaient, pendant que lui s'échinait à s'occuper du bétail.

Flame avait quatre ans quand, rentrant à l'improviste à la maison, il trouva Bertha au lit avec le cowboy qu'il avait embauché deux jours auparavant pour l'aider au marquage des bêtes. Il n'avait pas dit un mot. Il avait pris la petite Flame dans ses bras, avait déposé un baiser sur sa joue rebondie, l'avait étreinte un long moment, puis il était parti.

Il s'était réfugié dans les montagnes où il avait longtemps erré, pleurant la perte de son enfant et du ranch où il avait travaillé si dur.

Son désespoir était si profond qu'il n'avait pas remarqué que la température rafraîchissait et que les jours raccourcissaient. Un matin, il s'était réveillé transi de froid, et avait décidé de retourner chez le vieil oncle qui l'avait recueilli après la mort de ses parents alors qu'il n'avait que six ans.

Le frère de sa mère avait été heureux de le revoir et ne lui avait posé aucune question. Il ne s'était enquis que de la santé de la petite Flame. Rudy avait passé l'hiver avec lui, s'occupant principalement à la chasse. Quand les neiges avaient commencé à fondre et que les cols avaient été de nouveau praticables, il était allé vendre ses fourrures au comptoir commercial au bord de la rivière. Il en avait tiré une jolie somme. Il s'était attardé au comptoir commercial, buvant et parlant avec les autres trappeurs.

C'était là qu'il avait rencontré Caleb Grenwood. Les deux hommes étaient devenus rapidement amis. Au fil des années, Rudy descendant de moins en moins souvent de la montagne, il avait compté sur Caleb pour lui apporter des nouvelles de sa fille. Son oncle étant mort l'année passée, le vieux montagnard était la seule famille qu'il lui restait désormais.

Alors qu'il arrivait en vue de la propriété qu'il avait fuie quinze ans plus tôt, il fut tiré de ses pensées par un fracas de roues derrière lui. Il regarda par-dessus son épaule et retint son souffle. Un chariot s'engageait sur la route du ranch. Un grand panier de fleurs sauvages à ses côtés, une belle jeune femme rousse tenait les rênes. Ç'aurait pu être sa grand-mère Martin. Sans hésiter, Rudy dirigea Sam en travers de la route poussiéreuse.

Forcée de s'arrêter, Flame regarda avec inquiétude l'inconnu qui lui barrait le chemin. Mais il lui adressa un sourire si amical qu'elle ne put que sourire en retour.

— Est-ce votre ranch, mademoiselle ? s'enquit-il en ôtant son chapeau.

— Non, pas du tout.

— Savez-vous à qui il appartient ?

— Je suis désolée, mais non.

Curieux, songea Rudy. Il avait la certitude que cette jeune femme était sa fille, Flame, alors pourquoi semblait-elle ne rien savoir de l'endroit où elle était née et où elle avait grandi ? Et puis, que faisait-elle là alors que Caleb lui avait affirmé qu'elle avait disparu ?

— J'ai entendu dire que la propriété était à vendre, fit-il.

Il ne put la regarder dans les yeux tandis qu'il proférait ce mensonge.

— Je ne suis pas au courant.

Rudy balaya du regard la prairie verdoyante, la rivière qui traversait le terrain. Comme cet endroit lui avait manqué !

— Il y a ici tout ce qu'un homme peut souhaiter pour un ranch, commenta-t-il. Vous-même vivez dans un ranch ?

— Oh, oui ! Mon mari et moi avons une grande propriété à environ cinq kilomètres d'ici, répondit-elle fièrement. Nous gérons deux mille têtes de bétail.

Un mari ? Caleb n'avait mentionné aucun mari.

— La maison sur ce terrain est-elle en bon état ? l'interrogea-t-il dans l'espoir de prolonger un peu la conversation.

— Elle est assez délabrée. Il faudra beaucoup de travail pour la rénover.

— Elle n'est pas du tout habitable ? insista-t-il tandis qu'une idée germait dans sa tête.

— Si, répondit Flame, puis elle ajouta en riant : Enfin, s'il ne pleut pas. Le toit fuit un peu.

— Je vous demande tout cela parce que je cherche à acheter dans le coin. J'aime beaucoup cette région.

Flame lui adressa un sourire approbateur.

— Moi aussi, je l'aime. La maison n'est qu'à cinq cents mètres d'ici. Pourquoi ne pas aller y jeter un coup d'œil ? proposa-t-elle.

C'était exactement ce que Rudy attendait, et il s'empressa d'accepter son invitation.

— Suivez cette route, indiqua-t-elle. Elle y conduit directement.

Rudy précéda la jeune femme sur ladite route. Il avait du mal à croire à sa chance. Peu lui importait que la vieille maison ait un toit ou pas. Il y vivrait de toute façon. Avoir trouvé Flame aussi vite le comblait de bonheur. En prétendant vouloir acheter son propre ranch, il aurait une excuse pour ne pas s'éloigner de sa fille. Ils auraient ainsi l'occasion d'apprendre à se connaître. Et en temps voulu, il lui révélerait son identité.

Il éprouva une infinie tristesse lorsque les bâtiments qu'il avait construits autrefois apparurent à la vue. Ils étaient dans un état de décrépitude avancée. Tous les toits semblaient sur le point de s'effondrer.

Il guida Sam vers ce qui restait de l'écurie, sauta à terre et fit jouer ses muscles endoloris. Flame le rejoignit presque aussitôt et descendit de son chariot.

— Plutôt désolant, n'est-ce pas ? commenta-t-elle avec un haussement d'épaules impuissant.

— Oui, admit Rudy. Mais cet endroit a du potentiel, ça saute aux yeux.

Il se rappelait à quoi ressemblait le ranch quinze ans auparavant, et était pressé de se mettre au travail pour qu'il retrouve son aspect d'origine.

Mais plus encore, il lui tardait de découvrir ce qui était arrivé à sa fille. Elle se comportait comme si elle ne connaissait pas les lieux. Et à moins qu'elle ne soit une comédienne hors pair, ce dont il doutait, elle ne feignait visiblement pas. Il en venait presque à se demander s'il ne s'était pas trompé sur son identité.

Se tournant vers elle, il lui tendit la main.

— Jason Saunders, se présenta-t-il, décidant qu'il valait mieux utiliser un pseudonyme jusqu'à ce qu'il y voie un peu plus clair.

— Flame, dit-elle en lui serrant la main.

Elle hésita une fraction de seconde avant d'ajouter :

— Flame Falcon.

— Enchanté, fit Rudy, ravi d'apprendre qu'il ne s'était pas trompé.

Flame le précéda à l'intérieur de la maison, et il découvrit, stupéfait, qu'il y régnait un désordre indescriptible.

— Bon sang ! s'exclama-t-il. On dirait que des vandales ont retourné toute la maison. Je me demande si quelqu'un a porté plainte.

— Je l'ignore, avoua Flame.

Rudy emprunta le petit couloir et s'immobilisa sur le seuil de la chambre qu'il avait autrefois partagée avec Bertha.

— Cette pièce n'est pas en trop mauvais état, observa-t-il.

Il ne put s'empêcher de se demander combien d'hommes l'avaient partagée avec sa femme durant ces quinze dernières années.

— Je pourrais dormir ici cette nuit s'il y a moyen d'avoir un lit propre, réfléchit-il tout haut. Et demain, j'irai en ville me porter acquéreur.

— Il devrait y avoir des draps là-dedans, dit Flame en se dirigeant vers l'armoire au bout du couloir. Mais je crains qu'ils ne sentent l'humidité.

Comment diable savait-elle que cette armoire contenait le linge de lit ? s'interrogea-t-elle alors qu'elle sortait une paire de draps et des taies d'oreiller. On aurait dit que cette maison lui envoyait des messages furtifs qu'elle ne parvenait pas à expliquer. Quand elle retourna dans la chambre où Rudy était resté, elle eut l'impression qu'il la regardait bizarrement. Mais à vrai dire, tout lui semblait bizarre ici.

— J'avais raison, ils sentent l'humidité, annonça-t-elle en commençant à refaire le lit.

— Cela m'est égal tant qu'ils sont propres.

Rudy ne se voyait pas lui expliquer qu'il ne voulait pas dormir entre des draps où Bertha avait couché avec son dernier amant en date.

Quand le lit fut terminé, Flame se rendit à la cuisine pour aller chercher le balai rangé derrière le fourneau. Elle revint dans la chambre, ouvrit la fenêtre en grand pour aérer la pièce, puis entreprit de la nettoyer.

Tandis que Rudy la regardait faire, une immense fatigue l'envahit. La journée avait été longue, pleine de surprises et de souvenirs amers.

Il s'approcha de la fenêtre et parcourut du regard le paysage familier. Flame lui glissa un coup d'œil, et une scène lui traversa fugitivement l'esprit : elle était enfant, et un homme se tenait à cette même fenêtre. Un homme qui arborait le même air triste.

— Merci de votre aide, Flame, dit Rudy en se tournant vers elle. Je crois qu'il est temps que j'aille m'occuper de mon cheval, à présent, et que je songe à me préparer à dîner.

Il avait l'air si las que Flame lâcha sans réfléchir :

— Que diriez-vous de venir manger à la maison, ce soir ? J'aimerais beaucoup que vous fassiez la connaissance de mon mari.

— Je vous remercie de votre invitation, et je l'accepte volontiers.

— Alors allons-y, lança-t-elle gaiement.

15

Stone se leva et alla s'appuyer contre le pilier de la véranda, le regard tourné vers le couchant. Il n'y avait aucun chariot arrivé, aussi se mit-il à faire les cent pas. Il était inquiet. Flame aurait dû être rentrée depuis longtemps. Qu'est-ce qui la retenait ? Le chariot avait-il perdu une roue ? L'un des chevaux avait-il trébuché et s'était-il cassé une jambe ?

Assez de suppositions, décida-t-il en se rasseyant. Il lui donnait encore quinze minutes, et si elle n'était pas revenue d'ici là, il partirait à sa recherche, que cela lui plaise ou non. Elle avait de grandes velléités d'indépendance ces jours-ci, avait-il remarqué, et cela l'ennuyait. Quel mal y avait-il à ce qu'elle se repose un peu sur lui ?

Stone n'aima pas la réponse qui lui vint aussitôt à l'esprit. Peut-être était-elle en train de se préparer à vivre sans lui.

Il aperçut enfin la silhouette d'un chariot émerger de sous les arbres qui bordaient la rivière. Flame tenait les rênes. Le sourire de soulagement et de bonheur qui était venu aux lèvres de Stone s'effaça lorsqu'il vit le cavalier qui chevauchait à côté de l'attelage. Flame et lui semblaient discuter comme de vieux amis.

Il se rendit en toute hâte à l'écurie pour accueillir la jeune femme.

— Je commençais à me faire du souci, avoua-t-il en la saisissant par la taille pour l'aider à descendre du chariot.

— Je serais rentrée plus tôt, mais j'ai rencontré un nouveau voisin, expliqua-t-elle en souriant au bel homme d'âge mûr qui était en train de mettre pied à terre. Stone, je te présente Jason Saunders. Il veut acheter cette vieille maison dans laquelle nous avons cherché refuge l'autre jour.

Les deux hommes se serrèrent la main en se jaugeant du regard. Flame crut sentir une imperceptible tension entre eux, puis décida que son imagination devait lui jouer des tours. Pourquoi y aurait-il de l'animosité entre deux personnes qui ne se connaissaient ni d'Ève ni d'Adam ?

— Je me suis permis de l'inviter à partager notre dîner, enchaîna-t-elle avant d'ajouter à l'adresse de Rudy : Les hommes se dirigent vers le réfectoire. Nous ferions mieux de nous laver les mains et d'y aller avant qu'il n'y ait plus rien à manger.

Tandis que le jeune garçon d'écurie détachait les chevaux pour les conduire dans leur stalle, Stone suivit Flame et son invité au point d'eau jouxtant le réfectoire. Ces deux derniers se débarrassèrent de la poussière du chemin, puis tous trois pénétrèrent dans le bâtiment.

— Je vous présente Jason Saunders, dit Flame en prenant place à table. Il a l'intention d'acheter le vieux ranch dans les contreforts.

Rudy hocha la tête pour saluer chacun des hommes qu'elle lui présentait, puis il s'assit à côté d'elle. Stone se renfrogna. C'était sa place habituelle. Il hésita un instant, se demandant comment réagir. Puis il décida qu'il paraîtrait mesquin de faire toute une histoire parce qu'un inconnu s'asseyait à côté de sa femme, et s'attabla en face de Flame. L'envie le démangeait de questionner cet inconnu, de lui demander d'où il venait, mais il se retint. Après tout, cela ne le regardait pas.

Quoi qu'il en soit, Stone savait deux choses avec certitude sur ce Saunders. Son appaloosa était une superbe bête, et l'homme qui le montait était sacrément beau. Et il n'appréciait pas du tout la façon dont Saunders regardait Flame, lui souriait, lui touchait le bras de temps à autre. Pour couronner le tout, ce comportement familier ne semblait pas choquer Flame le moins du monde. Stone planta rageusement sa fourchette dans son steak. Saunders avait l'âge d'être son père, bon sang ! Cela ne le dérangeait donc pas qu'elle soit mariée ?

Mais elle n'était pas mariée, se rappela-t-il. Et les chances qu'elle accepte de l'épouser allaient s'amenuisant, lui semblait-il. Tout bien réfléchi, il n'était pas certain de souhaiter qu'elle recouvre la mémoire. Ne vaudrait-il pas mieux que les choses continuent telles qu'elles étaient ? Au fond, elle n'avait pas besoin de se souvenir de son passé pour tomber amoureuse de lui.

Stone acheva son dîner comme dans un brouillard. Il aurait été incapable de dire ce qu'il avait mangé quand il se leva de table en même temps que Flame et son hôte. Sa mâchoire se crispa de colère lorsque celle-ci proposa :

— Venez donc vous asseoir un peu avec nous sur la véranda, Jason. Nous pourrions dresser la liste de ce qu'il vous faut pour réparer la maison, et je vous accompagnerai en ville demain pour faire vos achats. Je suppose que vous allez commencer par le toit. Il fuyait beaucoup quand Stone et moi nous sommes abrités de l'orage.

— Ce serait le plus logique, répondit Rudy alors que tous trois prenaient place dans les rocking-chairs. Mais il faut d'abord que je m'assure que la propriété est libre à la vente. Depuis combien de temps cette maison est-elle vide ?

— À ton avis, Stone ? demanda Flame, incertaine. Deux ou trois mois ?

— Quelque chose comme ça, répondit-il prudemment.

En fait, il n'en avait aucune idée.

— Nous sommes mariés depuis un mois, reprit-il. Elle est vide depuis, en tout cas.

Où se trouvait Flame avant cela ? s'interrogea Rudy. Il se garda cependant de le lui demander, car il percevait l'hostilité à peine voilée de son mari à son égard. Il aurait largement l'occasion de la questionner le lendemain.

Au loin dans les montagnes s'éleva la plainte lugubre d'un loup hurlant à la lune.

— Ce vieux frère n'a pas l'air très heureux, fit remarquer Rudy en riant doucement. Il n'aime probablement pas être seul.

— Je n'aimais pas être seule le soir quand j'étais petite, observa Flame. J'imaginais toutes sortes de créatures tapies dans l'ombre ou sous mon lit.

— Vos parents n'étaient donc pas là ? s'étonna Rudy.

Flame éprouva une vive surprise. Pourquoi s'était-elle rappelé un souvenir qui datait de sa petite enfance ? Quant à la question de Rudy, elle en ignorait la réponse.

— Je suppose qu'ils étaient là, répondit-elle finalement. Je me rappelle vaguement une femme, mais je ne pense pas qu'elle était très maternelle. Il y avait aussi un homme. Il était gentil. Je me revois sur ses genoux, l'écoutant me chanter des chansons.

— Qu'est-il arrivé à cet homme, Flame ? s'enquit Stone.

Il retint son souffle, attendant qu'elle lui donne enfin des détails de son passé. Mais elle se contenta de secouer la tête.

— Je ne me souviens pas.

— Ma femme a fait une chute de cheval juste après notre mariage, expliqua Stone. Elle a eu un choc à la tête et depuis, elle a perdu la mémoire.

Voilà qui expliquait pourquoi Flame n'avait aucun souvenir du ranch, songea Rudy.

— Je ferais bien d'y aller, dit-il en se levant. La journée a été longue, et Sam et moi sommes fatigués. Il me tarde de me coucher.

— Faites attention à ce vieux loup, l'avertit Flame tandis que Stone et elle se levaient à leur tour.

— Je n'ai pas peur des loups, la rassura-t-il. Les solitaires n'attaquent pas.

Il sourit à Flame et ajouta :

— Encore merci pour le dîner. À demain, alors ?

— Je serai là à la première heure.

Stone ignorait s'il était inclus dans l'invitation du lendemain, mais il dit quand même :

— Je ne sais pas si je pourrai venir. On est en train de rassembler les bêtes pour les conduire à la vente de bétail.

— Vous avez besoin de bras pour vous aider ? s'enquit Rudy en s'arrêtant sur les marches.

— Merci, j'ai suffisamment d'hommes pour terminer le travail.

— Bien. N'hésitez pas à me faire signe en cas de besoin.

Rudy descendit la volée de marches et se dirigea vers l'écurie.

— Il est incroyablement gentil, tu ne trouves pas ? remarqua Flame en pénétrant dans la maison.

— Il en a l'air, en tout cas, admit Stone à contrecœur. Mais il y a quelque chose qui me titille à son sujet. J'ai comme l'impression de le connaître. Je suis certain de l'avoir déjà rencontré. T'a-t-il précisé d'où il venait ?

— Non, et je ne le lui ai pas demandé. J'imagine qu'il nous le dira de lui-même.

— Ce qui est sûr, c'est que ce n'est pas un vagabond. Il suffit de regarder ses vêtements et son cheval. Et son colt est un modèle d'excellente qualité. Je ne comprends pas ce qu'un homme de son âge fait à chevaucher ainsi, sans but apparent. Et pourquoi veut-il acheter ce vieux ranch ?

— Je l'ignore et cela m'est complètement égal, rétorqua Flame d'un ton coupant. Il m'a dit qu'il aimait beaucoup la région. Et il a apprécié le fait qu'une rivière traversait la propriété.

— Pourquoi te hérisses-tu ainsi ? s'étonna Stone – après tout, il trouvait ses interrogations légitimes à propos de cet homme. Je trouve juste un peu étrange qu'il préfère s'établir dans un vieux ranch délabré plutôt qu'en ville où il aurait plus de confort. C'est à croire qu'il cherche à fuir quelqu'un ou à se cacher. J'espère juste que ce n'est pas un hors-la-loi. Après tout, nous ne savons rien de lui.

— Pense ce que tu veux. Pour ma part, je le sens honnête. Je lui fais confiance.

Conscient qu'il n'avait que trop attendu pour lui révéler ce qu'il savait de son passé, Stone déclara :

— Flame, il y a quelque chose que tu dois savoir avant de retourner dans ce vieux ranch. C'est là-bas que je t'ai trouvée. Il n'est pas impossible que ce soit là que tu vivais.

Elle le fixa avec stupeur.

— Pourquoi ne me l'as-tu pas dit plus tôt ? soufflat-elle, submergée d'émotions.

Sans attendre sa réponse, elle tourna les talons et courut s'enfermer dans sa chambre.

Quelques minutes plus tard, Stone regagnait la sienne. Tourmenté par de multiples interrogations, il mit un temps fou à s'endormir.

Allongé sur son lit, Rudy regardait le pan de ciel étoilé qui apparaissait à travers le trou dans le toit. Il devrait s'en occuper dès le lendemain s'il ne voulait pas que la maison soit inondée lors de la prochaine pluie. Il fallait aussi qu'il change ce matelas. Non seulement il était défoncé, mais une odeur infecte s'en dégageait.

Il se tourna et se retourna pendant plusieurs minutes, cherchant une position confortable, puis abandonna. La couverture et un oreiller sous le bras, il décida qu'il valait encore mieux dormir avec Sam.

Il disposa le foin en couche épaisse, s'y étendit et, mort de fatigue, s'endormit presque instantanément.

Il se réveilla alors que le soleil commençait à peine à se lever et fit le point sur les réparations à entreprendre en urgence. À une époque, se rappela-t-il, il y avait un chariot dans ce ranch. Un véhicule solide qu'il entretenait avec soin. Cette propriété était alors sa fierté, et il travaillait dur pour la maintenir en bon état.

Avec un soupir, il s'assit, secoua les brins de paille de ses cheveux. Tant de choses avaient changé en quinze ans...

Il se rendit à l'abreuvoir et pompa de l'eau pour se laver le visage et les mains. Il lui vint soudain à l'esprit qu'il ne pourrait pas utiliser un chariot même s'il y en avait un. Son fougueux étalon n'accepterait jamais d'être attelé. Il devrait compter sur Flame pour l'emmener faire ses achats en ville.

Flame. Un tendre sourire incurva ses lèvres. Difficile d'imaginer que cette satanée Bertha avait pu donner naissance à une fille aussi belle et douce. Il avait manqué quinze années de sa vie, mais il comptait bien rattraper le temps perdu. Son mari était certes sympathique, mais il regrettait un peu qu'elle soit déjà mariée. Il aurait aimé l'avoir pour lui seul pendant un temps.

Il se séchait le visage avec son bandana quand le chariot apparut au sommet de la butte. Un flot de bonheur envahit Rudy à l'idée de revoir sa fille.

— Bonjour, lança-t-elle joyeusement en arrêtant son attelage à quelques mètres de lui. Je craignais d'être trop matinale et que vous ne dormiez encore.

— Ça ne risquait pas, je suis réveillé depuis un moment déjà.

176

Il l'aida à descendre de son siège.

— C'est l'heure de la journée que je préfère, avoua-t-il. Celle où l'herbe étincelle sous la rosée.

— Moi aussi, j'adore le petit jour, acquiesça Flame. Elle récupéra un sac en toile dans le chariot et expliqua :

— J'ai apporté de quoi préparer un petit déjeuner. Je doute qu'il y ait grand-chose à manger ici.

— J'espère que vous avez apporté du café, fit Rudy en souriant. Je n'ai pas vraiment les idées claires si je n'ai pas bu une bonne tasse de café.

— Alors nous avons aussi cela en commun, déclara Flame. Je suis un vrai chat sauvage tant que je n'ai pas avalé mon pot de café.

— Dans ce cas, dépêchons-nous de le préparer, proposa Rudy en lui prenant le coude pour l'entraîner vers la maison.

Sur le seuil de la cuisine, Flame s'immobilisa le temps de promener le regard sur la pièce, puis elle s'approcha de la table et entreprit de déballer le contenu de son sac : du café en grains, du bacon, cinq œufs, du pain et du sel.

Rudy souleva la cafetière posée sur le fourneau.

— Qu'en pensez-vous, Flame ? demanda-t-il en la soumettant à son inspection.

— Stone l'a récurée lorsque nous nous sommes réfugiés ici ; en revanche, le fourneau est crasseux.

— Je mets de l'eau à chauffer et je m'en occupe, proposa Rudy.

Il fit du feu dans le foyer, remplit une marmite d'eau et la posa sur le fourneau avant de s'attaquer au nettoyage de ce dernier.

— Il y a un pain de savon sous l'évier, dit Flame tout en s'activant de son côté.

À peine ces paroles prononcées, elle se figea. Comment savait-elle cela ? Préférant ne pas s'appesantir sur cette question, elle se remit à la tâche.

Le temps qu'elle termine de moudre le café, le vieux fourneau était propre. Tandis que le café infusait, Rudy sortit son couteau de poche pour couper des tranches de bacon, puis il lessiva la table.

Ils accomplissaient chacun leur part de travail en silence, mais c'était un silence dépourvu de tension, presque complice. Bientôt, une délicieuse odeur de café et de bacon frit se répandit dans la vieille cuisine. Flame dressa le couvert et coupa le pain. Spontanément, Rudy servit le bacon et les œufs.

Ils mangèrent de bon appétit, sans échanger plus que quelques mots. Ils buvaient leur café quand Flame se risqua à demander :

— Avez-vous été marié, Jason ?

Rudy prit une longue gorgée de café, posa la tasse et répondit :

— Oui. Ma femme était une véritable harpie.

— Que lui est-il arrivé ?

— Je ne sais pas exactement. Je l'ai quittée après l'avoir surprise au lit avec un autre. Elle est probablement morte à l'heure qu'il est, j'imagine. Tuée par l'un de ses amants.

Le regard empli de compassion, Flame tendit la main et la posa sur celle de Rudy.

— Vous avez eu des enfants ? demanda-t-elle doucement.

Rudy retourna la main de sorte que leurs paumes se touchent.

— J'avais une fille. Elle a disparu récemment.

Il garda le silence un instant, cherchant comment lui dire qu'elle était cette fille disparue, puis décida qu'il était un peu tôt pour les aveux.

— Nous devrions peut-être établir la liste de ce dont nous avons besoin en ville, reprit-il.

— Peut-être, oui. Si vous voulez, je peux me charger de voir ce qui manque à l'intérieur pendant que vous vous occupez des gros travaux.

— Bonne idée. Nous ferons chacun une liste. Je me demande s'il y a de quoi écrire quelque part.

Flame se dirigea automatiquement vers un placard et ouvrit un tiroir. Après avoir un peu fouillé dedans, elle en sortit du papier et deux crayons. De nouveau, elle se demanda comment elle avait su que le papier et les crayons se trouvaient dans ce tiroir.

Tous ces petits riens commençaient à la rendre nerveuse. Se pouvait-il que Stone ait raison ? Qu'elle ait vécu dans cette maison ?

À cette pensée, elle éprouva de la honte. Honte d'avoir peut-être vu le jour et grandi dans un endroit qui suintait la misère et la saleté. D'avoir un lien quelconque avec des gens dont tout proclamait qu'ils étaient dénués d'honneur et de fierté. Si tel était le cas, elle espérait que la mémoire ne lui reviendrait jamais.

Rudy termina sa liste le premier. Il avait essentiellement besoin de bois de charpente, de bardeaux et de clous. Pour l'instant, en tout cas. Au fur et à mesure que les travaux avanceraient il aurait besoin d'un tas d'autres fournitures, il le savait. Mais pour l'heure, il devait s'atteler à la réfection des toits. C'était une priorité.

Flame mit un peu plus de temps à achever sa liste. Il manquait tellement de choses dans la maison. Elle nota d'abord de la pâte à noircir pour le vieux fourneau, puis de l'huile de lin pour les meubles. Une fois nettoyés et cirés, ils auraient meilleure allure, et elle voulait que Jason ait un intérieur aussi agréable que possible. Elle ajouta des draps, des serviettes et des torchons, du savon, des balais. La triste fenêtre de la cuisine attira son regard et elle décida que des rideaux ne seraient pas de trop. Elle savait que les placards et le cellier étaient vides, aussi inscrivit-elle simplement *provisions*.

— J'ai marqué tout ce qui m'est venu en tête, annonça-t-elle en allant retrouver Rudy. Je vous préviens, la liste est longue.

— Ne vous inquiétez pas, je suis sûr que tout est nécessaire, fit-il en attrapant son chapeau. Allez, en route !

Une fois dehors, il demanda :

— Vous croyez pouvoir monter Sam ? Je conduirai le chariot. Il risque d'être difficile à manier au retour, avec le bois de charpente et tout le reste.

— Pas de problème.

Flame s'approcha de l'étalon attaché au portail branlant. Rudy l'aida à se hisser sur l'animal, puis il grimpa dans le chariot et fit claquer les rênes.

L'herbe était encore humide de rosée quand ils s'engagèrent dans le chemin qui traversait l'ancien verger. C'était un raccourci pour aller à Dogwood. Rudy se rappela y avoir planté les pommiers, les poiriers et les cerisiers à leur arrivée au ranch. Il était alors plein d'espoir, quand bien même il n'avait pas épousé la femme qu'il aimait. Les arbres étaient vieux désormais, leurs troncs couverts de mousse et leurs branches maigres et tordues. Pourtant, la plupart étaient en fleur, annonçant une belle récolte.

En sortant du verger, ils bifurquèrent sur la grande route bordée d'immenses prairies qui s'étendaient jusqu'aux montagnes.

Outre les quelques établissements nouveaux construits depuis la dernière visite de Rudy à Dogwood, il y avait maintenant quatre rues perpendiculaires à la rue principale. De petites maisons coquettes s'y dressaient.

Rudy savait parfaitement où se trouvait le dépôt de bois de construction, mais il se souvint qu'il n'était pas censé le savoir. Il s'arrêta donc pour demander son chemin.

— Je vais m'y rendre tout de suite, dit-il à Flame. Combien temps pensez-vous que prendront vos courses ?

— Environ une heure. On peut se retrouver au *Sage Hen*, si vous voulez, suggéra-t-elle en désignant le petit saloon de l'autre côté de la rue.

Dès que ces mots eurent franchi ses lèvres, elle comprit qu'elle était déjà venue à Dogwood. Et probablement à de nombreuses reprises.

Les yeux rivés sur le bâtiment, elle n'entendit pas la réponse de Rudy. Si elle le regardait assez longtemps, en se concentrant suffisamment, un souvenir lui reviendrait peut-être.

C'était une construction toute simple, pourvue d'une grande fenêtre. On apercevait à l'intérieur des clients assis dans des boxes ou mangeant à des tables. Deux cow-boys en sortirent et la regardèrent un instant. Elle leur adressa un sourire timide, mais il était clair qu'ils ne la connaissaient pas. Ils ne l'aideraient manifestement pas à retrouver son identité.

Rassemblant son courage, elle poussa jusqu'au magasin général. C'était le plus grand commerce de Dogwood, on y trouvait tout ce dont on pouvait avoir besoin dans une ville frontière.

Quelques hommes traînaient sur la véranda. Deux d'entre eux la saluèrent d'un signe de tête, mais elle sentit leurs regards concupiscents voyager sur son corps alors qu'elle descendait de selle. Bien que leur façon de la fixer la mît mal à l'aise, elle était convaincue qu'ils s'abstiendraient de faire la moindre remarque irrespectueuse. Toute la ville savait qu'elle était la femme de Stone Falcon, et personne ne voulait avoir d'ennui avec lui. Elle avait surpris une conversation entre des cow-boys, un jour ; apparemment, Stone avait la réputation d'avoir toujours le dessus dans une rixe.

Passant devant les hommes, Flame pénétra dans le magasin.

Elle s'enthousiasma devant les rayons impeccablement rangés. Si elle avait un jour mis les pieds dans cet endroit, elle s'en souviendrait, assurément. Elle regardait autour d'elle avec de grands yeux émerveillés, d'autant plus heureuse qu'elle avait carte blanche pour s'acheter les vêtements dont elle avait envie. En effet, juste avant qu'elle quitte le ranch, ce matin, Stone lui avait tendu un rouleau de billets qu'elle avait fixé avec incrédulité.

— Je me montrerai économe, avait-elle promis.

— Pas question. Je veux que tu dépenses tout jusqu'au dernier centime, avait-il maugréé, mais son regard plein de douceur démentait son ton bourru. Achète-toi des affaires de dame... Tu sais, des robes, des bonnets et toutes ces fanfreluches que les femmes portent.

Flame sourit en se rappelant ces paroles. Elle avait le sentiment que Stone en connaissait plus long qu'elle sur ce que les dames portaient.

Elle commença par choisir un Stetson blanc, puis une paire de bottes. Après quoi, elle s'approcha avec circonspection d'une longue tringle qui pendait du plafond. Des robes et des tenues de nuit y étaient suspendues. Il y avait un tel foisonnement de couleurs, de styles et de matières qu'elle en demeura sans voix. À côté des toilettes en soie, satin, mousselines et velours, il y avait aussi des robes toutes simples et pratiques comme celle de Pearl.

Alors qu'elle contemplait les ravissants vêtements, se demandant quelle taille lui irait, elle sentit qu'on la regardait. Jetant un coup d'œil de biais, elle repéra une jolie femme d'âge mûr, qui l'observait depuis le comptoir. Elle rougit d'embarras. Cette femme avait dû deviner qu'elle n'avait pas l'habitude d'acheter des robes.

Un instant plus tard, une voix douce murmura juste derrière elle :

— Les couleurs sont magnifiques, n'est-ce pas ?

— Oui, en effet, admit Flame en se retournant pour adresser un sourire à la femme.

— Lesquelles préférez-vous ?

— Je n'arrive pas à me décider ; elles sont toutes superbes.

— Il faudrait commencer par celles qui sont à votre taille. La plus petite devrait aller, je pense.

L'inconnue commença à passer les robes en revue.

— Cette mousseline bleue devrait être adorable sur vous, déclara-t-elle en sortant une robe bleu pâle bordée de dentelle qu'elle tint devant Flame. Elle s'accorde parfaitement à vos yeux et à votre magnifique chevelure.

— Vous croyez? dit Flame en passant les mains sur le tissu vaporeux.

— Absolument.

La femme drapa la robe sur son bras.

— Et ce velours noir serait parfait pour l'hiver, continua-t-elle en sortant une autre robe qu'elle ajouta à la première. Il rehausserait votre joli teint.

Elle en décrocha une en satin lavande que Flame contempla bouche bée.

— Celle-ci sera indispensable pour les fêtes paroissiales de cet automne, poursuivit-elle avec assurance. Vous ressemblerez à une princesse de conte de fées.

— Oh, mais je ne devrais pas! Toutes ces robes vont coûter une fortune, s'inquiéta Flame en refermant les doigts sur le rouleau de billets dans sa poche. J'ai besoin de robes pour tous les jours... et de diverses autres choses.

Ces propos arrachèrent un sourire à la jolie femme.

— Vous êtes l'épouse de Stone Falcon, n'est-ce pas?

— Oui, répondit Flame en rougissant. Mais je ne vois pas quelle...

— Quelle différence cela fait? Je vais vous le dire. Vous pourriez acheter le magasin entier si vous le souhaitiez.

Convaincue que son interlocutrice plaisantait, Flame se permit de rire.

— J'ai sans doute un peu exagéré, admit-elle en riant à son tour. Je m'appelle Rainee Devlow, se présenta-t-elle en ajoutant la robe lavande aux autres.

Cela dit, votre mari ne souffre pas du manque d'argent. J'ai une boutique de vêtements pour femmes de l'autre côté de la rue. Quand vous aurez terminé vos courses ici, venez me voir, je vous aiderai pour d'autres petites choses.

Elle adressa un clin d'œil à Flame.

Celle-ci comprit que sa nouvelle amie faisait allusion aux sous-vêtements, et en éprouva un certain soulagement. Elle redoutait en effet de devoir s'adresser au jeune vendeur boutonneux pour voir ces articles. Nul doute, du reste, qu'il aurait été aussi embarrassé qu'elle.

— Merci infiniment, Rainee. Je ne devrais pas en avoir pour longtemps. Je viendrai dès que mon ami Jason Saunders m'aura rejointe au saloon. Nous nous sommes donné rendez-vous là-bas, car il est nouveau dans la région.

— Je suis là jusqu'à ce soir. Passez quand vous voulez.

Flame regarda Rainee traverser la rue et entrer dans sa petite boutique, puis elle poursuivit ses courses. Elle demanda au jeune employé qui la suivait deux jeux de draps, des taies d'oreiller et des couvertures. Elle acheta aussi une douzaine de serviettes de toilette et de torchons.

Elle passa ensuite aux produits ménagers, acheta de quoi nettoyer le vieux fourneau, un poêlon et une cafetière, des couverts et des assiettes.

Elle se trouvait dans le magasin depuis près d'une heure lorsqu'elle repéra des savons parfumés pour le bain. Elle ne se souvenait pas d'avoir jamais joui d'un tel luxe et mit un certain temps à se décider sur son parfum préféré. Il ne lui vint même pas à l'idée qu'elle pouvait s'offrir plus d'un pain de savon.

Elle s'arrêta pour finir tout au fond du magasin, où se trouvait l'alimentation.

— Mettez l'addition sur le compte de Jason Saunders, dit-elle au jeune employé quand elle eut terminé l'achat des provisions. Je paie comptant pour les robes.

Cela fait, elle se hâta de quitter le magasin. Jason devait commencer à s'impatienter.

Elle l'aperçut devant le saloon, et se dépêcha de le rejoindre. Il était vraiment bel homme, nota-t-elle, avant de se demander, perplexe, pourquoi elle en éprouvait de la fierté. Comme s'ils étaient parents.

— Vous m'attendez depuis longtemps ? s'inquiéta-t-elle en s'arrêtant près de lui, un peu essoufflée.

— À peine quelques minutes. Cela a été plus long que je ne pensais au dépôt de bois. Mais j'ai tout ce qu'il me faut. Et vous ? Avez-vous trouvé tout ce qui était sur votre liste ?

— Je crois que oui. Et j'ai rencontré dans la foulée quelqu'un de très sympathique.

— Oh, il s'agit d'une femme, j'espère ! s'exclama Rudy, à demi sérieux. Stone n'est pas vraiment ravi de notre amitié. Si vous lui ramenez un autre ami de sexe masculin, il risque de voir rouge.

Flame sourit à l'idée que Stone puisse piquer une colère. S'il était du genre à prendre un homme à part pour l'avertir de ne pas tourner autour de sa femme, elle doutait sérieusement qu'il se souciât du nombre de ses amis.

— Il ne trouvera rien à redire à ma nouvelle amie couturière, assura-t-elle. Je l'ai rencontrée au magasin général. Elle possède une boutique juste en face. Elle s'appelle Rainee.

Continuant de parler avec volubilité, Flame ne se rendit pas compte que Rudy avait sursauté à l'évocation de ce nom.

— Je lui ai promis de passer dans sa boutique dès que je vous aurais retrouvé. Elle va prendre mes mesures pour des robes d'hiver et d'autres vêtements. Elle est très gentille. Je suis sûre qu'elle va vous plaire.

Rudy n'avait aucun doute là-dessus. Il avait aimé cette femme autrefois. Tandis qu'il suivait Flame, perdu dans ses pensées, il se demanda si Rainee le reconnaîtrait. Comment réagirait-elle ? Cela faisait longtemps qu'ils ne s'étaient pas vus. Dix-neuf ans exactement, depuis le jour où il lui avait annoncé qu'ils ne pouvaient pas se marier, parce qu'une autre était enceinte de lui. Il se rappelait comme si c'était la veille son regard stupéfait, puis la douleur qui avait voilé ses jolis yeux. Que lui avait réservé la vie ? Était-elle mariée ? Avait-elle des enfants ?

Il le saurait bientôt, songea-t-il, en proie à quantité d'émotions contradictoires alors qu'il approchait de la boutique.

Rainee vit Flame et Rudy arriver, et son cœur manqua un battement. Ce grand et bel homme qui accompagnait Flame, était-ce celui qu'elle appelait Jason Saunders ? Ce n'était pas sous ce nom qu'elle le connaissait, et elle le connaissait bien. Ou plutôt l'avait connu, corrigea-t-elle. Au bout de tant d'années, il pourrait tout aussi bien être un étranger. S'il avait dit à la jeune femme qu'il s'appelait Jason Saunders, c'était qu'il avait de bonnes raisons de lui cacher sa véritable identité.

Décidant de jouer le jeu de Rudy, Rainee s'efforça d'afficher une expression neutre et se prépara à affronter l'homme qu'elle aimait encore.

— Rainee, permettez-moi de vous présenter mon ami, Jason Saunders, dit Flame en entrant dans la boutique.

Les yeux de Rainee se rivèrent à ceux de Rudy. Les années s'envolèrent, et ils furent de nouveau jeunes et amoureux. Ils n'eurent pas besoin d'échanger un mot ; leurs regards en disaient plus qu'aucune parole n'aurait pu le faire. Flame aurait été surprise si son attention n'avait été attirée par de ravissants bonnets.

« Il a changé, pensa Rainee, et en même temps, il est demeuré le même. » Ses cheveux étaient gris aux tempes, mais toujours aussi épais et indisciplinés. Quelques mèches retombaient sur son front, comme autrefois. De petites rides striaient le coin de ses yeux, et d'autres, plus profondes, marquaient son visage, en accentuant la beauté burinée.

Mais ses yeux ne pétillaient plus. Elle y lisait la souffrance endurée durant toutes ces années.

De son côté, Rudy était soulagé qu'un comptoir les sépare. Il ne savait pas s'il aurait été capable de se retenir de la prendre dans ses bras et de l'embrasser à perdre haleine. Il brisa finalement le silence le premier :

— Enchanté de vous rencontrer, Rainee.

— Moi de même… Jason, fit-elle en posant sur lui un regard plein de douceur. Vous comptez rester un moment dans la région ?

Rudy plongea son regard dans le sien.

— Jusqu'à la fin de mes jours, si les choses se passent comme je veux, répondit-il.

Oh, j'espère que vous resterez, Jason ! s'écria Flame en les rejoignant. Ce serait merveilleux.

— Si nous regardions quelques articles de lingerie ? suggéra Rainee dont le cœur battait à tout rompre tant les messages que lui envoyaient les yeux de Rudy étaient éloquents.

Flame acquiesça avec empressement.

— Quant à moi, je vais aller chercher et régler vos achats au magasin général, et déposer ce bois à la maison, suggéra Rudy. Je veux commencer à boucher quelques trous dans le toit.

Se tournant vers Rainee, il ajouta :

— Peut-être vous verrai-je demain. Je suis sûr qu'il me faudra davantage de bois.

Rainee faillit faire remarquer que le chariot semblait contenir assez de bois pour construire une maison entière, mais quelque chose la poussa à tenir sa langue. Rudy avait peut-être un plan secret. Ne serait-ce pas fantastique s'il s'installait définitivement dans le vieux ranch? Elle n'aimait pas l'idée qu'il disparaisse de nouveau, qu'elle ne le revoie plus jamais. Elle était déjà passée par cette épreuve et ne voulait à aucun prix la revivre.

Elle s'en voulut aussitôt d'avoir de telles pensées. Après tout, cet homme, maintenant connu sous le nom de Jason Saunders, était un étranger dont elle ignorait tout. Pour autant qu'elle sache, il avait peut-être une femme, des enfants et des amis quelque part, une existence à laquelle il retournerait tôt ou tard.

Quand la porte se referma derrière lui, elle demanda à Flame :

— Depuis combien de temps connaissez-vous Jason?

— Pas plus de deux jours, mais j'ai l'impression de le connaître depuis toujours. C'est vraiment un homme bien.

— Il en a l'air, admit Rainee.

— Il n'est pas marié. Peut-être que vous pourriez vous entendre tous les deux, plaisanta Flame, le regard espiègle.

Le pouls de Rainee s'accéléra tandis qu'elle ripostait d'un ton léger :

— Je suis sûre qu'un homme aussi séduisant a une bonne amie quelque part.

— Je lui poserai la question.

— Surtout pas de ma part! s'exclama Rainee, affolée. Promettez-moi que vous ne ferez pas une telle chose.

— Je vous le promets, Rainee. Je ne faisais que plaisanter.

— Voilà qui me rassure. À présent, occupons-nous de ces sous-vêtements!

Un vent chaud et sec soufflait sur la prairie, faisant ployer l'herbe, les baies et les roses sauvages sur son

188

passage. Rudy leva les yeux vers le ciel qui chargeait lentement de gros nuages gris. La pluie n'allait pas tarder.

Ses pensées le ramenèrent à Rainee. Il se rappela l'époque où il la courtisait. Ils étaient très amoureux, et avaient prévu de se marier à l'automne. Pourtant, elle avait refusé de se donner à lui avant le mariage. Il avait enduré sa frustration, puis, comme nombre de jeunes gens dans la région, il avait fait appel à Bertha Cronkin pour obtenir un certain soulagement.

Il aurait dû se méfier quand elle avait cessé de sortir avec d'autres hommes pour ne plus coucher qu'avec lui. Mais il n'y avait pas prêté attention plus que cela. Cette insouciance lui avait coûté cher.

Il n'oublierait jamais cette journée ensoleillée d'octobre, lorsque Bertha avait débarqué dans le petit ranch qu'il était en train de construire pour Rainee. Elle n'y était pas allée par quatre chemins. Elle l'avait froidement informé qu'elle portait son enfant. Il se souvenait encore de l'envie qui l'avait démangé de gifler son visage aux traits épais alors que son rêve d'une vie avec Rainee volait en éclats.

Après tout ce temps, un avenir commun avec Rainee était-il de nouveau envisageable ? se demandait-il. Elle ne portait pas d'alliance. Cela signifiait-il qu'elle était divorcée, veuve, ou juste qu'elle ne portait pas d'alliance ?

Quand il atteignit le vieux ranch, il faisait encore suffisamment jour pour commencer à réparer le toit. Il lui fallut environ vingt minutes pour décharger le chariot. Il mit de côté trois lots de bois, puis couvrit le reste avec une bâche.

Il se rendit dans l'écurie pour chercher sa vieille échelle. Il la trouva appuyée dans un coin. Si sa mémoire était bonne, elle était exactement là où il l'avait laissée le jour où il avait quitté le ranch.

Après avoir chargé un lot de planches sur son épaule, il grimpa sur le toit et se mit au travail. Tandis qu'il maniait le marteau, ses pensées le ramenèrent à Rainee. Il avait du mal à croire qu'une aussi belle femme n'ait pas d'homme dans sa vie.

Il savait qu'elle avait quitté la ville une semaine après son mariage avec Bertha. Personne n'avait plus entendu parler d'elle par la suite.

Quand était-elle revenue ? Avait-elle des enfants ? Il laissa échapper un long soupir. Une chose était certaine. Si elle était seule, il n'aurait de cesse de la courtiser jusqu'à ce qu'elle cède et accepte de l'épouser.

Il enfonçait un clou dans le dernier bardeau quand Flame arriva au galop. Il descendit du toit pour l'accueillir.

— Vous avez bien travaillé, constata-t-elle, admirative.

Rudy essuya son front en sueur d'un revers de bras.

— Oui, et je vais le sentir passer demain, je pense. J'ai utilisé des muscles que j'ignorais posséder. Vous restez dîner avec moi ?

— Non, je suis juste passée voir où vous en étiez et récupérer le chariot. Le soleil va bientôt se coucher, et Stone s'inquiéterait.

— Venez suivre l'avancée des travaux quand vous voulez.

— Je n'y manquerai pas, mais vous allez finir par me trouver casse-pieds.

— Sûrement pas, Flame. Vous serez toujours la bienvenue ici.

Elle lui adressa un grand sourire.

— Merci, voisin.

Rudy la suivit des yeux comme elle s'éloignait avec l'attelage. Conduire un chariot n'était visiblement pas nouveau pour elle. Elle était rompue aux travaux physiques. Qu'elle s'en souvienne ou pas, la dure nécessité avait dû l'y pousser.

Eh bien, maintenant, son père était de retour et tout allait être différent. Mais son amnésie l'empêcherait peut-être de l'aider autant qu'il l'aimerait.

16

Shilo suivait le chemin longeant la rivière d'un pas rapide et régulier. Il tenait ce rythme depuis plus d'une demi-heure. Le tonnerre gronda au loin. L'air était chaud et humide, sans un souffle de vent. L'orage ne tarderait pas à éclater, et il serait violent.

Il accéléra l'allure, marmonnant avec colère :

— Où est passée cette tête de linotte ?

Une heure auparavant, il avait découvert que Little Bird avait disparu. Personne ne l'avait vue quitter le village, personne ne savait où elle avait pu aller.

Était-elle partie rejoindre Stone ? Cette possibilité lui fit l'effet d'un coup de poignard en plein cœur. Son sang se mit à bouillonner dans ses veines. S'il la trouvait avec Stone, il la marierait avec un guerrier qui la battrait si elle se permettait ne serait-ce que de regarder un autre homme.

Il secoua la tête. L'idée d'une tige de bois fouettant sa peau tendre lui arracha un tressaillement. Mais il la marierait tout de même. Connaissant Stone, il ne folâtrerait pas avec une femme mariée, qu'elle soit blanche ou indienne.

Les bâtiments du ranch Falcon apparurent, et Shilo ralentit un peu l'allure. En approchant de l'arrière de la maison, il discerna les silhouettes des cowboys dans le réfectoire. C'était l'heure du dîner. Il s'accroupit derrière un gros peuplier, bien décidé à attendre de voir si Stone était parmi ses hommes lorsqu'ils sortiraient.

Alors qu'il patientait, il contempla la grande bâtisse. Pendant longtemps, il avait secrètement rêvé de posséder une maison d'homme blanc. Pas aussi cossue que celle de Stone. Il ne voulait pas de toutes ces chambres, et ne saurait que faire de tous ces meubles et de toutes ces babioles. Vivre au milieu de tant d'objets avait de quoi rendre fou.

Non, il avait juste envie d'un simple chalet en bois. Un endroit où vivre tranquille jusqu'à la fin de ses jours. Peut-être que sa longue amitié avec Stone était à la source de ce désir.

Little Bird apprécierait-elle de vivre entre des murs de bois ? Serait-elle heureuse de contempler la lune par une fenêtre plutôt que du sommet du wigwam par où s'échappait la fumée du foyer ?

Shilo fronça les sourcils. À quoi pensait-il donc ? La jeune Indienne et lui ne partageraient jamais une quelconque habitation. Little Bird ne s'intéressait pas plus à lui qu'elle n'avait envie de l'épouser. Quoi qu'elle en dise, le cœur de cette petite sotte penchait du côté de Stone.

Shilo se redressa soudain comme la porte du réfectoire s'ouvrait, livrant passage aux cow-boys. Les derniers à sortir furent Stone et Flame qui semblaient fort joyeux, apparemment. L'intense soulagement que ressentit Shilo fut aussitôt suivi d'une nouvelle inquiétude. Si Little Bird n'était pas avec Stone, où était-elle ?

Une peur panique le saisit soudain.

Où devait-il chercher ? Quelle direction prendre ? Avait-il intérêt à demander de l'aide à Stone ? Tandis qu'il s'interrogeait, indécis, une sorte de sixième sens le fit rebrousser chemin en direction du village.

En tout début d'après-midi, Little Bird avait décidé d'aller dans la forêt déterrer des racines et couper des herbes pour le dîner. Elle avait entendu Shilo dire à sa mère qu'il avait très envie d'une soupe et elle voulait lui en faire la surprise. Peut-être daignerait-il lui accorder un sourire quand il apprendrait que c'était elle qui avait confectionné sa soupe.

Elle décida de profiter de ce que les enfants faisaient leur sieste pour s'absenter. Elle voulut prévenir la mère de Shilo, mais la trouva en train de dormir, elle aussi. Elle n'eut pas le cœur de la réveiller. De toute façon, elle serait de retour bien avant le réveil des enfants et de Moonlight.

Alors qu'elle prenait le chemin de la forêt, un panier en osier au bras, elle remarqua que des nuages orageux s'amoncelaient au nord, mais ne s'en inquiéta pas outre mesure. Elle aurait regagné le campement avant la pluie, cela ne faisait aucun doute.

Hélas, elle ne trouva pas la plante qu'elle cherchait ! Elle était sur le point d'abandonner et de rentrer quand elle en repéra une, très épanouie, au pied d'un arbre. Le couteau à la main, elle se hâta de la déterrer. En très peu de temps, elle réunit dans son panier toutes les racines dont elle avait besoin. Quand elle se redressa et secoua sa jupe pour la débarrasser des feuilles et des brindilles, elle s'aperçut que le soleil avait perdu de sa chaleur et que l'atmosphère était devenue brumeuse. Le vent s'était levé, et quelques gouttes d'eau s'écrasèrent sur sa peau. Apparemment, elle s'était attardée plus longtemps que prévu. Lâchant un mot d'homme blanc que Stone utilisait souvent – un juron, soupçonnait-elle –, elle s'élança en direction du village, qui ne se trouvait qu'à environ deux cents mètres.

C'est alors qu'un cheval surgit brusquement en travers de son chemin. Elle se figea, puis recula. Tremblante, elle leva les yeux vers le cavalier.

— Mais qu'est-ce que je vois là ? fit ce dernier en la couvant d'un regard concupiscent. Où cours-tu si vite, petite squaw ? Tu as peur de l'orage ?

L'homme sauta à terre et, un sourire de prédateur aux lèvres, s'avança vers elle.

— Ne crains rien, ricana-t-il, je vais prendre bien soin de toi.

Little Bird poussa un cri quand il tenta de l'attraper. Lâchant son panier, elle fit volte-face et s'enfuit en courant. Mais il la talonnait et parvint à la saisir par l'une de ses longues tresses.

— Sois sage, squaw, ou je vais devenir violent, grogna-t-il en la plaquant au sol. Laisse-toi faire et tout ira bien.

Ses mains s'activaient tandis qu'il la menaçait, l'une déchirant l'encolure de sa robe pendant que l'autre tentait de se glisser entre ses cuisses.

Little Bird se retint de crier. Elle savait qu'elle devait économiser son énergie pour se défendre. Les jambes étroitement serrées, elle attaqua le visage de son agresseur à coups d'ongles. Il lâcha un cri étouffé comme le sang jaillissait de sa joue, et lui envoya un coup de poing au menton si violent qu'elle perdit à moitié conscience. Il en profita pour lui écarter brutalement les jambes. Incapable de lutter, Little Bird laissa échapper un hurlement qui résonna à plusieurs centaines de mètres à la ronde.

Deke lui avait remonté sa robe jusqu'à la taille lorsqu'une main s'abattit sur son épaule et l'arracha du sol.

Il tourna vivement la tête et son sang se figea dans ses veines en découvrant l'expression du grand Indien qui venait de le remettre ainsi sur pied. Reculant lentement sans le quitter des yeux, il sortit le revolver coincé dans sa ceinture et tira. L'impact envoya Shilo rouler sur le sol. Sans demander son reste, Deke bondit sur son cheval et fila à toute allure.

Un éclair déchira le ciel comme Little Bird se ruait vers Shilo en criant son nom. Se laissant tomber sur le sol près de lui, elle promena fébrilement les mains sur son torse et ses bras.

— Où la balle t'a-t-elle touché ? voulut-elle savoir, la voix vibrante d'anxiété.

— À l'épaule, grogna Shilo en lui immobilisant les mains. C'est juste une éraflure, ne t'inquiète pas.

Le tonnerre se mit à gronder, et les cieux parurent s'entrouvrir pour déverser des trombes d'eau.

— Il faut qu'on se trouve un abri, la pressa-t-il en se relevant. Cette pluie ne va pas s'arrêter de sitôt.

— Un abri ? répéta Little Bird en scrutant les alentours.

S'emparant de sa main, Shilo commença à courir tout en expliquant :

— De l'autre côté de ce tertre, à droite, il y a une falaise avec un surplomb d'au moins un mètre. Ça devrait suffire à nous protéger.

— Mais ta blessure ? haleta-t-elle en s'efforçant de rester à sa hauteur. Tu ne peux pas rester ainsi. Il faut te soigner.

— Ça devrait aller, répondit-il brièvement. Le sang a déjà cessé de couler.

Quelques minutes plus tard, ils arrivèrent en vue d'une imposante falaise. À la faveur d'un éclair, ils repérèrent le surplomb que Shilo avait mentionné.

— Rampe à l'intérieur, ordonna-t-il à Little Bird en la poussant doucement.

Elle obéit et se glissa sous la large voûte de pierre. Très vite, elle découvrit avec surprise qu'ils aboutissaient à une sorte de grotte dont le centre était suffisamment haut pour que Shilo puisse se tenir debout.

— Va tout au fond, lui conseilla-t-il. Le vent rabat la pluie à l'intérieur.

Little Bird s'enfonça le plus loin possible, puis se coucha sur le flanc en se recroquevillant pour avoir chaud. Shilo s'allongea à côté d'elle. Sans un mot, il attira son corps frissonnant dans le creux formé par son torse et ses genoux repliés, et entreprit de la frotter vigoureusement.

Peu à peu, Little Bird sentit ses membres se réchauffer. Les gestes de Shilo ralentirent jusqu'à devenir des caresses. Cette douceur lui ressemblait si peu, était tellement agréable, que la jeune fille n'osait bouger de peur de rompre la magie de l'instant.

Les grandes mains remontèrent vers ses seins, les prirent en coupe. Le cœur battant, Little Bird sentit les doigts puissants en titiller les pointes avec habileté. Puis Shilo la renversa sur le dos, écarta les pans déchirés de sa robe et s'inclina sur elle pour saisir entre ses lèvres les petits bourgeons dressés. Little Bird laissa échapper un gémissement de pure volupté.

Le souffle court, elle sentit la main de Shilo se frayer un chemin vers son ventre, puis plus bas encore, avant de s'immobiliser au creux de ses cuisses. Spontanément, Little Bird écarta les jambes pour lui livrer le passage. La main se remit en mouvement, s'insinua entre les pétales veloutés de son intimité, se fit caressante. Little Bird tressaillit lorsqu'un doigt s'insinua dans l'étroit fourreau de son sexe.

Elle était chaude et humide, et Shilo comprit qu'elle était prête à l'accueillir. S'agenouillant, il se positionna entre les jambes de la jeune fille et s'enquit d'une voix rauque :

— Tu sais que tu auras un peu mal au début ?

Little Bird se contenta de hocher la tête. Alors, refermant la main sur son sexe rigide, Shilo commença à le guider en elle.

Il avait beau progresser avec lenteur, elle ne put s'empêcher de crier lorsqu'il força le cœur de sa féminité. Il s'immobilisa aussitôt, et attendit que son corps cesse de trembler avant de s'enfoncer de nouveau en elle.

Little Bird était convaincue qu'elle ne pourrait en supporter davantage. Chaque fois qu'il plongeait en elle, elle avait l'impression de recevoir un coup de couteau.

Elle était sur le point de le supplier d'arrêter quand un changement se produisit. Quelque chose semblait croître irrépressiblement en elle, une onde de chaleur merveilleusement agréable. Elle s'arqua à la rencontre de Shilo qui ondulait doucement sur elle, chercha à s'accorder à son rythme. Avec un grognement, il la prit aux hanches et la souleva pour la pénétrer plus aisément. Ses coups de boutoir s'accélérèrent, et Littel Bird fut emportée dans un tourbillon de sensations inouïes.

Avec un sanglot de bonheur, elle bascula dans la jouissance, et sentit la semence de Shilo se répandre en elle.

Le corps secoué de spasmes, le souffle rauque, il se tint un instant en appui au-dessus d'elle, veillant à ne pas l'écraser de son corps. Ses yeux étaient comme deux puits sombres tandis qu'il la contemplait.

Puis il se laissa aller sur le côté et attira contre lui le corps encore vibrant de plaisir de Little Bird.

— Ça va ? murmura-t-il.

Elle acquiesça et se pressa contre son flanc, savourant le contact de son corps musclé.

Il jeta un coup d'œil vers l'entrée de la grotte et lâcha d'une voix neutre :

— La pluie s'est arrêtée. Il faut rentrer sans tarder pour que tu mettes des vêtements secs.

Little Bird s'efforça de ravaler sa déception. Elle aurait tellement aimé prolonger cet instant. Ils se relevèrent en silence, et quittèrent la grotte. Elle pensait que Shilo lui prendrait la main sur le chemin du retour, qu'il lui chuchoterait des mots tendres. Après tout, ils venaient de partager la plus intime des expériences.

Mais il se montra aussi froid et laconique que d'ordinaire, répondant par de vagues grognements à ses rares propos. Quand ils atteignirent son wigwam, elle était au bord des larmes.

— Mets des vêtements secs, répéta-t-il simplement avant de la planter là.

Shilo alluma un petit feu dans son tipi, puis se débarrassa de son pantalon mouillé avant de s'asseoir en tailleur et de se perdre dans la contemplation des flammes. Ce qu'il venait de vivre avait été proprement magique. Jamais il n'avait connu pareille expérience. Little Bird s'était ouverte à lui comme aucune autre femme avant elle, elle s'était abandonnée tout entière avec une confiance qui l'avait bouleversé.

Il avait été attiré par elle au premier regard, mais avait combattu cette attraction. C'était comme s'il avait craint qu'elle ne l'apprivoise, ne le coupe de son moi sauvage.

Il ignorait s'il était disposé à capituler. Ce qu'il savait, en revanche, c'était qu'il était prêt à la mettre de nouveau dans son lit à la première occasion. Oui, maintenant qu'il l'avait possédée, il ne s'imaginait pas se passer d'elle. Il ne lui restait donc qu'une chose à faire : la prendre pour épouse, que son peuple l'approuve ou pas.

Un lent sourire naquit sur ses lèvres. Dès le lendemain, il informerait Little Bird de sa décision.

Trempé et affamé, Deke remonta la rue principale de Dogwood qui n'était plus qu'un torrent de boue après l'orage.

Il tâta les deux pièces dans la poche de sa veste, hésitant entre acheter un bol de soupe pour apaiser sa faim ou un verre de whisky pour se calmer. Il était encore sous le choc de sa rencontre avec la jeune squaw.

Bon sang, il avait été à deux doigts de se faire cette petite garce ! Sans ce foutu Indien, il aurait réussi. S'il n'avait pas tiré, ce salaud l'aurait tué. Il l'avait lu dans ses yeux. Il savait que sa balle l'avait touché, mais il ignorait si elle avait été fatale. Il avait donc tout intérêt à se tenir le plus possible à l'écart du village indien, au cas où.

La faible lumière qui perçait à travers la vitre sale du saloon l'attirait comme un aimant. Cinq minutes plus tard, il mettait pied à terre devant le *Red Lantern*. Il grimpa la volée de marches, puis jeta un regard prudent à l'intérieur.

C'était sa façon habituelle de procéder. Il s'était fait trop d'ennemis au fil des ans pour entrer directement dans un saloon comme n'importe quel honnête homme.

S'étant assuré qu'il ne risquait rien, il poussa les portes battantes et pénétra dans la salle enfumée. Il alla directement au comptoir et commanda un whisky.

— Vous croyez qu'on peut trouver du boulot dans le coin ? demanda-t-il au barman après avoir avalé une gorgée qui lui fit regretter son choix.

— Quel genre ? s'enquit le barman avec indifférence.

— Je suis cow-boy. J'ai travaillé dans le ranch de Bertha. J'imagine que vous en avez entendu parler.

— Ouais, je le connais. Mais je me souviens pas de vous avoir vu dans les parages.

Deke ignora la remarque.

— Bertha dirige toujours le ranch ?

— Non. Elle a disparu depuis un moment. Partie sans laisser d'adresse. Il paraît que son homme l'a tuée, et qu'il a été zigouillé par les Indiens.

— Et le ranch ? Il est vide ? demanda-t-il, soudain très intéressé.

— Il l'est resté un moment. Un certain Saunders l'a repris en main. Il est en train de le retaper.

Deke dissimula sa déception.

— Il a peut-être besoin d'aide…

— Possible.

— Eh ben, je vais aller y faire un tour, histoire de me renseigner.

« Et de bouffer à l'œil », pensa le barman avec mépris.

La lumière était encore allumée dans le ranch quand Deke attacha son cheval fatigué au portail de la cour.

— Y a quelqu'un ? appela-t-il.

Il vit passer la silhouette d'un homme derrière la fenêtre de la pièce principale, la porte s'ouvrit et un rai de lumière traversa la véranda.

— Qui êtes-vous ? demanda une voix rude.

— Je m'appelle Deke Cobbs, monsieur. On m'a dit en ville que vous auriez peut-être besoin de quelqu'un pour vous donner un coup de main.

Il y eut un silence, puis :

— Je suppose que vous avez l'habitude de travailler dans un ranch ?

— Pour sûr. Je sais tout ce qu'il faut savoir sur le bétail.

L'homme s'avança de quelques pas.

— J'aurais besoin d'un homme à tout faire, dit-il, au grand soulagement de Deke. L'endroit est assez délabré et, pour l'instant, je ne fais que retaper les bâtiments. Il n'y a pas cinquante têtes de bétail, ça n'exige donc pas beaucoup de travail. Vous savez manier un marteau et des clous ?

Cobbs demeura un instant sans voix. Du bétail ? S'agissait-il de celui que Hoss, Bertha et lui avaient laissé derrière eux ?

— Je me débrouille, répondit-il finalement. Je sais avec quelle extrémité du marteau on tape sur le clou.

— Parfait. Il va y avoir pas mal de choses à clouer pendant un certain temps.

Il tendit la main.

— Je m'appelle Saunders. Jason Saunders.

— Content de faire votre connaissance, monsieur Saunders. Moi, c'est Deke Cobbs.

— La moitié de l'écurie est inutilisable, mais il reste deux stalles en assez bon état. Allez y mettre votre cheval, et si vous avez faim, venez partager mon ragoût. Je ne sais pas dans quel état est le dortoir, mais ça ne peut pas être pire que la maison.

— Je vais y jeter un œil, et je viendrai goûter à ce ragoût.

Deke avait du mal à croire à sa bonne fortune. La vieille Bertha et Hoss étaient morts, et il avait de nouveau un boulot au ranch.

S'il ne se débrouillait pas trop mal, il arriverait peut-être à voler le reste du bétail, cette fois.

17

Flame passa le lendemain chez Jason Saunders afin de l'aider à nettoyer la maison. Ils venaient d'achever la cuisine, en début d'après-midi, quand de gros nuages se rassemblèrent dans le ciel, annonçant un nouvel orage. Flame décida de rentrer avant la pluie. Elle avait conduit les chevaux à l'écurie et leur donnait une ration d'avoine lorsqu'elle remarqua que l'étalon de Stone n'était pas à son emplacement habituel.

Gagnant la maison en hâte, elle croisa le cuisinier qui transportait une brassée de bois pour son fourneau.

— Stone et les hommes sont rentrés ? lui demanda-t-elle. La pluie arrive et je crains qu'ils ne prennent une bonne saucée.

— Les hommes sont rentrés il y a une dizaine de minutes, mais Stone est allé au village indien il y a une heure ou deux, probablement pêcher ou chasser avec Shilo. Mais ne vous inquiétez pas, ils ne sont pas du genre à se laisser surprendre par l'orage. Ils trouveront à s'abriter quelque part.

Avec Little Bird, pensa amèrement Flame, tant il semblait impossible de voir Shilo sans Little Bird. Elle continuait à croire que les sentiments de la jeune Indienne allaient au-delà de la simple amitié. Il suffisait de voir le regard dont elle couvait Stone. Mais qu'éprouvait ce dernier pour elle ? C'était difficile à dire, devait admettre Flame. Une chose était sûre, il ne gratifiait jamais Little Bird de ces regards brûlants de désir qu'elle sentait parfois sur elle.

Que signifiaient-ils ? À quoi pensait-il dans ces moments-là ? Se souvenait-il des heures passées avec les filles du *Red Lantern* ? L'imaginait-il en train de lui faire ce qu'elles lui faisaient ? Elle savait qu'il ne respectait pas ces femmes, alors peut-être ne la respectait-il pas non plus.

Mais pourquoi ne la respecterait-il pas ? En savait-il plus sur son passé qu'il ne voulait bien le dire ?

Quoi qu'il en soit, Stone éprouvait des sentiments forts pour Little Bird. Il ne lui restait donc plus qu'à attendre de voir où cela mènerait.

Flame ne pouvait s'empêcher d'être désolée pour Shilo. Ce qu'il ressentait pour Little Bird ne faisait aucun doute. Il avait beau se montrer bourru avec elle, il était évident qu'il l'aimait. La question était : pourquoi ne l'épousait-il pas ? Était-ce parce qu'il était le chef et qu'elle n'était qu'une humble orpheline ? La jugeait-il inférieure ?

Ah, les hommes ! songea-t-elle en gravissant les marches de la véranda.

Elle posait la main sur la poignée de la porte quand des éclairs zébrèrent le ciel. Elle eut à peine le temps de s'engouffrer à l'intérieur que la pluie commença à tomber, accompagnée d'énormes bourrasques de vent.

Se ruant à la fenêtre de la cuisine, elle scruta le paysage. Les arbres se balançaient follement sur le ciel sombre comme secoués par une gigantesque main. Elle espérait que Stone ne se trouvait pas sous l'orage, mais craignait en même temps qu'il ne soit contraint de se réfugier dans quelque grotte pour passer la nuit. Avec Shilo… ou Little Bird.

Aveuglé par la pluie, penché sur l'encolure de sa monture pour résister au vent, Stone galopait en direction de son ranch. En temps normal, il aurait passé la nuit chez Shilo. Mais c'était avant Flame. Il voulait à tout prix rentrer, car il s'inquiétait à l'idée qu'elle se trouve avec le chariot en plein orage. Ou, pire, qu'elle soit encore chez ce Jason Saunders.

Si tel était le cas, elle risquait de passer la nuit là-bas.

Or, il n'en était pas question. Si elle n'était pas à la maison, il irait la chercher !

La nuit tombant, Flame cessa d'attendre Stone. Ce serait Little Bird qui profiterait de sa compagnie, ce soir, comprit-elle en se rendant à la cuisine. Elle allumait la lampe sur la table quand elle entendit des pas sur la véranda.

La seconde d'après, la porte s'ouvrait à la volée sur un Stone dégoulinant d'eau. Il demeura immobile sur le seuil, la dévorant littéralement des yeux.

— Je constate que tu n'as pas été surprise par la pluie, commenta-t-il avec un grand sourire.

— Je suis rentrée juste avant. Toi, en revanche, tu n'as pas eu autant de chance...

— Nous sommes allés pêcher et nous n'avons pas vu le temps passer. C'est Little Bird qui a donné l'alerte, mais c'était trop tard.

Il se débarrassa de ses bottes trempées, puis commença à déboutonner sa chemise.

— Chaque fois que Shilo et toi allez quelque part, Little Bird vous accompagne, remarqua Flame d'un ton crispé. Il n'y a donc pas des jeunes filles de son âge au village avec qui elle pourrait partager des activités ?

— Elle est très timide. Il lui est difficile de se faire des amies.

Entendre Stone défendre la jeune Indienne agaça Flame.

— J'ai pourtant vu que les jeunes filles du village sont très aimables avec elle. Je les ai entendues un jour l'inviter à aller nager à la rivière. Elle a refusé, prétextant qu'elle s'était déjà engagée à aller pêcher avec Shilo et toi. Stone, croit-elle vraiment que nous sommes mariés, ou pense-t-elle que ce n'est qu'une mascarade ?

— Elle nous croit mariés, assura Stone, visiblement surpris de sa question. Comme tout le monde. Pourquoi me demandes-tu cela ?

Flame haussa les épaules.

— Simple curiosité, se contenta-t-elle de répondre, avant de tourner les talons et de quitter la cuisine.

Stone sursauta en entendant la porte de sa chambre claquer au bout du couloir. Il resta un moment interdit, ne sachant comment interpréter son attitude. Il sentait bien qu'elle était en colère contre lui, mais il ignorait pourquoi.

Perplexe, il gagna sa propre chambre pour se changer. Tandis qu'il enfilait des vêtements secs, son ventre se mit à gargouiller. Il était temps de se rendre au réfectoire. Il se coiffa d'un Stetson sec, et espéra qu'il avait laissé son ciré sur la véranda, car si le vent s'était calmé, la pluie tombait toujours à verse.

Sortant de la cuisine, il fut agréablement surpris de découvrir que Flame l'avait devancé. Vu son humeur, il ne s'attendait certes pas qu'elle dîne avec lui ce soir. Quand elle lui tendit son ciré, il eut conscience qu'il lui souriait comme un idiot.

— Merci, souffla-t-il. Prête à piquer un sprint ?

— Je pense que oui.

Elle regardait le rideau de pluie sans grand enthousiasme, mais avant qu'elle se rende compte de quoi que ce soit, Stone l'attrapa par le bras et l'entraîna en courant vers le réfectoire. Ils atteignaient le bâtiment quand elle dérapa et tomba à genoux dans la boue. Stone la remit aussitôt debout.

— Tu ne t'es pas fait mal ? s'inquiéta-t-il en écartant les cheveux de son visage, maculant sans le vouloir ses joues de terre humide.

— Non, répondit-elle, irritée. Si tu n'avais pas couru aussi vite, je n'aurais pas trébuché.

Il allait s'excuser, mais il éclata de rire. Les traces de boue sur son visage la faisaient ressembler à un bébé tigre en colère.

— Ce n'est pas drôle, reprit-elle sèchement. Je me suis fait mal.

— Oh, je suis désolé, mon ange ! Souffres-tu beaucoup ?

— Non, admit-elle, gênée de s'être plainte.

Ses genoux étaient à peine écorchés.

— Mais il n'empêche que ce n'est pas très gentil de ta part de te moquer de moi parce que je suis tombée.

Stone lui entoura les épaules du bras.

— Ce n'est pas ta chute qui m'a fait rire, expliqua-t-il, mais le fait que ton visage est couvert de boue. Tu veux retourner à la maison te nettoyer ?

— Si tu as un mouchoir propre sur toi, cela fera l'affaire.

Il sortit un bandana de sa poche arrière et le lui tendit. Elle s'approcha de l'abreuvoir pour se laver.

— Laisse-moi faire, dit-il en lui prenant le bandana des mains.

Elle ferma docilement les yeux tandis qu'il la nettoyait avec des gestes délicats.

Il avait presque terminé lorsqu'il s'interrompit soudain, fasciné par sa beauté. Spontanément, il referma les bras autour d'elle et l'attira contre lui sans se soucier de la pluie qui tombait sans relâche. Comme elle levait vers lui un visage étonné, il s'inclina sur ses lèvres entrouvertes.

Il avait faim d'elle depuis si longtemps qu'il dut se contenir pour ne pas se montrer trop avide. Il craignait tellement de lui faire peur. Il lui donna un baiser si doux, si caressant, qu'elle se détendit et se laissa aller contre lui. Il maudit mentalement ces fichus cirés qui les séparaient. Il voulait sentir son corps contre le sien, ses seins pressés contre son torse. Quand les bras de Flame s'enroulèrent autour de ses épaules, il laissa échapper un grognement de frustration. Au diable, la pluie! songea-t-il en déboutonnant le lourd vêtement.

Il fit de même avec celui de Flame et en écarta les pans à l'instant précis où les voix fortes des hommes sortant du dortoir l'arrachèrent au tourbillon de désir qui l'aspirait irrépressiblement. Flame s'écarta vivement de lui. Avec un soupir, il la prit par le bras et tous deux s'élancèrent vers le réfectoire.

Ils riaient quand ils pénétrèrent dans la grande salle chaude. Sans raison particulière. De bonheur uniquement.

Stone aida la jeune femme à enlever son ciré.

— Vous avez intérêt à vous sécher les cheveux ou votre robe va être trempée, lui conseilla Charlie en lui tendant une serviette.

Avant que Flame ait pu esquisser un geste, Stone s'en empara. Il commença par les pointes, remontant doucement vers le haut de la tête. Chaque mèche semblait animée d'une vie propre tandis qu'elle s'enroulait autour de ses doigts, puis retombait.

— Ça ira? s'enquit-il d'une voix rauque, conscient que s'il continuait il ne pourrait se retenir de la prendre dans ses bras.

— C'est parfait, dit-elle doucement. Merci.

Les cow-boys arrivèrent, aussi bruyants qu'une horde de buffles. Stone et Flame s'installèrent à leur place habituelle, mais l'un comme l'autre aurait été bien incapable de dire ce qu'il y avait dans leur assiette. Ils n'étaient conscients que de la présence de l'autre, toute proche, et de cette excitation qui couvait en eux.

Si Stone était impatient de se retrouver seul avec elle, il s'interrogeait : était-elle encore vierge ? Avait-elle connu un homme ? Plusieurs ? Une chose était sûre : il lui ferait l'amour cette nuit.

Quand ils se rendirent compte qu'il ne restait plus qu'eux à table, ils adressèrent un sourire gêné au cuisinier et se levèrent. Ils ne s'étaient même pas aperçus du départ des hommes. Sans un mot, Stone aida Flame à enfiler son ciré, puis mit le sien.

Il pleuvait encore, aussi regagnèrent-ils la maison en courant. Ils ne s'arrêtèrent sur la véranda que le temps d'ôter leurs bottes boueuses et leurs cirés.

Une fois dans la cuisine, Stone chercha les allumettes et alluma la lampe à huile. Puis, prenant Flame par la main, il se dirigea vers sa chambre. Il posa la lampe sur sa table de nuit, s'approcha de la jeune femme. Encadrant son visage de ses mains, il déposa une pluie de petits baisers sur son front, ses paupières closes, son nez, ses joues. Comme il commençait à déboutonner son chemisier, elle tenta de l'arrêter.

— Laisse-moi faire, murmura-t-il.

Il glissa la main sous son caraco et la referma sur un sein qu'il caressa du pouce jusqu'à ce que la pointe durcisse.

Flame gémit son nom et il sentit son désir grimper d'un cran. Le chemisier vola à terre sans délai, puis il se rappela qu'il ne devait pas précipiter les choses. Ce n'était pas une des filles du *Red Lantern* qui se tenait devant lui.

Avec des gestes empreints de douceur, il fit passer son caraco par-dessus sa tête. Et se figea à la vue de ses seins fermes et pleins qui appelaient les caresses.

Embarrassée par son regard, elle voulut se couvrir la poitrine de ses mains.

— Non, souffla-t-il.

Lui agrippant les poignets, il lui plaqua les bras le long du corps, inclina la tête et happa entre ses lèvres

la pointe tendue d'un sein. Une bouffée de plaisir ful-
gurant traversa Flame de part en part. Retenant un
cri, elle se cramponna à ses épaules.

— Ô mon Dieu… murmura-t-elle.

Lorsque Stone s'écarta, elle vacilla, prise de vertige,
et demanda d'une voix de petite fille déçue :

— Où… où vas-tu ?

Il s'esclaffa et, plantant un baiser sur sa bouche,
répondit :

— Je ne vais nulle part, mon cœur. Nous sommes
loin d'en avoir terminé. Il faut encore que je t'emmène au paradis.

Au paradis ? Flame avait l'impression d'y être déjà.

Stone se dévêtit en un tournemain, et acheva de la
déshabiller, puis il l'enlaça et s'empara de sa bouche
avec ferveur tandis que ses mains couraient sur son
corps avec avidité, frôlant, titillant, explorant ses
courbes. S'agenouillant devant elle, il déposa une
traînée de baiser sur son ventre, puis plus bas encore.
Arrivé au creux de ses cuisses, il la sentit se raidir et
n'insista pas. Il était trop tôt pour la soumettre à des
caresses aussi intimes.

Se redressant, il prit la main de Flame et la posa
sur son sexe palpitant. Elle hésita, ne sachant visiblement pas ce qu'il attendait d'elle. Il referma alors
les doigts sur les siens, puis les enroula autour de sa
virilité. Elle tressaillit, mais ne se déroba pas. Il
entendit son souffle s'accélérer lorsqu'il la guida pour
qu'elle glisse son sexe entre ses cuisses. Quand celui-
ci fut niché au cœur de sa féminité, Stone l'attira tout
contre lui, et l'encouragea à se frotter sur lui.

Alors, tout doucement, elle commença à onduler,
retrouvant spontanément les gestes du plaisir.
Très vite, la vague du désir gonfla, se fit impétueuse.
Réprimant un gémissement, Flame se cramponna
des deux mains aux épaules de Stone tandis que leurs
corps se laissaient emporter dans une danse volup-
tueuse.

Les ongles de la jeune femme s'enfoncèrent dans sa chair, et il sentit qu'elle était prête. La soulevant dans ses bras, il l'emporta jusqu'au lit, l'y déposa avec douceur, puis, les yeux rivés aux siens, se positionna entre ses cuisses.

Il se tint un instant au-dessus d'elle, contemplant son beau visage empourpré de désir, puis il se pencha et aspira un sein dans sa bouche. Avec un petit cri, Flame se cambra à sa rencontre, et le cœur de Stone bondit dans sa poitrine. L'invite était sans ambiguïté. La femme qu'il désirait jour et nuit depuis si longtemps gisait là, sous lui, offerte. Il allait la faire sienne, se noyer dans sa douceur, abolir en quelques minutes des mois d'attente. Le rêve devenait réalité, et il dut faire un effort surhumain pour ne pas plonger en elle comme son corps le lui ordonnait. Prenant appui sur les coudes, il commença à se mouvoir lentement à l'orée de son intimité.

Mais de toute évidence, cela ne suffisait pas à Flame. Elle le voulait en elle. Entièrement. Lui empoignant les fesses avec une hardiesse qui le stupéfia, elle le plaqua contre elle.

Et obtint satisfaction. D'un puissant coup de reins, Stone la pénétra jusqu'à la garde. Sans plus se soucier qu'elle soit vierge ou pas, il commença à aller et venir en rythme, la pilonnant si fort que la tête de lit heurtait le mur.

Elle haletait et gémissait de bonheur, et il aurait voulu que cela dure à jamais. Elle jouit à deux reprises avant qu'il perde à son tour le contrôle et se répande en elle en criant son nom.

Le corps secoué de spasmes, il s'abattit sur elle. Jamais, songea-t-il tandis qu'il luttait pour retrouver son souffle, il ne s'était laissé aller ainsi avec une femme. L'expérience qu'il venait de vivre, cette tempête de tous les sens, était d'une violence presque effrayante.

L'espace d'un instant, il avait eu l'impression d'être sur le point de mourir. Et pourtant, il était prêt à recommencer chaque fois qu'il en aurait l'occasion.

Ce soir, non seulement il avait découvert que Flame était vierge, mais il avait aussi appris qu'une femme convenable pouvait être aussi sensuelle que n'importe quelle femme légère.

Un sourire joua sur ses lèvres. Il lui tardait de lui apprendre à quel point ce pouvait être bon entre un homme et une femme. Mais tandis qu'il se dégageait, et basculait sur le flanc, il lui vint à l'esprit que Flame pourrait bien avoir, elle aussi, deux ou trois choses à lui enseigner...

18

L'orage s'était éloigné pendant la nuit, et la pluie avait cessé. La nature semblait reluire comme un sou neuf.

« Le temps idéal pour un pique-nique », songea Rainee en ouvrant les rideaux de son petit salon. Depuis qu'elle était revenue s'installer à Dogwood, la ville où elle était née et avait grandi, elle vivait dans le petit appartement à l'arrière de sa boutique.

Elle gagna la cuisine, et prépara quelques sandwiches au jambon. Elle les mit dans un panier, y ajouta une gourde de café fraîchement infusé et la moitié de la tarte aux pommes qu'elle avait confectionnée la veille. Elle recouvrit le tout d'un torchon blanc, et d'une couverture, coiffa son chapeau et sortit d'un pas décidé.

Tandis qu'elle sellait sa jument, elle murmura :

— Eh bien, Jason Saunders, comme on t'appelle maintenant, toi et moi avons beaucoup de temps à rattraper.

Dix-neuf années pour être exact.

Le lendemain du jour où Rudy Martin avait épousé Bertha Cronkin, Rainee quitta Dogwood et franchit la frontière entre le Colorado et le Kansas. Il était hors de question qu'elle vive dans le même endroit que Rudy et Bertha, qu'elle voie leur bébé naître, grandir et devenir adulte. Hors de question aussi qu'elle subisse les regards de pitié de ses amies. Elle ne le supporterait pas.

Elle se rendit donc chez sa sœur aînée, Milly, qui tenait un saloon avec son mari. En personne pratique, Milly ne perdit pas de temps en paroles inutiles.

— Tu vas nous être utile ici, déclara-t-elle en guise d'accueil.

Johnny, son beau-frère, l'étreignit avec sympathie, et Rainee sut qu'elle avait pris la bonne décision.

Après lui avoir présenté une vigoureuse Mexicaine, « la meilleure cuisinière de tout le Kansas », Milly lui proposa de s'installer à une table dans un coin de la salle.

— Nous ne disposons pas de beaucoup de temps pour parler avant que les hommes arrivent. Quand ils débarquent, ils braillent comme un troupeau d'ânes, et on ne peut plus en placer une. Je n'ai reçu ta lettre qu'hier, et tu ne disais pas grand-chose. Je n'arrive pas à croire que Rudy Martin t'ait préféré cette traînée.

— Il ne me l'a pas préféré, soupira Rainee. Bertha lui a annoncé qu'elle portait son enfant. J'imagine qu'il pense qu'il y a une chance que ce soit le sien.

— Ça peut aussi être celui d'une douzaine d'autres, non ? rétorqua sa sœur. Bon sang, elle a couché avec la moitié des gars de la région !

— Elle avait tout prévu, dit Rainee avec un petit rire amer. J'ai appris que cela faisait trois mois qu'elle ne voyait plus d'autre homme. Cette garce était déterminée à mettre la main sur Rudy.

Milly secoua la tête.

— Ce n'est pas Rudy qui l'intéresse. Un seul homme ne la satisfera jamais. C'est son ranch qu'elle vise. Et, bien sûr, un mari pour l'entretenir.

— C'est ma faute, murmura Rainee, au bord des larmes. Si j'avais accepté de coucher avec Rudy, il ne serait jamais allé la trouver.

— Je t'interdis de parler ainsi, déclara Milly en lui lançant un regard courroucé. Il me semble que lorsqu'on tient à une femme, on peut faire un effort pour contrôler son engin. Johnny l'a fait pour moi... pendant six mois.

— Ne crois pas ça, fit ce dernier en les rejoignant d'un pas nonchalant.

Il s'assit, prit la main de sa femme et la porta à ses lèvres.

— Chaque fois que ça me travaillait trop, j'allais voir Bertha, moi aussi.

Les yeux de Milly lancèrent des éclairs, et Johnny évita de justesse la claque qu'elle lui destinait.

— Allons, chérie ! s'exclama-t-il en riant. Tu sais très bien que je t'étais fidèle.

Avant que Milly ait pu lui adresser une réplique mordante, trois clients riant à gorges déployées pénétrèrent dans le saloon. Johnny se leva, pressa l'épaule de Rainee, puis alla s'occuper des nouveaux arrivants.

Milly se leva à son tour.

— Allons dîner dans la cuisine, proposa-t-elle à sa sœur. D'autres cow-boys ne vont pas tarder à arriver, et je pense qu'il vaut mieux que tu les rencontres tous en même temps, ainsi aucun d'eux ne s'imaginera être prioritaire.

— Tu plaisantes, j'espère ? fit Rainee en la regardant avec incertitude.

Sa sœur la gratifia d'un sourire sibyllin.

— Peut-être, peut-être pas. Allons, viens manger. Rose a fait du bœuf rôti.

Rainee lui agrippa le bras alors qu'elles franchissaient le seuil de la cuisine.

— Écoute, Milly, insista-t-elle, avoir une relation sentimentale ne m'intéresse pas. Promets-moi que tu n'essayeras pas de me caser. S'il y a bien une chose que je ne souhaite pas, c'est de m'engager de nouveau avec un homme.

— Je m'en doutais. Je voulais juste vérifier. Mais ne t'attends tout de même pas que les gars se tiennent à distance. Tu es une jolie femme, et ils ignorent que tu viens de vivre une déception amoureuse. Ils vont tenter leur chance, c'est normal. La plupart sont de braves types, alors ne sois pas trop dure avec eux. Je sais que c'est pour l'instant inimaginable pour toi, mais un jour tu oublieras Rudy et tu changeras d'avis sur l'amour. Garde-toi une ouverture.

— J'en doute, riposta Rainee avec fermeté en prenant place à table.

Le bœuf rôti de Rosa était délicieux, et elle se resservit deux fois avant que sa faim ne soit apaisée.

Vint ensuite le moment redouté de retourner dans le bar. Depuis une demi-heure, Rainee entendait les hommes arriver. Leurs plaisanteries et leurs rires lui rappelaient des souvenirs du *Red Lantern*. Un endroit qu'elle ne reverrait probablement plus jamais.

Rassemblant son courage, elle suivit Milly dans la grande pièce. Le silence se fit aussitôt, et une dizaine de paires d'yeux convergèrent sur elle. Des regards appréciateurs. Mais Rainee ne se sentit pas insultée. Elle savait que telle n'était pas leur intention. Ils étaient capables de reconnaître une femme respectable et de la traiter en conséquence.

— Rainee, ma sœur, va travailler ici à partir de demain, annonça Milly. Je sais que vous ne lui causerez pas de difficultés.

Elle plissa les yeux et ajouta d'un ton menaçant :

— N'est-ce pas ?

— Tu as vraiment besoin de le demander, Milly ? lança un grand cow-boy, l'air offensé.

— C'était juste histoire de m'en assurer. Je voulais aussi vous demander de garder à l'œil les enquiquineurs qui auraient dans l'idée de l'ennuyer.

— Te bile pas, on fera attention à elle, répondit un chœur de voix.

Milly présenta ensuite les serveuses à sa sœur. Celle-ci apprit plus tard qu'elles ne rechignaient pas à emmener leurs clients favoris dans leur chambre pour un petit extra.

La jeune femme rencontra aussi les trois prostituées qui partageaient une maison située derrière le saloon. Elles furent étonnées, et ravies, que Rainee se montre si amicale à leur égard. Dans les semaines qui suivirent, elles se révélèrent être d'encore meilleurs chiens de garde que les hommes quand il s'agissait de la protéger. Elles voyaient en elle la jeune sœur qu'elles n'avaient pas eue, ou celle qu'elles avaient laissée derrière elles des années auparavant.

Si au fil des jours, Rainee parvint à entretenir des liens amicaux avec beaucoup d'hommes, elle n'avait pas d'amoureux.

Et puis un soir, Aaron Devlow passa les portes battantes du saloon. Elle lui accorda à peine un regard. Il avait un physique banal qui ne retenait certes pas l'attention des femmes.

Alors qu'il s'avançait vers le comptoir, Milly murmura :

— C'est Aaron Devlow. J'aimerais que tu fasses sa connaissance. C'est à peu près le seul homme de la région en qui j'aurais vraiment confiance s'il te courtisait.

Rainee haussa un sourcil amusé.

— C'est un pasteur ?

— Non, mademoiselle je-sais-tout. C'est juste un type bien.

— Il n'est pas tout jeune, commenta Rainee en jetant un coup d'œil au nouveau venu qui traversait la salle d'un pas nonchalant. Comment se fait-il qu'il ne soit pas marié ? Il ne plaît pas aux femmes du coin ?

— Je n'ai jamais dit cela. Elles l'aiment beaucoup, au contraire. Et avant que tu le demandes, lui aussi les aime. Il les emmène aux bals, aux sorties organisées par la paroisse.

Milly sourit.

— Bien sûr, de temps en temps, il rend visite aux filles de derrière.

Rainee haussa les épaules. Elle se moquait comme d'une guigne de la vie amoureuse d'Aaron Devlow.

Sa sœur se leva de la table.

— Je vais te le présenter.

— Je ne préférerais pas, protesta Rainee, mais Milly était déjà au milieu de la salle.

Cette fois, elle regarda Aaron avec attention, alors que sa sœur, le bras glissé sous le sien, le guidait vers elle. Elle vit un homme d'une quarantaine d'années, de taille moyenne et solidement bâti. Il était couvert de poussière de son chapeau au bout de ses bottes. Il avait une barbe de plusieurs jours et la fatigue se lisait dans ses yeux cernés de rouge. Il était manifeste qu'il venait de faire un long trajet avec du bétail.

— Aaron, je te présente ma sœur, Rainee, fit Milly quand ils parvinrent à sa table.

Un timide sourire éclaira le visage tanné d'Aaron. Rainee lui rendit son sourire et tendit la main. Sa grande main rugueuse engloutit ses doigts fins, mais les serra avec douceur.

— Je suis vraiment enchanté de vous rencontrer, Rainee, dit-il d'une voix profonde. Vous comptez rester longtemps parmi nous ? ajouta-t-il en s'asseyant en face d'elle.

Rainee regarda pensivement son verre, puis, levant les yeux, répondit :

— Je crois que je vais vivre ici un moment. J'aime la région, j'ai un bon travail, et j'adore ma patronne.

Un pli soucieux barra brièvement le front d'Aaron.

— Vous avez de la chance, se força-t-il à dire d'un ton léger. Très peu de gens aiment leur boulot, et encore moins leur patron.

— C'est vrai que j'ai de la chance, admit Rainee. Je travaille ici, dans ce saloon, avec des gens qui me traitent vraiment bien. Et mes patrons sont Johnny et Milly.

Aaron éclata de rire, visiblement soulagé.

— Vous ne pourriez trouver deux meilleurs patrons dans tout le Kansas.

Aaron but un verre avec les deux sœurs, puis s'excusa.

— Je dois y aller, mais j'ai beaucoup apprécié de parler avec vous, Rainee, fit-il en se levant. J'espère que j'en aurai encore l'occasion.

— Moi aussi, Aaron. Vous venez souvent ici ?

Il glissa un regard à Milly et sourit.

— Votre sœur peut vous dire que je suis un habitué.

— Alors, à bientôt, dit-elle en lui adressant un chaleureux sourire.

Une fois qu'il fut parti, elle déclara :

— C'est l'un des hommes les plus gentils que j'aie jamais rencontré.

— Je t'avais dit qu'il était unique. Tu crois que tu sortirais avec lui s'il te le proposait ?

Rainee songea qu'Aaron Devlow n'était pas du genre à briser le cœur d'une femme.

— Je ne sais pas, répondit-elle. Peut-être.

Il n'y aurait pas de battements de cœur affolés, bien sûr, pas de vertige quand il l'embrasserait, mais elle avait la certitude qu'il lui serait fidèle, et répondrait toujours présent.

Quand Rainee commença à gravir la colline qui surplombait le ranch de Rudy, ses pensées l'avaient ramenée au jour où Aaron et elle s'étaient mariés. Douze années durant, ils avaient fait un bon ménage, mais elle s'était toujours sentie coupable de ne pas l'aimer comme il l'aimait.

Elle éprouvait néanmoins un profond respect et beaucoup de tendresse pour lui. Quand une crise cardiaque l'avait brutalement emporté, elle l'avait sincèrement pleuré. Aujourd'hui encore, il lui manquait parfois.

Comme elle atteignait la crête, les bâtiments du ranch de Rudy apparurent à vue, et elle oublia Aaron.

19

Rudy était debout depuis l'aube. Il avait commencé à travailler si tôt qu'il voyait à peine les bardeaux qu'il posait sur le toit. Quand le soleil avait commencé à monter à l'est, le travail était terminé.

Il envoya son nouvel employé acheter des fournitures supplémentaires en ville puis, après s'être lavé le visage et les mains à l'abreuvoir, il se rendit dans la cuisine. Dans la faible lumière du matin, il alluma le vieux fourneau et prépara du café. Il ne se donnerait pas la peine de préparer un petit déjeuner pour lui tout seul.

Tandis qu'il attendait que le café soit prêt, ses pensées dérivèrent vers Flame. Son cœur se serra à l'idée de toutes ces années perdues. Il avait beau s'être juré de les rattraper, il n'en souffrait pas moins. D'autant qu'il ne savait quand il pourrait lui avouer sans risque qu'il était son père. Après tout, mis à part le choc sur la tête, personne ne savait ce qui avait causé son amnésie. Elle avait peut-être subi un choc terrible, et lui révéler la vérité sans prendre de précautions pouvait être dangereux.

Tout en buvant son café, Rudy dut admettre qu'apprendre à se connaître, à s'apprécier avant toute chose était la meilleure solution. Il aimait déjà Flame, mais il voulait qu'elle en vienne à l'aimer pour lui-même, et pas seulement parce qu'il était son père.

Après sa pause, il s'attela au toit de l'écurie. Il colmata une grosse brèche, puis s'attaqua à un deuxième. Quand il en aurait terminé avec celle-ci, il entamerait le gros du boulot. Reconstruire tout le pan droit de l'écurie qui s'était effondré.

Il en était là de ses réflexions quand il repéra un cavalier en haut de la butte qui surplombait le ranch. Il plissa les yeux sous le soleil, et sourit en reconnaissant Rainee.

Tandis qu'elle dévalait la pente, il descendit du toit pour l'accueillir. Il était à la fois si content et surpris de la voir qu'il put à peine répondre à son joyeux « bonjour ».

— Je n'aurais peut-être pas dû venir, fit-elle en tirant sur les rênes de sa jument. Tu as l'air d'être très occupé.

— Ne dis pas n'importe quoi.

Il l'aida à descendre de selle.

— Ces trous sont là depuis longtemps. Ils attendront.

— Cela doit te faire mal de voir le ranch dans cet état.

— Oui, avoua-t-il avec un soupir. Mais je compte bien lui redonner son allure d'autrefois.

Rudy lui prit son panier des mains et, tout en discutant, ils se dirigèrent vers la maison.

— Je n'ai jamais oublié cet endroit. J'y ai tellement trimé.

Rainee se demanda s'il avait oublié la fille dont il avait brisé le cœur, mais elle n'en dit rien. De même qu'elle se garda de demander si Bertha et lui avaient divorcé, et s'il s'était remarié.

— On s'assoit ici ? proposa Rudy en indiquant la véranda. L'intérieur n'est pas très présentable. Flame m'a aidé à nettoyer, mais il y a encore beaucoup à faire. Du reste, elle doit revenir aujourd'hui.

— C'est une fille adorable, n'est-ce pas ?

— Elle est formidable. C'est si triste qu'elle ait perdu la mémoire.

Il y eut un silence, puis Rainee demanda calmement :

— C'est ta fille, Rudy ?

— Quoi ? fit-il en lui adressant un regard stupéfait.

— Tu m'as entendue. C'est ta fille, n'est-ce pas ?

Il tourna les yeux vers la cour envahie de mauvaises herbes, la contempla d'un air pensif, puis porta de nouveau le regard sur Rainee.

— Comment l'as-tu su ?

— C'est ce petit pli que vous avez tous les deux au coin des yeux quand vous souriez.

— Je me demande si quelqu'un d'autre soupçonne notre parenté. Je ne veux pas que quiconque le sache avant que Flame ait retrouvé la mémoire.

— Je doute que quelqu'un d'autre ait remarqué quoi que ce soit. Personne ne te connaît comme je te connais.

Ils se turent un instant, puis Rudy demanda doucement :

— La vie t'a-t-elle été douce, Rainee ? T'es-tu mariée ?

Elle hocha la tête.

— J'ai été mariée pendant douze ans. Aaron Devlow était un homme bien. Je n'aurais pu espérer meilleur époux. Il est mort d'une crise cardiaque. Malheureusement, nous n'avons pas eu d'enfant.

— Comment en es-tu arrivée à devenir couturière ? Et une excellente, si j'en crois Flame.

Rainee lui adressa un sourire malicieux.

— Cela va sûrement te faire rire, mais c'est la pure vérité. Comme j'avais beaucoup de temps libre, j'ai commencé à confectionner des robes pour les prostituées de la ville. Elles voulaient des tenues tape-à-l'œil avec des tas de fanfreluches. Le genre de créations qu'on ne trouve pas dans le commerce.

Rainee laissa échapper un petit rire.

— Quand les « dames » de la ville virent les jolies robes que portaient les filles, elles me demandèrent de leur en coudre. Mais elles posèrent une condition : je devais renoncer à travailler pour les prostituées. Elles ne supportaient pas l'idée que ces filles de basse condition portent d'aussi beaux vêtements qu'elles.

— Alors qu'as-tu fait ?

— J'ai refusé. Je n'avais pas besoin de travailler, Aaron gagnait suffisamment pour deux. Puis Noël est arrivé, et la femme du banquier et ses amies sont revenues à la charge. Elles ont fini par céder à *mes* conditions. Inutile de te dire que j'ai été occupée pendant un moment.

— Donc, quand tu es revenue ici, tu étais prête à ouvrir une boutique ?

Comme Rainee acquiesçait, il enchaîna :

— Où étais-tu pendant tout ce temps ? J'ai demandé un peu partout, mais personne ne savait. C'était du moins ce qu'on me disait.

— J'étais au Kansas, avec Milly et Johnny.

— Comment vont-ils ? Milly a-t-elle toujours son franc-parler ?

— Je le crains. Ils possèdent un saloon, et les clients filent doux, crois-moi, répondit Rainee en riant.

— J'imagine qu'elle ne me porte pas dans son cœur.

Rainee confirma d'un signe de tête.

— Disons que tu es la personne qu'elle apprécie le moins au monde. Elle part du principe que Johnny a sagement attendu six mois avant leur mariage et que tu aurais pu en faire autant avec moi.

Rudy détourna le regard.

— Je n'ai cessé de me reprocher d'avoir cédé à mes besoins physiques. Combien de souffrances nous auraient été épargnées si j'avais su me contrôler. J'ai chèrement payé ma faiblesse, je t'assure. La vie avec Bertha a été un enfer au point que je ne pouvais plus la supporter.

Si Rudy attendait le pardon de Rainee, il ne l'obtint pas.

— Tu t'es remarié ? demanda-t-elle simplement.

— Non. J'avais perdu la seule femme que j'aimais.
Aucune autre ne t'a jamais remplacée dans mon
cœur. Je serais parti à ta recherche si j'avais su dans
quelle direction aller. Au lieu de cela, je me suis retiré
dans la montagne, où j'ai vécu comme un ermite. J'y
serais encore si je n'avais pas appris que Flame avait
disparu.

Il secoua la tête avec regret.

— Mais elle est là maintenant. Pourquoi as-tu l'air
si triste ? s'étonna Rainee.

— Elle ne se souvient pas de moi, répondit-il, et il
y avait du désespoir dans sa voix. Ni de moi ni de
quoi que ce soit d'autre.

Posant une main compatissante sur son bras, Rainee dit doucement :

— La mémoire lui reviendra, ne t'inquiète pas. Il
lui faut juste un peu de temps. Un jour, un petit rien
déclenchera quelque chose en elle, et les souvenirs
remonteront à la surface.

— Je l'espère. C'est pourquoi je travaille si dur. Je
veux avoir une maison convenable pour l'accueillir.

— Pour l'accueillir ? répéta Rainee. Mais, j'avais
cru comprendre qu'elle était mariée à Stone Falcon.

— C'est ce qu'elle prétend, fit Rudy en contemplant
la rivière. Mais, curieusement, je n'y crois pas.

Rainee lui adressa un regard amusé.

— Dis plutôt que tu ne veux pas qu'elle le soit. Tu
aimerais qu'elle reste ta petite fille.

— Tu as probablement raison, reconnut-il, amusé
lui aussi. Je travaille depuis l'aube, poursuivit-il.
Aurais-tu par hasard quelque chose de bon à manger
dans ton panier ?

— Absolument. J'ai pensé que nous pourrions
pique-niquer pour le petit déjeuner. Et j'ai apporté la
moitié d'une tarte aux pommes.

— Ma préférée !

— Je me le suis rappelé, murmura Rainee. Si nous allions manger au bord de la rivière ?

En guise de réponse, Rudy prit le panier d'une main et tendit l'autre à Rainee.

Alors qu'ils descendaient la pente menant à la rivière, Rudy se demanda si elle se souvenait de ces autres pique-niques qu'ils avaient partagés au bord de cette même rivière.

Tout en s'emparant de la couverture pliée sur le dessus du panier et en l'étendant sur la berge, il songea que les choses n'avaient pas beaucoup changé, finalement. Les saules avaient poussé, et leurs branches frôlaient souplement la surface de l'eau. Mais sinon… Pendant que Rainee sortait les sandwiches et la tarte, il s'approcha du plus grand d'entre eux.

À mi-hauteur, la forme d'un cœur gravé dans l'écorce était encore visible. Il tendit la main, effleura du bout des doigts les initiales à l'intérieur du cœur : *RM* et *RC*. Les lettres s'étaient déformées avec le temps ; elles étaient à demi effacées par endroits.

Tournant la tête, il vit que Rainee l'observait.

— Tu te souviens du jour où j'ai gravé ces lettres ? s'enquit-il.

— Oui. Et toi ?

Rudy pivota sur ses talons et la rejoignit.

— C'est le jour où je t'ai embrassée pour la première fois.

Il s'assit au coin de la couverture.

— Je ne l'oublierai jamais, ajouta-t-il. J'en étais tout retourné.

Rainee rit doucement et lui tendit un sandwich.

— C'est vrai que tu avais l'air d'apprécier.

— Apprécier ? répéta-t-il. Le mot est faible. Je te désirais tellement que j'avais l'impression que j'allais y passer.

Il mordit dans son sandwich, mâcha une minute, puis reprit comme pour lui-même :

226

— Si j'avais gardé mes distances avec toi, si j'avais eu la force de ne pas te voir tous les soirs, je suis sûr que je ne serais jamais allé trouver Bertha. Tu me mettais dans un tel état d'excitation ; il fallait que je me calme quelque part.

Rainee garda le silence un moment.

— J'imagine qu'après votre mariage, elle a dû te calmer en permanence, commenta-t-elle enfin, une pointe d'ironie dans la voix.

— Crois-le ou non, mais je n'ai jamais éprouvé beaucoup de plaisir avec elle. Tu étais la seule qui comptait à mes yeux.

Dans le silence qui suivit, Rudy dut admettre en lui-même que, là aussi, rien n'avait changé. Son désir pour Rainee était intact, aussi fort et incontrôlable qu'autrefois.

Ils terminèrent de manger en silence, chacun plongé dans des souvenirs doux-amers. Puis ils se remirent à discuter de choses et d'autres, cherchant sans s'en rendre compte à prolonger ces instants ensemble.

— Ô mon Dieu ! s'exclama soudain Rainee en constatant que le soleil était haut dans le ciel. Mes clientes vont se demander pourquoi j'ouvre si tard la boutique aujourd'hui.

Elle rassembla les reliefs de leur pique-nique et les fourra en hâte dans le panier.

— Elles ne t'apprécieront que davantage si elles doivent t'attendre, assura Rudy en repliant la couverture.

Ils étaient à mi-chemin de la maison quand ils croisèrent Deke.

— Vous avez trouvé ce que je vous avais demandé ? lui demanda Rudy.

— Oui. Maintenant, je m'en vais nettoyer le dortoir. Il y a du boulot.

La façon dont Deke dévorait Rainee des yeux déplut fortement à Rudy qui ne fit cependant aucun commentaire.

— Rainee, je te présente Deke Cobbs. Je l'ai embauché pour m'aider à retaper le ranch.

Rainee hocha poliment la tête, mais ignora la main que le cow-boy lui tendit. Ce dernier rougit violemment.

— Deke, notre voisine, Flame Falcon, doit venir aujourd'hui pour nous aider à nettoyer, poursuivit Rudy. C'est une personne charmante, mais un accident récent l'a rendue amnésique, alors soyez plus que délicat avec elle.

Sur ce, il se remit en marche, si bien qu'il ne remarqua pas l'expression de stupéfaction qui s'était peinte sur le visage de Deke.

Quand ils atteignirent l'endroit où Rainee avait laissé son cheval, le chant des moqueurs chats qui se répondaient de saule en saule leur arracha un sourire. Ces notes mélodieuses faisaient aussi partie de leurs souvenirs communs. Rudy fixa le panier à la selle, puis aida Rainee à se hisser sur sa monture.

— Quand te reverrai-je ? demanda-t-il en la couvant d'un regard brûlant.

Elle détourna les yeux.

— Je ne sais pas, souffla-t-elle. J'ai beaucoup de travail à la boutique. Je passerai peut-être un dimanche.

— Que dirais-tu que je vienne te chercher dimanche prochain ? On louerait un buggy et on irait se promener.

Elle hésita, s'interrogeant. Était-elle prête à reprendre leur histoire là où elle s'était si brutalement arrêtée ? Il lui avait brisé le cœur une fois. Recommencerait-il ? Elle avait tendance à croire que non, à lui faire confiance. Mais c'était aussi ce qu'elle pensait à l'époque.

Elle se risqua enfin à le regarder.

— Je préfère attendre un peu, Rudy. Nous ne sommes plus des enfants.

— Je sais ce que tu penses. Mais, comme tu le dis, nous ne sommes plus des enfants. Je ne suis plus un fougueux jeune homme de vingt ans.

— Vraiment ? ne put-elle s'empêcher de rétorquer en glissant un coup d'œil au renflement dans son pantalon.

Pour la première fois depuis sa jeunesse, Rudy rougit.

Éclatant de rire, Rainee éperonna sa jument et s'éloigna au galop.

20

Stone se réveilla tard après une nuit d'amour comme il n'en avait jamais vécu. Il tendit le bras et tâtonna, cherchant le corps tiède de Flame. Sa place était vide. Il se raidit, ouvrit les yeux et tendit l'oreille. Tout était silencieux. Se redressant vivement, il balaya le sol du regard ; les vêtements de Flame ne s'y trouvaient plus.

D'un bond, il sortit du lit et s'habilla rapidement. Il enfonçait les pans de sa chemise froissée dans son pantalon quand il atteignit la véranda.

Un soupir de soulagement s'échappa de ses lèvres quand il aperçut Flame en train de parler avec Charlie. Il n'aurait su expliquer pourquoi, mais l'espace d'un horrible instant, il avait craint qu'elle ne l'ait quitté.

Incertain, il la rejoignit et lui toucha le bras. Elle se tourna vers lui.

— Comment te sens-tu ce matin ? s'enquit-il d'un ton soucieux.

Flame réprima un sourire. Elle savait à quoi il faisait allusion.

— Je t'ai fait mal, cette nuit ? ajouta-t-il en baissant la voix.

Souriant franchement, elle secoua la tête.

— Non. Je me sens très bien, assura-t-elle en priant pour que Charlie les laisse en tête à tête.

Elle était persuadée qu'après la nuit qu'ils venaient de passer, Stone lui proposerait de mettre un terme à ce simulacre de mariage et de l'épouser réellement.

Comme s'il avait entendu sa prière, Charlie déclara qu'il était temps pour lui de songer à préparer le déjeuner. Sur des charbons ardents, Flame regarda Stone s'emparer, du savon posé sur le rebord de la fenêtre du réfectoire, puis descendre vers la rivière.

Elle retourna à la maison, et s'assit sur les marches de la véranda incapable de faire autre chose que de l'attendre.

Elle était plongée dans des rêves de vie commune lorsqu'il revint, ses cheveux humides brillant au soleil, sa chemise moulant son torse musclé. Une fois de plus, elle fut subjuguée par sa virilité.

— Allons manger, proposa-t-il en lui tendant la main.

Flame la saisit en s'efforçant de ne pas laisser voir sa déception. Elle pensait qu'il aborderait sans délai le sujet de leur mariage, qu'il était aussi impatient qu'elle d'en fixer la date. Bien qu'il se montrât plus attentif que d'ordinaire, gardant une main protectrice sur son bras alors qu'ils se dirigeaient vers le réfectoire, il ne fit pas la moindre allusion à la question.

Une fois à table, ils discutèrent de leurs projets pour l'après-midi, et décidèrent de se rendre en ville, Flame ayant prévu d'acheter des rideaux pour la cuisine et la salle à manger.

Il avait quasiment fini leur repas quand Shilo et Little Bird arrivèrent.

Comme d'habitude, la jeune Indienne était rayonnante et tout sourires. Au point que Flame se demanda s'il lui arrivait d'être de mauvaise humeur, comme toute personne normalement constituée. Elle eut aussitôt honte de ses pensées. C'était la jalousie qui la rendait si mesquine, elle le savait. D'autant que, fidèles à leur habitude, Little Bird et Stone plaisantaient ensemble, les excluant sans même s'en rendre compte, Shilo et elle. La sombre mine du grand Indien disait d'ailleurs suffisamment qu'il n'appréciait pas plus qu'elle leur entente.

Flame n'en crut pas ses oreilles quand la jeune fille s'exclama soudain :

— Si nous allions cueillir des champignons ? Après un orage, on en trouve des quantités.

Flame regarda tour à tour Stone et Shilo. Ce dernier arborait une expression plus renfrognée que jamais, mais Stone souriait comme s'il n'avait jamais entendu meilleure idée. Et leurs projets pour l'après-midi ? se demanda Flame, stupéfaite. Quand elle comprit qu'il était sur le point d'accepter la suggestion de Little Bird, elle jeta sa serviette sur la table, et se leva si vivement que les pieds de sa chaise raclèrent bruyamment le sol.

— J'ai déjà prévu autre chose, déclara-t-elle froidement. J'ai promis à Rudy de l'aider dans son ranch.

— Mais, Flame...

Stone se leva à son tour.

— Je croyais que nous allions...

— Moi aussi, dit-elle d'un ton cassant, et elle quitta le réfectoire en claquant la porte moustiquaire derrière elle.

— Elle a l'air en colère, remarqua Little Bird. Je me trompe, Stone ?

— Je ne sais pas, soupira-t-il.

— Tu parles que tu ne sais pas, grommela Shilo avant d'enchaîner : Écoute, nous étions venus vous inviter à notre mariage, Flame et toi.

— Votre mariage ? répéta Stone, abasourdi.

— Oui, confirma Shilo, sans croiser son regard. Mon peuple me presse de prendre femme depuis un certain temps. Je veux que tu sois mon témoin.

— Espèce de cachottier ! s'exclama Stone. Attends que j'apprenne la nouvelle à Flame.

Sur ce, il se précipita dehors, laissant Shilo et Little Bird en tête à tête.

— Qu'est-ce que j'ai fait ? demanda celle-ci comme Shilo la fixait d'un œil noir.

— Que fais-tu habituellement quand Stone est dans les parages ? Tu te ridiculises.

À ces mots, les yeux de la jeune femme s'emplirent de larmes. Ennuyé, Shilo s'approcha d'elle et l'enlaça.

— Pardonne-moi, je ne voulais pas te parler aussi durement, murmura-t-il. Mais mets-toi à la place de Flame. Elle se sent blessée de vous voir vous entendre si bien, Stone et toi.

— Et toi, Shilo ? Cela te dérange-t-il ?

— Non, répondit-il d'un ton bourru. Tu es *ma* femme désormais. En outre, Stone est si amoureux de Flame qu'il n'y a pas de place pour une autre dans son cœur.

Il contempla l'adorable visage de Little Bird et ajouta :

— J'espère que tu l'as compris.

Un peu essoufflé, Stone s'arrêta devant l'écurie. Il avait couru pour rattraper Flame, mais l'avait manquée d'à peine quelques secondes. Elle avait déjà lancé sa jument au galop.

Il flanqua un coup de pied rageur dans une pierre. Quelle mouche l'avait donc piquée ? Une minute, ils discutaient tranquillement de leurs projets pour la journée, la minute d'après, elle le rembarrait d'un ton aussi sec que le vent soufflant des montagnes.

Décidément, il ne comprendrait jamais rien aux femmes. La nuit dernière, elle s'était donnée à lui sans réserve, avec un abandon merveilleux qui avait été source d'un plaisir inouï. Et à peine quelques heures plus tard, elle le traitait comme un étranger, un homme indigne de son attention.

Quand il vit qu'elle prenait la direction du vieux ranch, il jura dans sa barbe. Elle allait encore passer l'après-midi avec ce Saunders. Il se demandait bien ce qui l'attirait chez cet homme. Il ne manquait certes pas de charme, mais Flame n'était pas du genre à s'arrêter à l'apparence. En outre, il avait l'âge d'être son père.

Cela dit, il n'était pas impossible que ce soit justement ce qu'elle voyait en lui : un père.

Pris d'une inspiration subite, Stone pénétra dans l'écurie pour aller seller son cheval. Il irait au vieux ranch aider Saunders et Flame à retaper les bâtiments endommagés, décida-t-il.

Lorsque Flame arriva au ranch, Deke Cobbs sortait de l'écurie, une boîte de clous à la main. Il avait beau être au courant de sa visite, il se figea sur place en l'apercevant. Il avait presque oublié combien elle était belle, et à quel point il l'avait désirée. Le fait qu'elle ait perdu la mémoire était une véritable bénédiction. C'était véritablement une seconde chance qui s'offrait à lui ; à lui de ne pas la gâcher. Cette fois, il n'essayerait pas de la prendre de force. Il se comporterait en gentleman.

Il enleva son chapeau, lissa ses cheveux et sourit de toutes ses dents tandis qu'elle s'arrêtait devant lui. Elle lui adressa un sourire bizarre, comme si elle essayait de le remettre.

— Jason est là ? demanda-t-elle en mettant pied à terre.

— Oui, il travaille sur le toit du dortoir. Je peux aller le chercher si vous voulez.

— Ne vous donnez pas cette peine. Je vais monter le voir. Je suis venue lui donner un coup de main.

— Il m'a parlé de vous, en effet, fit-il en prenant les rênes de la jument. Je vais conduire votre cheval dans le corral.

Flame le remercia et se dirigea vers le dortoir.

— Je m'appelle Deke Cobbs, lança-t-il après une hésitation.

Flame lutta contre son envie de l'ignorer. Elle avait éprouvé une antipathie immédiate envers cet homme.

— Moi, c'est Flame, répondit-elle en grimpant à l'échelle.

Cobbs se détendit un peu. De toute évidence, elle ne l'avait pas reconnu. Il aurait toutefois préféré qu'elle ne se montre pas aussi froide avec lui. Elle le traitait presque de la même manière que lorsqu'il vivait avec la vieille Bertha. Il avait intérêt à y aller doucement s'il voulait gagner sa confiance.

— Bonjour, Jason, dit Flame en émergeant sur le toit. Comment allez-vous par cette belle journée ?

— Ma foi, très bien, répondit-il en la couvant d'un regard empli de tendresse. Et vous ?

— On ne peut que se sentir bien par une journée aussi parfaite.

Rudy n'aima pas cette phrase toute faite, qui ne répondait pas à sa question. Il n'aimait pas non plus la tristesse qu'il percevait au fond du regard de sa fille. Elle avait un problème, il le sentait confusément, mais quelle qu'en soit la cause, il ferait en sorte de le résoudre.

— Je peux vous aider ? proposa-t-elle en s'accroupissant à côté de lui.

— Vous pouvez me passer les bardeaux. Vous avez déjeuné ?

— Oui. Et vous ?

Rudy secoua la tête tout en disposant la pièce de bois sur le toit.

— Deke et moi déjeunerons quand j'aurai terminé ce toit.

— Qui est ce Deke ? Un ami à vous ?

— Non ? Je ne le connais que depuis hier. Je l'ai embauché pour me donner un coup de main.

Il jeta un coup d'œil à Flame.

— Il dit qu'il a l'habitude du travail dans un ranch.

À ces mots, une vision traversa l'esprit de Flame. Ce fut bref, mais si puissant qu'elle en fut toute secouée.

— Que se passe-t-il? s'inquiéta Jason comme elle pâlissait.

— Rien du tout, mentit-elle en s'efforçant d'adopter un ton léger. Le soleil tape peut-être un peu fort.

— Peut-être, acquiesça Rudy sans trop y croire. Voulez-vous que Deke vous serve une tasse de café?

— Non! répondit-elle, si vivement que Rudy la regarda d'un air intrigué.

Elle n'aimait pas Deke, apparemment. Mais pourquoi diable? Se pouvait-il qu'il soit lié à son passé? À un épisode sombre? Il décida de surveiller ce type de près. Il devait admettre qu'il n'y tenait pas non plus. Les gens qui ne vous regardent pas dans les yeux quand ils vous parlent le mettaient toujours mal à l'aise.

— Où est votre mari aujourd'hui? demanda-t-il alors que Flame lui tendait un autre bardeau. J'espère que cela ne le dérange pas que vous passiez du temps ici.

— Oh non, pas du tout! Du reste, il est avec son ami Shilo... et Little Bird.

— Little Bird?

— Une jolie petite Indienne qui semble en pincer pour lui, expliqua-t-elle en s'efforçant de dissimuler son amertume.

Mais Rudy ne fut pas dupe. Sa fille était jalouse de la jeune Indienne.

— Elle ne se rend pas compte qu'il a déjà une femme? s'étonna-t-il.

— Elle s'en moque, tant qu'elle peut passer du temps avec lui. Vous comprenez, elle avait été enlevée par une bande de malfrats et il l'a sauvée.

— Elle lui en est très reconnaissante, et cela se comprend, observa Rudy. Non seulement il lui a épargné une expérience abominable, mais elle n'en serait sans doute pas sortie vivante.

— J'en suis bien consciente, mais il n'empêche. Vous devriez voir comme Stone et elle s'amusent quand ils sont ensemble. Il ne plaisante jamais avec moi comme il le fait avec elle.

— Il la considère probablement comme une petite sœur. Croyez-moi, c'est vous qu'il aime.

— Alors, il ferait bien de le montrer parce que je vais finir par venir m'installer ici avec vous sinon.

Ce serait le rêve le plus cher de Rudy, mais il savait que ce n'était pas près de se produire. Flame aimait son mari et resterait avec lui, quoi qu'elle dise. En attendant, il aurait aimé prendre à part cette Little Bird et lui conseiller de ne plus s'approcher de Stone. L'idéal, bien sûr, aurait été qu'il ait une bonne discussion avec son beau-fils. Sauf qu'aux yeux de ce dernier, il n'était qu'un étranger. Il ne comprendrait pas qu'il se mêle de son existence.

Seigneur, sa vie commençait à devenir terriblement compliquée, songea-t-il tout en plantant un clou dans le dernier bardeau. Se redressant, il essuya d'un revers de bras son front en nage. Son regard tomba sur Deke, tranquillement assis sur la véranda, et son visage se durcit.

— Cobbs! l'appela-t-il. Occupez-vous du déjeuner. Nous avons fini.

Cobbs fronça les sourcils, agacé. Il n'appréciait pas qu'on le charge d'une tâche qui aurait dû revenir à Flame. Il ne se risqua pourtant pas à répliquer et se leva rapidement. Quoi qu'il lui en coûtât, il savait qu'il avait intérêt à adopter un profil bas pour le moment. Nouvelle stratégie oblige.

Le temps que Rudy et Flame se soient lavé les mains, Deke avait préparé ce qu'il considérait comme un repas. Il avait fait frire des pommes de terre, qui se révélèrent à moitié cuites, et réchauffé une boîte de haricots. Flame et Rudy échangèrent un regard, mais aucun ne fit de commentaire.

Flame songeait au déjeuner beaucoup plus appétissant auquel elle aurait eu droit si elle était restée à la maison lorsque le martèlement des sabots d'un cheval lui fit tourner la tête vers la fenêtre.

Son cœur manqua un battement. C'était Stone ! Seul. Ni Shilo ni Little Bird ne l'accompagnait.

Rudy, qui avait suivi la direction de son regard, la sentit se tendre. Ce garçon n'était pas sot, dut-il admettre en réprimant un sourire. Il avait assez de jugeote pour affronter sa femme quand elle était fâchée.

21

Si Rudy salua aimablement Stone lorsque celui-ci pénétra dans la cuisine, Flame, en revanche, se montra particulièrement revêche.

— Que fais-tu ici? s'enquit-elle froidement J'avais cru comprendre que tu passais l'après-midi avec tes amis.

— J'ai changé d'avis, répondit-il avec un lent sourire. Je préfère le passer avec ma belle.

Flame le gratifia d'un ricanement désabusé, mais il l'ignora et se tourna vers Rudy.

— Je me suis dit que vous ne refuseriez pas des bras supplémentaires.

— Et vous avez eu raison. Toutes les aides sont les bienvenues. La maison est dans un tel état. J'ai d'ailleurs engagé Deke, que voici, pour me donner un coup de main. Nous comptions nous attaquer à l'une des chambres après le déjeuner. Deke, je vous présente le mari de Flame, Stone Falcon.

Les deux hommes se mesurèrent du regard, mais aucun ne tendit la main.

Au premier coup d'œil, Stone le classa dans la catégorie homme à femmes. Et se demanda avec inquiétude s'il vivait au ranch.

Deke, quant à lui, considéra le grand cow-boy tout en muscles qui lui faisait face et reconnut en lui un adversaire dangereux. Il prit note mentalement de ne pas regarder Flame en sa présence.

— Eh bien, au boulot! fit Rudy en se levant de table. Nous commencerons par ma chambre. Il faudra bien l'après-midi pour lessiver les murs.

Comme Flame faisait mine de se lever à son tour, Stone referma la main autour de son poignet.

— Nous arrivons dans une minute. J'ai deux mots à dire à Flame.

Le pouls de la jeune femme s'emballa, et une peur sans nom s'empara d'elle. Il allait lui annoncer qu'il ne voulait plus de ce simulacre de mariage, qu'il valait mieux qu'ils se séparent. Sans doute l'avait-elle déçu la nuit dernière? Après tout, il était habitué à des femmes tellement plus expérimentées qu'elle...

— Shilo et Little Bird vont se marier.

Flame écarquilla les yeux. Toutes les pensées qui se bousculaient dans sa tête explosèrent comme une bulle de savon et elle eut envie de sauter de joie en remerciant le ciel. Prenant sur elle, elle parvint à déclarer calmement :

— Voilà qui me surprend. Je n'avais jamais remarqué qu'ils étaient amoureux l'un de l'autre.

Une étincelle s'alluma dans les yeux de Stone.

— Shilo m'a expliqué que son peuple le pressait de prendre une femme, fit-il avec un brin d'ironie.

— Cela semble t'amuser, observa Flame sans sourire. Je me demande bien pourquoi.

— L'idée que Shilo soit forcé d'épouser une femme parce que son peuple l'exige me fait rire, en effet. Je me demande ce que Opal du *Red Lantern* en penserait.

— Et Little Bird? Elle est heureuse d'épouser un homme qu'elle n'aime pas?

— Qui dit qu'elle ne l'aime pas? Je crois qu'elle est plutôt contente de se marier.

Flame haussa les épaules.

— Je n'ai jamais vu Shilo se comporter en amoureux avec elle.

— Ce n'est pas son genre de faire les yeux doux à une femme, mais je peux t'assurer qu'il tient à elle.

240

Stone laissa échapper un rire bref.

— Ce grand bêta est même jaloux de moi.

— On se demande bien pourquoi ? lâcha Flame, narquoise.

Stone resserra son emprise sur son poignet.

— Que veux-tu dire par là ?

— Rien de particulier.

Sur ce, elle se libéra d'un mouvement preste et quitta la table. Stone n'eut pas le temps de réagir qu'elle filait rejoindre les autres dans la chambre. Il lui emboîta le pas, le visage rouge de fureur.

À son entrée, Rudy dissimula un sourire. Quoi que Stone ait dit à Flame, cela n'avait pas apaisé sa mauvaise humeur. Elle paraissait encore plus en colère qu'à son arrivée ce matin.

— Deke, vous allez commencer par la petite chambre. Sortez les meubles, et grattez les murs et le sol.

C'était bien le dernier endroit où Deke avait envie de travailler. Il s'agissait de la pièce où il avait tenté d'abuser de Flame.

Une pensée glaçante l'assaillit soudain. Et si Flame retrouvait la mémoire en entrant dans la chambre ? Si cela arrivait, il aurait intérêt à se sauver en courant, ou à sortir vite fait son revolver. Il ignorait si Stone ou Rudy étaient de bons tireurs et espérait n'avoir jamais à le vérifier. Pour sa part, il était plutôt médiocre.

Serrant les dents, il gagna la petite pièce. Il s'arrêta sur le seuil et inspira à fond. Elle était exactement dans l'état où Bertha et lui l'avaient laissée en quittant le ranch. Il revit cette dernière tirer Flame hors du lit, et la battre comme plâtre.

Il commençait à pousser la commode vers la porte quand Flame apparut dans l'encadrement. Les yeux écarquillés, elle fixa le lit, les draps et les couvertures enchevêtrés, l'oreiller qui gisait sur le sol.

— C'est vraiment le bazar, pas vrai ? hasarda-t-il d'une voix râpeuse.

Comme elle ne répondait pas, il comprit qu'elle ne l'avait pas entendu. Elle semblait plongée dans une sorte de transe et il décida que s'il ne l'en tirait pas au plus vite, elle risquait fort de se souvenir des événements qui s'étaient déroulés dans cette pièce.

Il ouvrait la bouche quand, à son grand soulagement, Rudy l'appela. Retombant brutalement sur terre, elle regarda autour d'elle, l'air perdu, comme si elle se trouvait entre deux mondes et ne pouvait donner de sens à aucun des deux.

Rudy se matérialisa près d'elle.

— Que se passe-t-il ? s'inquiéta-t-il en voyant son expression. Vous avez l'air perplexe.

— C'est très étrange, répondit Flame d'une voix chevrotante. J'ai l'impression d'être déjà venue dans cette chambre, d'être en partie responsable de ce désordre. J'ai vaguement vu une grosse femme, elle criait après moi. Et il y avait la silhouette d'un homme. Puis vous m'avez appelée et la vision a disparu.

Elle était visiblement bouleversée, et Stone, qui les avait rejoints, l'enlaça tendrement.

— N'insiste pas, chérie. Tout te reviendra un jour.

Flame se laissa aller contre lui. Il avait raison. Chaque fois qu'elle essayait de se souvenir de toutes ses forces, rien ne venait.

Ils se remirent au travail, mais en dépit de leur ardeur à la tâche, ils terminèrent tout juste de nettoyer les deux chambres.

Ce fut Stone qui donna le signal du retour.

— Il est temps de rentrer, dit-il à Flame. Le dîner doit être prêt. Il me tarde de voir la tête de Charlie quand il apprendra que Shilo va se marier.

— Le mariage est prévu pour quand ? s'enquit Rudy.

— Probablement dans quelques jours. Shilo m'a demandé d'être son témoin.

— Ce sera comme un mariage de Blancs alors ? s'étonna-t-il.

— Oui. Un missionnaire a passé un hiver au village il y a quatre ou cinq ans. Il a converti une majorité d'Indiens, y compris Shilo et sa mère.

— Et Little Bird ? intervint Flame. Elle est chrétienne, elle aussi ?

Stone haussa les épaules.

— Je l'ignore. Je crois qu'elle est encore attachée aux croyances anciennes de sa tribu, ajouta-t-il d'une voix plus douce.

— Vous avez l'air de beaucoup aimer cette jeune fille, remarqua Rudy.

Flame essaya de cacher avec quelle impatience elle attendait la réponse de Stone.

— On ne peut s'empêcher de l'aimer, avoua-t-il. C'est une jeune fille adorable. Elle n'a pas de parents, et n'avait même pas de toit jusqu'à ce que Shilo la prenne sous son aile. Elle est tellement reconnaissante de ce que l'on fait pour elle que cela réveille notre instinct de protection, j'imagine.

— Vous croyez que Shilo la traitera bien ? voulut savoir Rudy.

— Sans aucun doute. Il subviendra à ses besoins et ne portera jamais la main sur elle. Il ne s'en rend probablement pas compte, et ne l'admettrait de toute façon pas, mais il éprouve de tendres sentiments et une profonde affection pour Little Bird.

— Et pourquoi ne reconnaîtrait-il pas ses sentiments ? demanda Flame en fronçant les sourcils.

— Parce que c'est sa façon d'être, expliqua Stone. Toujours bourru et distant. Même avec moi. Et pourtant, il sacrifierait sa vie pour moi s'il le fallait.

Flame leva les yeux au ciel en secouant la tête, puis s'adressa à Rudy :

— Je reviendrai dans deux jours nettoyer le dortoir. Entre-temps, M. Cobbs et vous pourriez continuer les travaux à l'extérieur. Dieu sait qu'il reste beaucoup à faire.

— Vous feriez bien de la surveiller, lança Rudy à Stone. Cette femme a l'étoffe d'un chef.

— Ne m'en parlez pas, soupira Stone. Vous devriez voir comme elle mène son monde à la baguette au ranch. C'est tout juste s'il ne faut pas que je lui demande la permission pour aller au petit coin.

— Espèce de gros menteur ! s'écria Flame en lui donnant une bourrade sur le bras.

Il poussa un cri aigu et se contorsionna comme si son bras était cassé.

Ils sortirent en riant, et Rudy regarda Stone aider Flame à monter en selle. Pas de doute, cet homme aimait sa fille, songea-t-il, et il en éprouva une intense satisfaction. Alors qu'il pivotait vers Deke, qui se tenait à l'écart, pour lui suggérer d'aller entamer la réparation de la barrière de l'un des corrals, il le surprit en train de suivre des yeux Stone et Flame. Il tressaillit. Le regard du cow-boy était chargé de haine. Contre lequel des deux ? Et pourquoi ? Rudy aurait été bien en peine de le dire. Quoi qu'il en soit, embaucher ce type avait été une erreur. Il décida qu'il le laisserait terminer sa semaine, puis le congédierait.

La soirée était douce et, sans se concerter, Stone et Flame lancèrent leurs montures au galop. L'un et l'autre avaient envie de rentrer au plus vite, de dîner rapidement, et d'aller se coucher. Stone se serait volontiers privé de dîner, mais ses hommes l'accableraient de leurs railleries s'il emmenait Flame directement dans la maison.

D'un accord tacite, ils se joignirent donc à la conversation après le dîner et, comme d'habitude, quittèrent le réfectoire les derniers. Mais leur belle contenance s'évapora dès qu'ils furent dans la maison. Sans prendre le temps d'allumer, Stone souleva Flame dans ses bras et l'emporta dans sa chambre à grandes enjambées pressées.

Il la déposa près du lit, l'enlaça et prit sa bouche.

Ses lèvres étaient fermes et douces à la fois, généreuses et exigeantes Avec un doux soupir de reddition, Flame se haussa sur la pointe des pieds, et noua les bras autour de son cou. Quand elle pressa ses hanches contre les siennes, il retint son souffle, puis, lui empoignant les fesses sans vergogne, il se frotta contre elle.

À peine quelques secondes plus tard, le corps de Flame fut parcouru d'un frisson et il la sentit s'amollir entre ses bras. Elle venait de jouir en moins de temps qu'il n'en faut pour le dire, et il se délecta à l'idée de ce qui allait suivre.

Lentement, il entreprit de la déshabiller. Quand les globes pâles de ses seins apparurent, il ne put résister à la tentation. Inclinant la tête, il happa une délicate petite pointe rose, la suça, la titilla, la mordilla, jusqu'à ce que Flame s'accroche à lui en vacillant.

Stone se débarrassa de ses vêtements entre deux caresses, deux gémissements, puis entraîna Flame sur le lit.

Il n'eut pas besoin de longs préliminaires pour qu'elle se cambre à sa rencontre. Avec délices, il plongea en elle, se noya dans sa douceur brûlante, et ils entamèrent ensemble l'éternelle danse de l'amour qui s'acheva dans un cri de bonheur.

22

Rainee se trouvait à environ cinq cents mètres du vieux ranch quand elle remarqua un nuage de poussière, près de la rivière. Étaient-ce des chevaux sauvages ? Ou du bétail que l'on déplaçait ? Mais dans ce cas, le bétail de quel ranch ?

Entendant des bêtes meugler, elle immobilisa sa jument sous un grand peuplier. Rudy ne lui avait pas dit qu'il possédait du bétail, mais cela ne signifiait pas qu'il n'en avait pas. De là où elle se trouvait, elle avait une vue panoramique sur la rivière, vers laquelle le troupeau se dirigeait de toute évidence.

Elle n'eut pas longtemps à attendre avant d'apercevoir Deke Cobbs. Il la vit quasiment en même temps, et un malaise s'empara d'elle quand il s'écarta du troupeau et se dirigea vers elle au galop.

Sa première impulsion fut de fuir. Elle ne faisait pas confiance à cet homme. Sa façon de la regarder, la veille, lui avait flanqué la chair de poule. Bien qu'il n'ait pas dit un mot, elle n'avait eu aucun doute sur ce qu'il avait en tête.

— Bonjour, Rainee, la salua-t-il, jovial.

Il arrêta son cheval face à sa jument, qui se cabra de frayeur.

— Qu'est-ce qui vous prend ? lança Rainee avec colère, en dépit de la crainte que ce type lui inspirait.

Ils étaient seuls. Personne ne viendrait l'aider s'il décidait de faire ce que ses yeux suggéraient.

— J'aurais pu être désarçonnée et me rompre le cou !

— Oh, je voudrais surtout pas qu'une telle chose arrive à votre joli cou... ou à une autre partie de votre corps, lâcha-t-il d'une voix traînante, en la couvrant d'un regard ouvertement lubrique.

Rainee maîtrisa du mieux qu'elle put la jument qui roulait des yeux égarés face à l'étalon, puis essaya de contourner ce dernier. Affichant un sourire déplaisant, Deke se mit de nouveau en travers de son chemin.

— Vous me quittez déjà, Rainee ! On pourrait aller passer un moment au bord de la rivière tous les deux. Comme vous le faites avec Saunders. J'ai une petite couverture, là, ajouta-t-il en indiquant sa selle.

Comme elle ne répondait pas, il insista :

— Ça vous tente pas ? Vous êtes sans homme depuis un bout de temps. Vous avez sûrement des envies qui vous démangent...

Deke s'interrompit net, les yeux exorbités. Rainee avait sorti un colt de sa ceinture. Elle le pointait droit vers son bas-ventre.

— J'ai un remède radical à votre problème, rétorqua-t-elle froidement. Rien ne me démange hormis mon doigt sur la détente, et j'aime autant vous prévenir que j'ai du mal à le contrôler.

— Allons, Rainee, baissez cette arme ! Vous savez bien que je faisais que plaisanter.

— Je vous conseille de faire demi-tour et de ficher le camp avant que je fasse en sorte que vous ne puissiez plus jamais avoir envie d'une femme.

— Vous feriez pas ça ? dit-il, le regard mauvais. Un de ces jours...

Il n'eut pas le temps d'achever sa phrase que Rainee tira entre les pattes de son étalon. L'animal rua des quatre fers.

— Fichez le camp, ordonna-t-elle alors que Deke s'efforçait de maîtriser sa monture.

— Bon sang ! jura-t-il. Laissez-moi au moins rassembler les bêtes.

— Ne vous préoccupez pas des bêtes. Laissez-les là où elles sont jusqu'à ce que j'en touche un mot à Jason. Je pense que vous étiez en train de les voler.

Deke pâlit, et la sueur lui perla au front.

— Jason m'a demandé de les changer de prairie, répliqua-t-il d'un ton de défi.

— Pourquoi seulement une cinquantaine de bêtes ? demanda-t-elle, supposant qu'il y en avait davantage. Où est le reste du troupeau ?

Le visage de Deke s'assombrit de rage.

— Je vois qui est le patron dans ce ranch. Vous couchez avec lui, et il vous obéit.

— C'est exact.

Rainee lui adressa un sourire glacial et tira une autre balle entre les sabots de l'étalon.

Ce dernier hennit, se cabra, puis fila vers la prairie comme s'il avait le diable aux trousses.

— Espèce de sale voleur ! cria Rainee.

Tandis qu'elle éperonnait son cheval en direction du ranch, elle se félicita d'avoir eu la bonne idée d'emporter son colt.

Tout en préparant son petit déjeuner, Rudy se demanda ce que fabriquait Deke. Bon sang, le soleil était levé, et il savait qu'il y avait encore beaucoup de travail ! Ce type était vraiment un fainéant sur le dos duquel il fallait être constamment pour qu'il termine ce qu'il avait commencé. C'était aussi un coureur de jupons, et il n'aurait pas été étonné qu'il ait passé la nuit en ville.

Après avoir avalé une tasse de café, Rudy alla sur la terrasse se rouler une cigarette, puis se dirigea vers l'écurie. Il avait à peine fait quelques pas qu'un cavalier débuala dans la cour. Son cœur bondit dans sa poitrine lorsqu'il reconnut Rainee.

— Je savais que cette journée s'annonçait particulière, lança-t-il en s'approchant d'elle pour l'aider à descendre de sa monture. J'imagine que tu n'as pas pu attendre jusqu'à dimanche, ajouta-t-il d'un air taquin. Si tu n'as pas pris ton petit déjeuner, je peux te préparer des œufs au bacon. Et le café est encore chaud.

— J'accepterais volontiers un café.

Ils allèrent ensemble conduire la jument au corral, puis regagnèrent la cuisine. Rainee attendit que Rudy lui ait servi une tasse pour demander :

— As-tu du bétail ?

— J'ai compté une cinquantaine de têtes le jour de mon arrivée. Je suppose qu'elles m'appartiennent de droit. Ce ne sont pas les bêtes que j'avais achetées, bien sûr, mais leur descendance. Pourquoi cette question ?

— En venant, j'ai croisé Deke Cobbs qui conduisait un petit troupeau en direction de la ville. Cela m'a intriguée parce qu'il est tôt. J'imagine que tu es au courant.

— Non, pas du tout. Je ne lui ai donné aucune directive au sujet du bétail. Il n'était pas là quand je me suis levé. Cela ne t'ennuie pas si je t'abandonne un moment ? Il faut que je rattrape ce vaurien.

— Je doute que tu le retrouves.

Elle lui sourit par-dessus le bord de sa tasse.

— Et pourquoi cela ?

— Lui et moi avons eu une petite discussion. Il a essayé de me barrer la route avec son étalon et m'a proposé d'aller faire un tour au bord de la rivière. Il m'a dit que l'envie d'un homme devait me démanger depuis le temps que j'étais seule.

Le visage de Rudy devint aussi sombre qu'un ciel orageux.

— Je vais tuer ce salaud, siffla-t-il en se levant d'un bond.

Rainee le retint par le bras.

— Tu ne le trouveras pas, Rudy. J'ai tiré deux balles entre les pattes de son cheval, et le pauvre animal est certainement encore en train de courir comme un fou. Les bêtes sont au bord de la rivière, elles ne risquent rien. J'étais venue pour t'aider, je te propose donc que nous nous mettions au travail. Par quoi veux-tu commencer?

— Je comptais poser les derniers bardeaux sur le toit du réfectoire. Mais je te préviens, après le déjeuner, on fait relâche.

— Cela me semble parfait, dit-elle avec un sourire indolent qui fit à Rudy l'effet d'une caresse.

Ils travaillèrent toute la matinée, et lorsque le soleil fut haut dans le ciel, Rudy posa son marteau et annonça:

— Je propose un plongeon dans la rivière pour nous rafraîchir! Qu'en penses-tu, Rainee?

— J'en pense que c'est une excellente idée.

Quelques minutes plus tard, ils chevauchaient en direction de la rivière. Rudy ne pouvait s'empêcher de se demander s'ils allaient enfin faire l'amour. Il en rêvait, certes, mais il avait pensé devoir y renoncer à jamais, si bien qu'il n'osait croire que cela puisse se produire.

Des pensées similaires occupaient l'esprit de Rainee. Elle avait depuis longtemps abandonné tout espoir de revoir Rudy, a fortiori qu'il lui fasse l'amour. Serait-elle déçue? Ou, pire, le décevrait-elle? Elle n'avait connu qu'un seul homme, lequel, si bon soit-il, n'était pas un expert des choses de l'amour. Elle ne savait pas vraiment comment satisfaire un homme. Tandis que Rudy, elle en était sûre, devait avoir beaucoup d'expérience en la matière.

Durant toute la matinée, ils avaient été insouciants, riant et plaisantant comme au bon vieux temps. Mais une sorte de timidité s'empara d'eux quand ils se retrouvèrent sous les saules au bord de l'eau. Ils évitèrent de se regarder tandis qu'ils dessellaient les chevaux. Sans un mot, ils les conduisirent un peu à l'écart, là où l'herbe était abondante.

Et ce fut toujours en silence qu'ils se firent face et s'enlacèrent. Étroitement serrés l'un contre l'autre, ils se laissèrent tomber à genoux en s'embrassant avec passion. Les années de regrets et de frustration les submergèrent tel un torrent impétueux. Le souffle court, ils commençaient à se défaire fébrilement de leurs vêtements quand les cris et les rires de jeunes garçons jouant sur une barque leur parvinrent. Ils se figèrent, priant pour que les enfants ne repèrent pas les chevaux et ne débarquent pas.

Ils eurent l'impression qu'il s'écoulait une éternité avant que les rires s'éloignent et que la barque disparaisse au-delà du coude de la rivière.

Échangeant un regard, Rudy et Rainee éclatèrent d'un rire nerveux.

— Je vais étendre la couverture, puis nous irons nous baigner, proposa-t-il. Il fait chaud... à tous points de vue, ajouta-t-il avec malice.

Ils se déshabillèrent, puis, main dans la main, entrèrent dans la rivière. Quand ils eurent de l'eau jusqu'à la taille, Rudy attira Rainee contre lui. Tremblante, elle se cramponna à ses épaules, le visage niché au creux de son cou. Sans un mot, mais avec une infinie douceur, il lui caressa le dos, les fesses. Elle se pressa contre lui en gémissant et il sentit son sang bouillonner dans ses veines.

— Rainee, je t'en supplie, souffla-t-il, ne me repousse pas cette fois. Je ne le supporterai pas.

— Je ne te repousserai pas, mon amour. Je ne commettrai pas cette erreur une deuxième fois.

Il la souleva dans ses bras et l'emporta jusqu'à la couverture qu'il avait étalée sur l'herbe. Lorsqu'il entra en elle, il crut mourir. Il avait toujours su que ce serait merveilleux, mais ce fut au-delà des mots. Le temps et l'espace étaient abolis, ils étaient seuls au monde.

Il lui fit l'amour avec un mélange de passion et de tendresse, de ferveur et de frénésie. La jouissance les balaya avec la violence d'un raz-de-marée qui les laissa dévastés, anéantis, sans force.

Au bout d'un temps infini, Rudy se hissa sur les coudes et caressa les cheveux de Rainee, contemplant son beau visage apaisé.

— Pardonne-moi, mon ange, souffla-t-il, je crains de ne pas avoir été aussi doux que tu étais en droit de l'attendre.

Elle ouvrit les yeux, lui adressa le plus radieux des sourires, et murmura :

— Tu as été merveilleux. Je n'imaginais pas qu'un tel bonheur puisse exister. Je me sens aussi faible qu'un chaton. Et toi ?

Il déposa un baiser sur son front et répondit :

— J'ai l'impression qu'un bébé pourrait me battre.

— Dommage, chuchota-t-elle, faisant mine d'être déçue. J'espérais que nous pourrions peut-être...

— Nous pouvons.

Rudy se pencha sur elle et saisit la pointe d'un sein entre ses lèvres. Il fit tant et si bien que Rainee commença à s'agiter sous lui en gémissant, ses hanches ondulant en rythme.

Dissimulant un sourire de satisfaction, il leva les yeux vers les montagnes. Le ciel rosissait à l'ouest. D'ici peu, le soleil basculerait derrière l'horizon.

— Passeras-tu la nuit avec moi, Rainee ? s'enquit-il doucement.

Comme elle acquiesçait sans hésiter, il reprit :

— Alors faisons comme les vieux couples mariés.

— Et que font-ils ?

— Eh bien, ils terminent leurs tâches, dînent, puis vont au lit.

— Ils vont au lit avant le coucher du soleil ? le taquina-t-elle. N'est-ce pas inhabituel, même pour un vieux couple ?

— Pas si l'homme a attendu dix-neuf ans pour avoir sa femme dans son lit.

Rainee plongea son regard dans le sien, puis déclara avec malice :

— Dans ce cas, j'imagine qu'elle est aussi pressée que lui d'y aller.

23

La soirée était claire et fraîche quand Flame se rendit à pied au village indien. Elle allait rendre visite à Moonlight, la mère de Shilo, afin de lui demander conseil quant au cadeau à offrir à la mariée. Les femmes Ute n'utilisaient pas les mêmes ustensiles de cuisine que les femmes blanches. Elles possédaient déjà de magnifiques couvertures tissées. Et l'hiver, quand les vents glacés soufflaient, elles se pelotonnaient dans des fourrures.

Flame avait commencé à confectionner un couvre-lit en patchwork quelque temps auparavant sous la direction de Rainee. Elle songeait à en faire cadeau à Littel Bird, mais elle voulait l'avis de Moonlight.

Un jour, Stone était rentré au ranch avec un sac plein de carrés de soie. Sans même savoir si elle savait coudre, il avait étalé sur le lit les étoffes multicolores et avait ordonné en plaisantant : « Fais-moi un dessus-de-lit, femme. » À sa grande consternation, Flame avait dû admettre qu'elle ignorait comment s'y prendre.

Elle s'était adressée à Rainee qui lui avait montré comment découper et assembler les morceaux de tissu.

Au cours des nombreuses heures passées à travailler sur le couvre-lit, de vagues images avaient commencé à remonter à la surface de sa mémoire.

254

Le doux visage d'un bel homme qui lui souriait en lui caressant les cheveux. Les fragments d'une chanson évoquant une berceuse.

Elle avait essayé de s'accrocher à ces furtives réminiscences, mais elles finissaient toujours par être balayées par l'affreux visage d'une grosse femme qui se dressait devant elle, une baguette à la main. Elle avait même ressenti la morsure de la badine sur sa peau et avait serré les dents.

Ces images avaient-elles un quelconque rapport avec la réalité de sa vie passée ? N'étaient-ce que des bribes de rêves ou de cauchemars ? Elle était incapable de le dire.

Elle atteignit le sommet de la petite colline qui dominait le village indien et s'arrêta un instant sous un arbre pour admirer le panorama. L'endroit dégageait une telle sérénité. Sous la brume qui flottait au-dessus du campement, une douzaine de petits feux scintillaient. Les enfants profitaient des dernières minutes de jour pour jouer, tandis que les anciens conversaient autour du grand feu central en attendant de dîner.

Songeant qu'elle ferait bien de se dépêcher si elle voulait rentrer à temps pour son propre dîner, Flame s'apprêtait à sortir du couvert de l'arbre quand des voix lui parvinrent. C'était celles de Shilo et de Little Bird. Apparemment, ils se querellaient. Elle allait les avertir de sa présence quand elle entendit prononcer son nom. S'immobilisant, elle tendit l'oreille.

— Je ne veux plus en parler, déclara Shilo d'un ton ferme et définitif.

— Eh bien, moi, si. Je ne comprends pas pourquoi tu ne m'as pas demandé de t'épouser au lieu de me l'ordonner.

— Si je te l'avais demandé, tu aurais refusé. Comme une stupide gamine que tu es, tu te serais cramponnée à l'espoir que Stone quitte Flame et t'épouse.

— Ah, tu crois cela ? Le chef Shilo pense tout savoir.

La voix de Little Bird chevrotait comme si elle était au bord des larmes.

— Je ne prétends pas tout savoir, mais comme la moitié des habitants du village, je sais que tu t'animes et que tu étincelles dès que Stone apparaît. Et voilà que tu m'annonces que tu portes un enfant alors que je ne t'ai honorée qu'une fois. Je t'avoue que je suis curieux de voir la couleur de la peau de ton bébé quand il naîtra.

Un cri étranglé monta de la gorge de Little Bird.

— Et si c'est un bâtard, que feras-tu ? cracha-t-elle. Tu nous abandonneras ?

Flame eut l'impression qu'une main d'acier lui tordait le cœur quand Shilo répondit :

— Jamais je n'abandonnerais l'enfant de Stone.

Quand Little Bird fondit sur Shilo pour le marteler de ses petits poings, Flame fit volte-face et, à demi aveuglée par les larmes, redescendit la colline en courant.

Le ranch était plongé dans l'obscurité quand elle gravit d'un pas chancelant les marches de la véranda. De toute évidence, Stone n'était pas encore rentré, et elle en fut soulagée. Elle se rendit directement dans sa chambre, dont elle verrouilla la porte. Le coup qu'elle venait de recevoir était tel qu'elle se sentait incapable de parler à Stone, encore moins de partager son lit.

Elle ignorait ce qu'elle allait faire, mais il n'était pas question qu'elle demeure dans cette maison...

Stone chevauchait en direction du ranch lorsque le crépuscule laissa place à la nuit. Il lui tardait de rentrer, de retrouver Flame. L'aube se levait à peine quand il lui avait fait l'amour, puis il était parti avec ses hommes et avait passé la journée entière dans la prairie à s'occuper du bétail. Il aurait aimé s'isoler un moment avec elle dans leur chambre avant le dîner, mais ce n'était pas possible. Son cheval était épuisé et il n'avait pas le cœur de le pousser au galop.

De toute façon, se consola-t-il, Flame et lui avaient la nuit devant eux.

Comme il conduisait son cheval dans l'un des corrals, il s'inquiéta de ce que la maison était obscure. Pourquoi Flame n'avait-elle allumé aucune lampe ?

Il grimpa en hâte les marches de la véranda, poussa la porte et appela Flame. Il prit le temps d'allumer deux lampes dans la grande pièce, puis se dirigea vers le couloir qui desservait les chambres en l'appelant de nouveau. Peut-être s'était-elle allongée pour l'attendre et s'était-elle endormie.

Il passa devant la porte fermée de la chambre de Flame et, tout en déboutonnant sa chemise, continua vers la sienne.

Même sans lumière, il vit tout de suite que le lit était vide. Il resta un moment interdit, puis l'inquiétude le saisit. Il craignit soudain qu'il ne lui soit arrivé quelque chose. Qu'elle ait eu un accident en rentrant de chez Jason Saunders. Bon sang, il commençait à en avoir assez de ces escapades chez leur voisin ! La peur se nourrissant de la colère, il repartit en sens inverse d'un pas rageur.

Mû par une sorte d'instinct, il s'arrêta devant la chambre de Flame, tourna la poignée. La porte était fermée à clé.

— Flame ? Tu es là ? Ouvre-moi.

Comme seul le silence lui répondait, il frappa à la porte.

— Tu es réveillée, Flame ? C'est moi, Stone. Ouvre-moi.

Il y eut un bruissement à l'intérieur, puis Flame répondit d'une voix lasse :

— J'ai la migraine. Va dîner sans moi.

— Je peux faire quelque chose pour toi ? T'apporter une tasse de café peut-être ?

— Non, merci. J'ai juste besoin de rester allongée dans le noir et d'attendre que cela passe.

— Si tu penses que c'est le mieux à faire, dit-il après un court silence. Je vais demander à Charlie de nous préparer un plateau et nous mangerons dans ta chambre.

— Non ! répondit-elle avec tant de véhémence que Stone en sursauta. Je n'ai pas faim, et je n'ai pas envie de parler.

Stone en demeura sans voix. Elle n'aurait pu lui signifier plus clairement qu'elle ne voulait pas de sa compagnie. Eh bien, par Dieu, se dit-il en s'éloignant à grands pas, elle l'aurait avant qu'il aille se coucher ! Il se passait des choses sacrément bizarres, et il avait bien l'intention de découvrir de quoi il retournait dès qu'il se serait calmé.

En voyant Stone entrer seul dans le réfectoire, ses hommes s'étonnèrent de l'absence de Flame. Il leur répondit qu'elle avait la migraine et le sujet fut clos.

Il alla chercher un plateau et commença à y disposer de quoi dîner pour Flame et lui. Il attendit cependant que le réfectoire soit vide pour demander à Charlie, l'air de rien :

— J'espère que Flame n'est pas sortie par cette chaleur.

— Non, elle n'a pas bougé. Elle a passé la journée à travailler sur ce couvre-lit. Elle y était encore quand j'ai préparé le dîner.

L'inquiétude qu'il lut dans le regard de son patron le poussa à ajouter :

— Ne t'en fais pas pour elle, Stone. Elle a probablement ses affaires de femmes. Elles sont parfois bizarres dans ces moments-là.

— J'avoue que je n'y connais pas grand-chose, fit Stone qui empoigna le plateau et se dirigea vers la porte. J'espère qu'elle se sentira mieux demain.

Le plateau calé sur la hanche, il alla frapper à la porte de Flame.

— J'ai apporté notre dîner, chérie. Ouvre.

Pas de réponse. Il frappa plus fort.

— Mais enfin, Stone! s'exclama-t-elle d'un ton excédé. Je t'ai dit que je n'avais pas faim.

Pas prêt à lâcher le morceau aussi facilement, il posa le plateau sur le sol et demanda :

— Tu ne devrais pas faire ta toilette et te mettre en chemise de nuit? Il est presque l'heure d'aller se coucher.

— Je *suis* couchée!

Elle lui parlait comme si elle s'adressait à un enfant qui fait exprès de ne pas comprendre.

— Bon sang, je le sais bien! explosa-t-il. Et tu as l'intention de passer la nuit dans cette chambre?

— Je t'ai dit que j'avais la migraine.

Sa façon à elle de lui dire qu'elle ne voulait pas faire l'amour, réalisa Stone.

— Flame, reprit-il avec douceur, je veux juste dormir près de toi et te tenir dans mes bras. Tu me prends donc pour un animal qui ne sait pas se contrôler?

Il était sincère, cela ne faisait aucun doute. Le problème, c'était *elle*. Elle n'imaginait pas demeurer allongée auprès de lui sans s'enflammer, quand bien même elle venait d'apprendre qu'il était peut-être le père de l'enfant de Little Bird. Elle craignait que ce ne soit *elle* l'animal incapable de se contrôler.

— Je te verrai demain, dit-elle finalement. Je préfère dormir seule cette nuit.

Stone s'attarda une longue minute, les yeux rivés au sol, en proie à une infinie tristesse. Si elle l'aimait vraiment, elle ne refuserait pas le réconfort de ses bras, elle ne le repousserait pas. Il n'avait jamais été sûr qu'elle tenait à lui… qu'elle l'aimait autant qu'il l'aimait. Ce qui venait de se passer ne faisait qu'accroître son incertitude. Son grand-père, se souvint-il, prétendait que dans un couple il y en a toujours un qui aime plus que l'autre. Cela semblait se confirmer. Du reste, leur relation n'était que folie depuis le début.

Résigné, il tourna les talons et regagna sa propre chambre d'un pas lourd, oubliant le plateau par terre.

Flame l'entendit s'éloigner. Quand sa porte se referma, les larmes lui montèrent aux yeux. Il n'avait pas beaucoup insisté pour qu'elle dorme avec lui, finalement, songea-t-elle.

Et pourquoi l'aurait-il fait ? Il avait Little Bird, prête à remplacer sa supposée femme... Une femme à l'humeur difficile qui ne savait pas qui elle était ni ce qu'elle valait.

Ses lèvres prirent un pli amer. Little Bird était l'insouciance incarnée. Son naturel enjoué séduisait tout le monde. Du reste, non seulement Stone et Shilo la courtisaient, mais la moitié des jeunes guerriers du village la couvaient d'un regard langoureux.

Flame se redressa soudain dans son lit comme la porte de la chambre de Stone s'ouvrait. Au bruit de ses pas, elle comprit qu'il se dirigeait vers le hall. Elle bondit du lit et se précipita à la fenêtre.

Quelques instants plus tard, il sortait son étalon de l'écurie, l'enfourchait et s'éloignait au galop. Le front pressé contre la vitre, elle ferma les yeux. Il avait pris la direction du village indien...

Des larmes brûlantes roulant sur ses joues, elle retourna se recroqueviller dans son lit.

Que devait-elle faire ?

Continuer de feindre d'être sa femme, supposait-elle, jusqu'à ce qu'elle ait l'esprit suffisamment clair pour prendre la décision qui s'imposait.

Elle ne pouvait toutefois plus partager son lit. Ce serait au-dessus de ses forces. Bien sûr, le connaissant, il exigerait qu'elle lui en explique la raison. Et si elle lui rapportait la conversation qu'elle avait surprise entre Shilo et Little Bird, il ne ferait qu'en rire, prétendant que son ami était jaloux.

Seigneur, elle ne savait plus où elle en était ! Les questions se succédaient dans sa tête, lui embrouillant l'esprit. Stone continuerait-il de rencontrer en secret Little Bird après que cette dernière et Shilo seraient mariés ? Shilo le permettrait-il ? S'il y avait une chance que le bébé soit de lui, pourquoi Stone n'épousait-il pas Little Bird ? Trouvait-il indigne de lui d'épouser une Indienne ? Elle espérait qu'il n'était pas le genre d'homme à déshonorer une jeune fille sans en assumer les conséquences.

Il lui apparut brusquement qu'elle pouvait se retrouver dans la même situation. Être enceinte sans que Stone lui propose le mariage...

24

Une semaine s'était écoulée depuis que Flame avait réintégré sa chambre. Elle avait prétexté qu'elle ne supportait pas de vivre dans le péché – ce qui n'était qu'une demi-vérité –, puis, choisissant ses mots avec soin, elle avait ajouté que si la mémoire lui revenait et s'ils le souhaitaient encore, ils se marieraient et partageraient à nouveau le même lit.

Son explication n'avait pas convaincu Stone, qui se mit à rôder dans le ranch tel un loup affamé traquant une biche. Tout le monde gardait ses distances, y compris Flame. La chaleur avait disparu de ses yeux lorsqu'il la regardait, et il ne souriait plus que rarement.

Au début, il n'avait cessé de lui demander ce qui n'allait pas. Invariablement, elle lui répondait qu'elle ne voyait pas de quoi il parlait. Jusqu'au jour où, perdant patience, il avait hurlé : « Ne me prends pas pour un idiot ! » et avait quitté la maison en claquant violemment la porte. Depuis, il ne lui adressait la parole que lorsque c'était absolument nécessaire. Ce matin-là au petit déjeuner, ils échangèrent quelques mots, les premiers depuis deux jours.

— Tu as toujours l'intention d'aller au mariage de Shilo et de Little Bird ? demanda-t-il en se servant une tasse de café.

Elle répondit que oui. Elle ne voulait pas décevoir Shilo.

— Et Little Bird ? Tu ne crois pas qu'elle serait contrariée si tu ne venais pas ?

Elle haussa les épaules.

— Dès lors que tu seras là, elle ne remarquera même pas mon absence.

— D'où tiens-tu cela ? riposta-t-il froidement. Elle serait affreusement triste si tu ne venais pas.

— Seigneur, inutile de t'énerver ! répliqua-t-elle sèchement. Je t'accompagnerai.

Après un silence tendu, Stone reprit d'une voix à peu près normale :

— Little Bird et Shilo vont apprécier ton couvre-lit. D'autant plus que tu l'as fait de tes mains.

Flame doutait que cela ait une quelconque importance pour la jeune Indienne, mais elle s'abstint de lui faire remarquer.

— Et toi, que leur offres-tu ? s'enquit-elle avec raideur, désireuse de clore la conversation.

Sa réponse lui fit l'effet d'un coup de poignard.

— J'ai fabriqué un berceau pour le petit, répondit Stone avec un sourire fier.

L'espace d'un instant, Flame ne sut que dire. Un berceau ? N'était-ce pas un objet très particulier, qui ne pouvait venir que du père ou de la mère ? Elle détourna la tête, sûre que des larmes brillaient dans ses yeux.

— Comment sais-tu que ce sera un garçon ? réussit-elle à articuler. Et si c'était une fille ?

— Ce sera un garçon, assura-t-il. Son père désire un garçon plus que tout.

C'en était trop ! Incapable d'en supporter davantage, Flame se leva d'un bond et quitta le réfectoire en courant, laissant Stone figé de stupeur.

La soirée était douce et calme, et une belle lune ronde brillait dans le ciel lorsque Stone frappa à la porte de Flame.

— Tu es prête ? demanda-t-il derrière le battant.

Elle vint lui ouvrir et il écarquilla les yeux.

— Tu comptes y aller avec cette robe ? demanda-t-il d'un ton ouvertement désapprobateur.

Se raidissant, elle répliqua :

— Bien sûr. C'cst ma plus jolie robe. Quel est le problème ? Tu t'attendais que je m'habille en squaw ? Je vois que tu portes des atours indiens, ajouta-t-elle avec une pointe d'ironie.

— C'est pour honorer le sang indien de Shilo, expliqua-t-il, sur la défensive.

— Eh bien, disons que je me suis habillée pour honorer mon sang blanc, conclut-elle en pivotant pour aller chercher son étole sur lit.

Sans un mot de plus, elle passa devant lui et s'éloigna dans le couloir. Stone la suivit des yeux, irrité. Il en avait plus qu'assez de ses départs intempestifs. Un de ces jours, il ne prendrait plus la peine de la rattraper.

Mais tandis qu'il refermait la porte de la chambre, il dut admettre que cela n'arriverait jamais. Il la suivrait jusqu'en enfer s'il le fallait.

Il sortit dans la cour au moment où Jamey, le garçon d'écurie, aidait Flame à grimper en selle. Sans lui accorder un regard, celle-ci éperonna sa jument et fila au galop. Stone jura dans sa barbe. La soirée s'annonçait mal. Sa supposée femme était bien partie pour l'ignorer.

Mais avec qui parlerait-elle ? Elle ne connaissait personne à part Shilo et Little Bird et, pour une obscure raison, elle n'appréciait pas cette dernière. Un peu rasséréné, il enfourcha sa monture.

Il ne lui fallut pas longtemps pour rattraper Flame, qui avait été contrainte de ralentir l'allure, sa coiffure et sa tenue n'étant pas prévues pour de folles chevauchées en pleine nature.

Tandis qu'il lui emboîtait le pas, il ne put s'empêcher de regretter qu'elle ait choisi de porter une robe aussi voyante. Elle était certes magnifique, d'un bleu lumineux qui rehaussait son teint, mais il jugeait le décolleté trop profond. Les femmes indiennes s'habillaient modestement, et il espérait qu'elles ne s'offusqueraient pas du style vestimentaire de Flame. Il avait envie qu'elles l'apprécient.

Quand ils atteignirent le sommet de la colline surplombant le village, les lumières des feux de camp scintillaient joyeusement et des filets de fumée grise flottaient comme une légère brume. Des éclats de rire et le doux roulement des tam-tams résonnaient dans l'air pur. La cérémonie n'allait pas tarder à commencer. Stone avait envoyé un veau deux jours auparavant, et le délicieux arôme de la viande en train de rôtir parfumait l'atmosphère. Les boissons seraient indiennes, rien à voir avec le rude alcool des Blancs.

— Allons-y, dit-il à Flame avec une impatience qui ne fit qu'accroître la mauvaise humeur de celle-ci.

De jeunes guerriers étaient chargés de s'occuper des chevaux des invités. Plusieurs étalons étaient déjà attachés aux arbres derrière les wigwams. Stone en reconnut certains comme appartenant à ses cowboys. Il espérait qu'ils se souviendraient des conseils qu'il leur avait toujours donnés. Ne pas dépasser les limites avec les jeunes Indiennes. S'ils se conduisaient mal, les guerriers leur trancheraient la gorge avant qu'ils aient le temps de reboutonner leur braguette.

Shilo et Little Bird se trouvaient en compagnie d'un groupe de jeunes gens. Ils étaient rayonnants, et Flame ne put s'empêcher de trouver qu'ils formaient vraiment un beau couple. Shilo portait une robe de daim gris clair rebrodée de minuscules perles de couleur. Quant à Shilo, c'était le plus bel homme qu'elle ait jamais vu – en dehors de Stone, bien sûr. Il avait la prestance d'un véritable chef.

L'heureux couple les aperçut, et Little Bird laissa échapper un cri qui fit froncer les sourcils des vieilles femmes alentour. Elle se rua vers Stone. Avec un rire sonore, il la souleva dans ses bras et la fit tournoyer dans les airs. Flame ne fut pas surprise de voir le beau visage de Shilo s'assombrir. Elle décida alors qu'il était temps de donner à ces deux-là une petite leçon. Qu'ils goûtent à leur tour à l'amer parfum de la jalousie...

Elle fixa Shilo jusqu'à ce qu'il tourne les yeux vers elle. Elle lui adressa alors un regard espiègle, auquel il répondit d'un haussement de sourcils avant de la rejoindre.

— Puis-je te servir quelque chose à manger ? proposa-t-il.

— Volontiers. Je suis affamée.

Il lui offrit son bras, conscient que Stone et Little Bird les observaient. Stone s'était renfrogné, soudain. « Alors, tu apprécies, frère blanc ? » pensa Shilo non sans satisfaction.

Flame s'agrippa à son bras comme ils se dirigeaient vers le buffet. Se prenant au jeu, ils s'assurèrent d'échanger un sourire chaque fois que Stone et Little Bird regardaient de leur côté.

Leurs assiettes remplies, Shilo adressa un sourire diabolique à Flame.

— Prête à leur donner de quoi s'inquiéter ? s'enquit-il.

— Oui ! répondit-elle avec enthousiasme. Que suggères-tu ?

— Je suggère d'emporter nos assiettes dans le bois. Assez loin pour que personne ne puisse nous voir. Qu'en penses-tu ?

— Que c'est une excellente idée.

Sans attendre, ils s'enfoncèrent entre les arbres.

— Pour être franche, Shilo, reprit Flame quand ils se furent assis sur un tronc couché, j'en ai plus qu'assez de voir ces deux-là tomber dans les bras l'un de l'autre à tout bout de champ.

— Ne le prends pas trop au sérieux, Flame. Je crois que Stone voit Little Bird comme une petite sœur, quant à elle, elle lui est très attachée parce qu'il lui a littéralement sauvé la vie. Leurs sentiments ne sont qu'amicaux.

Flame hésita un instant, puis se jeta à l'eau.

— Shilo, je... Par le plus grand des hasards, j'ai surpris une conversation entre Little Bird et toi, et je m'en excuse. Je t'ai entendu dire que l'enfant qu'elle portait pourrait être celui de Stone. Le crois-tu vraiment?

— Non. J'ai parlé sous le coup de la colère. Elle était vierge quand je l'ai faite mienne, et je doute qu'elle ait couché avec mon ami depuis. Mais, tout comme toi, j'en ai assez. Ma mère est de plus en plus inquiète de l'affection qui les unit. Elle prétend que les gens commencent à jaser. Maintenant que je suis le chef, rien ne doit entacher mon honneur ou celui de ma famille.

— Pourquoi ne lui demandes-tu pas tout simplement de faire attention à son comportement?

— Je pourrais te retourner la question, observat-il, pince-sans-rire.

Flame laissa échapper un petit rire nerveux.

— Je n'ai pas beaucoup d'influence sur Stone. Comme tu le sais, il ne fait que ce qu'il lui plaît.

— Nous avons été trop tolérants avec eux, Flame. Il est temps d'y remédier. Et dès ce soir. Tu es d'accord?

— Tout à fait. Je vais remettre Stone Falcon à sa place et en savourer chaque minute.

— Bien. La première chose à faire est de prendre tout notre temps pour manger.

Il lui adressa un sourire en coin.

— Je ne doute pas que Stone et Little Bird en fassent autant. Ensuite, nous irons nous mêler à la fête, bras dessus, bras dessous. Ma mère pensera que je suis devenu fou, mais je lui expliquerai plus tard.

Ses yeux pétillèrent d'amusement.

— Elle a suggéré que je donne une correction à Little Bird.

— Tu ne ferais jamais une chose pareille, n'est-ce pas Shilo ? s'inquiéta Flame.

Il éclata de rire.

— Pourquoi pas ? Si je trouve une plume assez longue...

Flame s'esclaffa.

— Je t'imaginais mal frappant ta femme, mais des tas d'autres à ta place, Indiens ou Blancs, ne se seraient pas gênés.

— Elle est jeune. Elle apprendra.

Ils mangèrent dans un silence complice, ravis d'avoir enfin trouvé la solution à ce qui commençait à devenir un réel problème pour l'un comme pour l'autre.

— Je crois que nous nous sommes absentés suffisamment longtemps pour exciter leur imagination, déclara Shilo au bout d'un moment.

— Ou du moins les faire réfléchir, enchaîna Flame avec jubilation.

Ils firent l'objet de regards étranges quand ils revinrent au village main dans la main. Il n'y avait cependant rien d'étrange dans le regard de Stone. Même les plus jeunes des enfants auraient été capables de deviner qu'il bouillait littéralement de rage.

Flame s'alarma quelque peu quand elle le vit foncer droit sur eux, l'air furibond. Elle s'efforça de dissimuler son inquiétude et fut même tentée de sourire quand, l'agrippant par le poignet, il l'arracha au bras de Shilo.

— Il est temps que nous rentrions, annonça-t-il d'une voix glaciale.

— Mais nous venons à peine d'arriver, protesta-t-elle en résistant.

— Nous sommes restés assez longtemps pour que tout le monde parle de vous, rétorqua-t-il en l'entraînant à sa suite.

— Mais nous n'avons rien fait ! s'exclama Flame, feignant la colère alors qu'il la hissait en selle.

En réalité, elle n'avait jamais été aussi heureuse. Stone était jaloux.

— Tu as juste disparu dans le bois avec un homme qui n'est pas ton mari, lui reprocha-t-il.

— Mais, Shilo est ton meilleur ami, lui fit-elle remarquer. Tu peux sûrement lui faire confiance.

— Eh bien, non, figure-toi ! J'ai vu la façon dont il te regarde quand il croit que personne ne l'observe.

Flame faillit éclater de rire. Shilo ne lui avait jamais prêté plus d'attention que celle due à la femme d'un ami, mais Stone était tellement aveuglé par la jalousie qu'il en perdait toute lucidité.

Tandis qu'il chevauchait vers le ranch, Stone tenta de se calmer, mais une question le hantait : qu'avaient fait Flame et Shilo pendant tout ce temps, seuls à l'écart ? Il imaginait mal un homme aussi vigoureux que son ami rester simplement assis à discuter. Il l'avait déjà vu à l'œuvre avec les femmes...

Il crispa les mâchoires. S'il s'avérait que Shilo avait séduit Flame, il retournerait sur-le-champ au village et lui logerait une balle dans le cœur.

25

Après le départ de Flame et de Stone, Shilo chercha Little Bird parmi les invités. Elle n'était visible
nulle part. Il croisa les regards franchement répro-
bateurs des anciens. Peu à peu, il prit conscience que
Little Bird était aimée de son peuple, et qu'il avait
suscité la colère de ce dernier en l'insultant par son
comportement.

Avec un soupir, il jeta un coup d'œil au wigwam de
sa mère. Celle-ci était assise devant, son visage de
marbre lui indiquant qu'il allait avoir droit à un beau
sermon.

Il se dirigea lentement vers celle qu'il adorait et
admirait par-dessus tout, s'assit en face d'elle et attendit.

— En tant que chef, mon fils, tu dois te montrer
irréprochable, déclara-t-elle sans détour. Ce que tu as
fait ce soir était indigne de ta position.

— Je le sais, ma mère, mais Flame et moi en avions
assez du comportement inconvenant de Stone et de
Little Bird. Voilà pourquoi nous avons agi comme
nous l'avons fait. Je sais que mon peuple me juge mal
aujourd'hui, mais quand il verra que Little Bird est
devenue une femme obéissante et qu'il constatera
que je ne m'intéresse pas à Flame, il comprendra.

Avec un sourire en coin, il ajouta :

— Je ne pouvais me résoudre à frapper Little Bird.

— Cela aurait évité bien des complications, grommela Moonlight. Quoi qu'il en soit, il faut que tu aies une discussion sérieuse avec elle ce soir.

Après réflexion, elle conclut :

— Quant à moi, je lui parlerai demain.

— Non, ma mère, tu ne lui parleras pas. Tu peux lui apprendre à cuisiner, à coudre, à tanner les peaux, mais lorsqu'il s'agit de notre vie privée, tu n'as pas à t'en mêler.

Moonlight parut sur le point de répliquer, mais elle se ravisa. Son fils avait haussé le menton et affichait une attitude qui ne souffrait pas la contestation.

— Ta femme t'attend dans ton wigwam, se contenta-t-elle de murmurer.

Shilo se leva, lui toucha affectueusement l'épaule.

— Bonne nuit, ma mère.

Il s'éloigna et s'immobilisa devant le rabat ouvert de son wigwam. Little Bird était assise sur une pile de couvertures, le menton appuyé sur ses genoux repliés, les yeux rivés sur le petit feu qui brûlait dans le foyer. Elle paraissait si fragile, et si triste. À la lueur des flammes, il vit une larme rouler sur sa joue. « Petite naïve, pensa-t-il. Tu croyais vraiment que j'allais accepter cette folie avec Stone ? Tu n'as pas aimé la leçon que tu as reçue, n'est-ce pas ? Tu as enfin compris ce que Flame devait ressentir quand tu te jetais dans les bras de Stone, que tu lui racontais des blagues pour le faire rire. »

— J'espère que Stone et toi avez compris la leçon, ce soir, dit-il en s'approchant d'elle.

— Oh, Shilo ! s'écria-t-elle, en larmes. Je n'avais pas idée de la façon dont nos plaisanteries vous apparaissaient, à Flame et à toi.

Lui agrippant le bras, elle lui adressa un regard implorant.

— Je reconnais qu'il y a de l'affection entre Stone et moi, mais elle n'est que fraternelle. Il est très amoureux de Flame. Cela saute aux yeux.

— Et toi, Little Bird ? As-tu jamais aimé un homme ?

— Oh si, Shilo ! J'aime un homme. Je l'aime beaucoup, mais il n'éprouve pas de sentiments pour moi. Il se montre toujours si rude avec moi.

Les mots tendres ne venaient pas aisément à Shilo. Cette fois encore, il ne put que regarder Little Bird en silence. Finalement, il lui caressa doucement la joue et murmura :

— Allons nous coucher, à présent. J'ai prévu d'aller avec toi dans les montagnes demain, pour fêter nos noces. Nous ferons mieux connaissance là-haut, tout seuls.

Les yeux encore humides de larmes, Little Bird accueillit sa proposition avec un grand sourire. Elle se leva et alla fermer le rabat du wigwam d'un pas léger. Lorsqu'elle revint vers Shilo, celui-ci lui ouvrit les bras.

L'aube pointait à peine quand Shilo et Little Bird quittèrent leur wigwam. L'herbe était humide de rosée et les oiseaux se disputaient les vers qu'ils dénichaient dans la terre ou les insectes qu'ils attrapaient au vol. Ils se mettraient à chanter dès que leurs ventres seraient pleins et que le soleil apparaîtrait à l'horizon.

Contrairement à son habitude, Shilo avait ralenti le pas pour s'adapter à celui de sa femme. Quand le village fut derrière eux et que la prairie se colora de rouge sous les rayons du soleil levant, Little Bird se risqua à demander :

— Où allons-nous, Shilo ?

Il désigna les montagnes au nord-ouest.

— Dans la contrée sauvage. La région des vallées asséchées, des défilés rocheux, où vivent les animaux et les plus beaux chevaux sauvages que l'homme ait jamais vus.

— Voilà qui n'a pas l'air très attirant. Ne pourrions-nous pas aller dans un endroit plus plaisant ?

Ils avaient atteint la limite de la forêt et commençaient leur ascension.

— C'est un endroit aux multiples beautés, tu verras. Et l'air y est frais et pur. En outre, j'ai des parents qui vivent là-haut. J'ai passé la majeure partie de ma jeunesse auprès d'eux et j'aimerais qu'ils fassent ta connaissance. En particulier mon grand-père.

Lui jetant un regard où la tendresse se teintait d'amusement, il ajouta :

— Je te préviens, il risque de dire que je ne pourrai jamais avoir d'enfant avec une femme aussi menue.

— Mais il sera vite détrompé, n'est-ce pas ?

Little Bird glissa le bras autour de la taille de son mari, qui sentit aussitôt son désir s'éveiller.

— Il y a un endroit superbe non loin d'ici, fit-il d'une voix rauque en l'enlaçant. Nous y ferons une halte pour nous reposer un peu.

— Oh, mais je ne suis pas fatiguée ! assura-t-elle en levant les yeux sur lui. Enfin, peut-être un petit peu, se reprit-elle en réprimant un sourire.

Shilo était comblé. Sa femme si délicate aimait faire l'amour tout autant que lui, et pouvait même parfois se montrer plus endurante que lui.

La piste, qui avait commencé en pente douce, devint rapidement de plus en plus raide. Au moment où Little Bird pensait que ses jambes allaient l'abandonner, ils atteignirent le sommet, puis redescendirent jusqu'à une prairie verdoyante traversée par un ruisseau. Ses eaux, qui dévalaient des hauteurs, étaient si froides que Little Bird et Stone en tressaillirent quand ils s'agenouillèrent pour étancher leur soif.

Trois grands peupliers se dressaient à quelque distance, et Shilo y entraîna sa femme.

Il prit les deux couvertures roulées dans son dos et les étendit sous le plus grand des arbres. Il les avait à peine lissées que Little Bird s'y laissa tomber et l'attira à elle en riant.

Ils firent l'amour avec fougue, et atteignirent l'extase ensemble. Le temps de retrouver leur souffle, Shilo s'allongea sur le dos, et ordonna :

— À toi de travailler, femme. Je suis fatigué.

— Quel fainéant ! gloussa-t-elle, sans toutefois se faire prier pour le chevaucher.

Shilo venait juste de parvenir à la jouissance lorsqu'il sentit un regard peser sur lui. Il sursauta. Un étalon blanc, un animal sauvage au long poil hirsute, les observait.

Alors qu'il se figeait, se demandant quoi faire, les naseaux de l'étalon frémirent, il rejeta la tête en arrière, agita les oreilles, puis fit demi-tour et disparut.

Shilo en demeura stupéfait. Tout s'était passé si vite que Little Bird ne s'était même pas rendu compte qu'ils avaient eu un visiteur. C'était un présage, Shilo en avait la certitude. Mais un présage de quoi ?

Little Bird se détacha de lui pour aller se laver au ruisseau avec un morceau de daim qu'elle avait sorti de la bourse fixée à sa ceinture. Elle rinça le tissu et revint vers Shilo, qui n'avait pas bougé. Il laissa échapper un juron d'homme blanc lorsqu'elle entreprit de passer le linge glacé sur ses parties sensibles.

Sa tâche achevée, elle s'étendit près de lui et s'endormit.

Deux jours plus tard, sur le chemin du retour, le regard de Shilo fut attiré par la colline, au loin. L'étalon s'y tenait, entouré de ses femelles. Et il les regardait.

De nouveau, Shilo éprouva un trouble profond. Qu'essayait donc de lui dire l'étalon blanc ?

26

Stone se balançait dans le rocking-chair sur la véranda. La brise était tombée, et le pépiement fébrile des oiseaux annonçait le coucher du soleil. L'air était plus frais depuis quelques jours, laissant dans l'atmosphère comme un avant-goût d'automne.

Stone poussa un long soupir de lassitude. Ses rapports avec Shilo avaient changé. À présent qu'ils étaient tous deux mariés, ils ne se voyaient plus aussi souvent. Et quand ils se retrouvaient, rien n'était plus pareil. Ils ne prévoyaient plus de parties de pêche ou de chasse, pas plus qu'ils n'envisageaient de dîner ou de passer une journée en ville entre couples.

Flame continuait de faire chambre à part, et leurs relations étaient tout sauf chaleureuses. Elle rendait visite à Jason Saunders trois ou quatre fois par semaine, ce qui le rendait fou. Il avait beau essayer de se raisonner, il ne pouvait s'empêcher de s'interroger sur ses activités là-bas.

Il aperçut Flame qui sortait du réfectoire, et fut tenté de se lever, de la rejoindre et d'exiger des explications. Il n'en fit rien, bien sûr. Il ne voulait pas perdre la face en lui faisant une crise de jalousie. Excédé, il se dirigea vers l'écurie. Une longue promenade à cheval calmerait peut-être sa frustration.

Flame vit Stone entrer dans l'écurie, et son cœur se serra. Presque chaque soir, désormais, il quittait le ranch sans aucune explication. Où allait-il ? Au village indien ou au *Red Lantern* à Dogwood ? Ni l'un ni l'autre, espérait-elle. Au village indien il y avait Little Bird, et en ville le saloon où travaillaient Opal et ses filles.

Tandis que le réfectoire s'éteignait, elle gagna la véranda et s'installa dans le rocking-chair laissé vacant par Stone. Le hurlement d'un loup solitaire résonna dans la vallée.

Flame appuya la tête contre le dossier du fauteuil et ferma les yeux. Si seulement elle retrouvait la mémoire. Ne rien savoir d'elle-même lui donnait un tel sentiment d'impuissance. Comment pouvait-elle prétendre à une quelconque autonomie dans ces conditions ? Quelques bribes de souvenirs lui étaient revenues, mais ils lui demeuraient incompréhensibles. Il y avait aussi eu quelques rêves étranges.

Un, en particulier, s'était répété à plusieurs reprises. Il débutait agréablement, et elle était heureuse. Puis brusquement tout devenait gris, et elle se retrouvait dans la peau d'une petite fille sanglotant après quelqu'un. Quelqu'un qui était parti et l'avait laissée entre les mains d'une grosse femme à l'air méchant qui lui donnait la fessée parce qu'elle pleurait.

Il y avait cependant autre chose, qui la préoccupait davantage encore que ces rêves et ces bribes de souvenirs. Dernièrement, chaque fois qu'elle voyait Jason Saunders, elle avait l'impression de l'avoir connu autrefois et d'avoir éprouvé de la tendresse pour lui. Elle avait tout le temps envie de le voir, profitait du moindre prétexte pour se rendre chez lui, même si la vieille maison la mettait mal à l'aise chaque fois qu'elle y pénétrait.

Et cela aussi la préoccupait. Pourquoi ce sentiment – voisin de la peur – s'emparait-il d'elle dès qu'elle entrait dans cette maison? Plaisantant à demi, elle avait un jour suggéré à Jason de la démolir et de reconstruire un bâtiment neuf plutôt que de dépenser tant d'argent et d'énergie à la retaper. Sa réponse l'avait dissuadée d'aborder de nouveau le sujet.

— J'ai une raison particulière de sauver cette vieille demeure, Flame. Je ne me sentirai pas tranquille tant que je ne l'aurai pas fait. J'ai l'impression qu'elle a d'abord vécu remplie d'amour et de gaieté, puis que les caprices du destin l'ont plongée dans la honte et le désespoir.

Il s'était interrompu et lui avait adressé un sourire embarrassé.

— Je me laisse emporter par mon lyrisme, mais c'est ainsi que je ressens les choses, avait-il repris d'un ton d'excuse. Ce vieux ranch a attendu longtemps de retrouver son honneur, d'entendre ses pièces résonner de rires plutôt que de pleurs.

Elle s'était demandé s'il parlait réellement de la maison. Il lui semblait plutôt qu'il évoquait une femme ; une femme qu'il avait aimée jadis.

Jason Saunders aussi avait un passé mystérieux, songea-t-elle. La seule différence entre eux, c'était que lui s'en souvenait.

Elle posa le pied sur le sol, faisant cesser le balancement du rocking-chair. Il était tard, et elle ne voulait pas que Stone la trouve là en rentrant. Pas question qu'il pense qu'elle l'avait attendu.

Cela dit, allongée dans l'obscurité de sa chambre, elle attendrait néanmoins d'entendre son pas sur la véranda. Comme chaque fois qu'il sortait le soir.

Des oies traversèrent le ciel et le hurlement d'un loup résonna dans la montagne tandis que Stone chevauchait en direction de Dogwood. Il n'avait pas la moindre envie d'aller en ville. Il aurait de loin préféré rester à la maison, passer la soirée avec Flame. Mais de quel avenir pourraient-ils parler ensemble alors qu'elle ne se rappelait pas qui elle était et ne l'épouse-rait pas tant qu'elle n'aurait pas retrouvé la mémoire ?

Ce fut avec soulagement qu'il aperçut enfin les lumières de la ville. Le vent s'était levé. Un orage se préparait. Tout en attachant son cheval devant le saloon, il décida de ne pas s'attarder. Il ne tenait pas à se faire tremper.

Deux ranchers et une demi-douzaine de cow-boys étaient accoudés au comptoir quand il pénétra dans la salle enfumée. Il les connaissait tous.

Le barman avait posé son verre devant lui quand il sentit soudain que la nuque lui picotait. Quelqu'un le regardait, et pas avec sympathie. Il porta sa bière à ses lèvres, en avala une longue gorgée lorsqu'une voix pâteuse lança :

— Trop fier pour parler à un type sans boulot, Fal-con ?

Stone tourna la tête vers l'homme qui l'interpellait ainsi.

— Salut, Cobbs, dit-il froidement avant de retour-ner à son verre.

— Ce type qui se fait appeler Saunders est un sale arrogant, continua l'autre. Je le surveillerais si j'étais vous. Votre jolie petite femme lui rend souvent visite. C'est plutôt un beau gars et...

— Écoutez, Cobbs, coupa Stone en faisant volte-face. Je ne veux *pas* qu'on parle de ma femme dans un bar.

Il s'était exprimé d'un ton si glacial que le silence se fit dans la salle.

— Oh, c'est trop dommage, ricana Cobbs.

Un couteau de chasse apparut subitement dans sa main. Les hommes au comptoir s'écartèrent et des chaises raclèrent le plancher tandis que certains des clients qui étaient assis se levaient en hâte. Ils avaient déjà vu Stone Falcon se bagarrer, et ce n'était pas joli.

Sans prévenir, Cobbs se jeta sur Stone, le couteau pointé vers son ventre. Stone esquiva l'attaque, son poing vola dans les airs et vint le cueillir au coin de la bouche. Le sang gicla.

Cobbs tomba sur le sol, étourdi, et cracha quatre dents. Se ruant sur lui Stone l'empoigna par la chemise et le remit debout.

— Vas-y, pauvre type, gronda-t-il. Dis encore un mot sur ma femme que je puisse t'envoyer en enfer.

Cobbs secoua la tête.

— Je m'excuse pour ce que j'ai dit, marmonna-t-il dans un gargouillis. Je suis désolé.

— Tu as intérêt.

Stone posa un billet sur le comptoir et sortit sans un mot.

Bouillonnant de rage, il remonta au galop la rue principale. Comment ce vaurien osait-il parler de sa femme en public ? Rien que d'y songer, il avait envie de retourner lui régler son compte.

Il avait parcouru plus de la moitié du trajet quand un grondement de tonnerre ébranla le ciel. De grosses gouttes suivirent aussitôt, qui se transformèrent en quelques minutes en trombes d'eau. Stone éperonna son étalon.

Il chevaucha à un train d'enfer et débuula dans la cour, devant l'écurie, au moment où un gigantesque éclair déchirait les cieux. Le roulement de tonnerre qui suivit fut assourdissant, pourtant, il entendit le hurlement de Flame.

Il bondit à terre, poussa la porte de l'écurie et, sans attendre que son cheval y entre, se rua vers la maison.

Une fois à l'intérieur, il courut comme un fou jusqu'à la chambre de Flame et ouvrit la porte à la volée. Elle était là, recroquevillée sous le drap. Seuls ses cheveux étaient visibles. En trois enjambées il fut à son chevet. Murmurant son nom d'un ton apaisant, il lui frôla l'épaule.

Elle se redressa si brutalement qu'il faillit tomber.

— Tout doux, tout doux, chuchota-t-il en enveloppant de ses bras son corps tremblant. N'aie pas peur, Flame, je suis là. La maison est solide. Les éclairs et la pluie n'y entreront pas.

Elle se blottit plus étroitement contre lui, et il se mit à lui caresser le dos. Quand elle cessa de trembler, il murmura d'un ton léger :

— Mais la pluie rentrera si une fenêtre est ouverte. Je peux aller fermer celle de la cuisine ?

Elle hocha la tête contre son épaule.

— Je reviens tout de suite, promit-il tandis qu'elle se rallongeait.

Il se rendit au pas de course dans la cuisine. Comme prévu, le sol devant la fenêtre était déjà trempé. Il la ferma rapidement et s'apprêtait à faire demi-tour quand un éclair éclaira la cour. Il aperçut un homme qui sortait en courant de l'écurie. Et ce n'était pas un de ses cow-boys !

Il se serait bien lancé à ses trousses, mais Flame l'attendait et il n'était pas question qu'il l'abandonne. Le martèlement des sabots d'un cheval lancé au galop lui parvint par-dessus le bruit de la pluie, confirmant ses soupçons : il s'agissait bien d'un intrus.

Il rejoignit la jeune femme, s'assit au bord du lit.

— Je vais rester auprès de toi, souffla-t-il, mais je dois d'abord enlever mes vêtements. Ils sont trempés.

Il ignorait si elle était prête à accepter qu'il s'allonge près d'elle vêtu de ses seuls sous-vêtements, et attendit qu'elle l'y autorise.

Comme elle ne disait rien, il commença à se dévêtir lentement, puis se glissa à côté d'elle. Il rabattait le drap lorsqu'un éclair toucha la cime d'un arbre tout proche. Le fracas de la foudre arracha un cri de terreur à Flame, qui vint se blottir contre lui, la tête nichée au creux de son épaule. Spontanément, il referma les bras autour d'elle.

Tandis que l'orage continuait de se déchaîner, il dut faire appel à toute sa volonté pour ne pas céder au violent désir que la proximité du corps de Flame faisait naître en lui. Il savait que si elle n'avait pas été à ce point effrayée, jamais elle ne l'aurait laissé entrer dans son lit. Il n'était pas question qu'il profite de la situation.

Au bout d'un long moment, l'orage finit par s'éloigner. Le tonnerre ne raisonna plus que dans le lointain et les éclairs n'illuminèrent que sporadiquement le ciel. Apparemment, Flame s'était endormie. Stone s'apprêtait à sortir du lit quand il la sentit s'agiter auprès de lui. Et soudain, sans qu'il s'y attende, elle passa le bras autour de sa taille et la jambe en travers de ses hanches.

Qu'est-ce qu'un homme était censé faire quand la femme qu'il aimait pressait ainsi son corps contre le sien ? Bon sang, il n'était pas de marbre ! Il se risqua à la serrer davantage contre lui. Comme elle n'opposait aucune résistance, il fit lentement remonter sa main le long de sa cuisse – Seigneur, jamais il n'avait touché peau plus douce ! Il retint son souffle, s'attendant qu'elle réagisse enfin et le chasse de son lit.

Mais plusieurs minutes s'écoulèrent sans qu'elle bouge.

Déchiré entre plaisir et souffrance, il s'autorisa à lui caresser la hanche. Son sexe était à présent si dur qu'il lui semblait qu'il allait exploser. Il se demandait anxieusement combien de temps encore il supporterait le contact des seins de Flame contre son torse sans perdre tout contrôle lorsque sa virilité jaillit de son caleçon et alla se loger entre les cuisses de la jeune femme.

Il se figea. L'avait-il réveillée ? Dans le silence de la chambre, il l'entendit soupirer et murmurer son nom. Cessant de tergiverser, il se débarrassa de son caleçon.

Basculant sur le dos, Flame lui tendit les bras. Elle était bel et bien réveillée, et l'appelait de tout son corps. Pourquoi diable lui refuser ce qu'elle réclamait ?

Il se positionna entre ses cuisses et la pénétra lentement. Une bouffée de pur plaisir le submergea.

— Je t'aime, Flame, souffla-t-il.

Elle enroula ses longues jambes autour de sa taille, et murmura en réponse :

— Moi aussi, je t'aime, Stone Falcon.

Ils firent l'amour comme jamais, avec une ardeur et une passion qui les laissa épuisés et en nage.

Bien plus tard, alors que leurs souffles s'étaient apaisés et qu'ils reposaient côte à côte, Stone se hissa sur le coude et, caressant tendrement les cheveux de Flame, avoua dans un chuchotement :

— Je ne peux pas continuer ainsi, mon ange. Tu dois m'épouser ou je vais perdre la raison.

La réponse de Flame fut douce, mais ferme.

— Je ne peux t'épouser tant que je ne sais pas qui je suis, Stone. Imagine que j'ai fait des choses honteuses. Des choses dont tu ne voudrais pas chez ta femme... Et puis, qui sait ? je suis peut-être déjà mariée.

Stone ne put s'empêcher de rire.

— S'il y a une chose dont je suis certain, c'est que tu n'as pas de mari.

— Et d'où te vient une telle certitude ?

— Il se trouve, mon cœur...

Il se pencha et planta un baiser sur le bout de son nez.

— ... que j'ai été le premier homme à te connaître.

Flame rougit de sa propre ignorance.

— Je suppose que tu sais de quoi tu parles.

— Absolument, assura-t-il en se levant. Je te préviens, jeune dame, ajouta-t-il en enfilant son caleçon, la prochaine fois que je te ferai l'amour, je te mettrai enceinte.

Avant qu'elle ait le temps de faire le moindre commentaire, Stone avait quitté la chambre, la laissant en proie à la plus totale perplexité.

27

Le cri strident d'un aigle résonna dans le lointain, et Shilo pencha la tête en arrière, cherchant des yeux l'oiseau majestueux. Comme il enviait sa liberté ! De temps à autre, l'appel de la nature le saisissait et il avait envie de contrées sauvages et de solitude. Aujourd'hui était l'un de ces jours.

Ses yeux noirs s'emplirent de tristesse. Il ne pouvait plus courir les montagnes comme autrefois. Il avait une femme maintenant, une femme qui portait son enfant. Son visage s'assombrit. De toute façon, même s'il était libre de s'y rendre, Stone ne l'accompagnerait pas. Et sans ce dernier, son plaisir diminuait de moitié.

Pour la vingtième fois, il regretta ce que Flame et lui avaient fait le jour de son mariage. Ils avaient voulu rendre Stone jaloux, mais n'avaient réussi qu'à porter un coup fatal à une vieille amitié.

Il se demanda si Stone avait enfin compris que son comportement avec Little Bird avait blessé sa femme. Il en doutait parfois. Son ami avait l'esprit vif dans bien des domaines, mais il pouvait parfois se montrer aussi obtus qu'un bœuf.

Quoi qu'il en soit, ce tour idiot que Flame et lui avaient joué lui avait pour sa part permis de découvrir que Little Bird l'aimait. Plus encore, elle l'avait convaincu que Stone la considérait comme une sœur, et qu'elle n'éprouvait pour lui que des sentiments fraternels.

Shilo décida que la journée était idéale pour chasser. Il irait sans Little Bird. Elle devait apprendre que sa place était au village avec les autres femmes. Maintenant qu'ils attendaient un enfant, ils avaient chacun leurs responsabilités à assumer.

Il espérait que son premier-né serait un fils. Un homme pouvait transmettre tant de savoirs à un fils. À une fille, il donnerait tout son amour, mais il ne pourrait lui apprendre grand-chose. C'était la mère qui était chargée d'éduquer les filles.

Quand Shilo vit sa femme entrer dans le wigwam de sa mère, il se hâta de regagner le sien. Il piocha une poignée de viande séchée dans un pot, la fourra dans la poche de sa veste, et prit son fusil. Tandis qu'il se dirigeait à grands pas rapides vers la forêt, il entendit Little Bird l'appeler. Il feignit de ne pas l'avoir entendu et accéléra l'allure. Sans ressentir la moindre culpabilité. Sa femme devait apprendre qu'elle ne pouvait le suivre à moins d'y avoir été invitée.

Contrariée, Little Bird tapa du pied. Qu'allait-elle faire toute seule toute la journée ? Quand il partait chasser, Shilo ne rentrait pas avant le soir. Et sa mère venait juste de lui annoncer qu'elle allait rendre visite à une amie.

— Nous ne nous sommes pas vues depuis longtemps, avait-elle précisé.

Little Bird avait compris qu'elle ne souhaitait pas qu'elle l'accompagne.

Eh bien, elle irait pêcher, décida-t-elle en se dirigeant vers son wigwam. Elle se munit elle aussi d'une poignée de viande séchée, ressortit et s'empara d'une des cannes à pêche appuyées contre la tente.

Alors qu'elle atteignait la rivière, elle remarqua un groupe d'oies volant vers le sud. L'été s'achevait, mais la chaleur s'attardait.

S'agenouillant sur la rive, elle se rafraîchit le visage. Puis elle s'installa sous un saule, accrocha un morceau de viande séchée à son hameçon et lança sa ligne au milieu du courant.

Somnolant à demi, elle laissa ses pensées vagabonder. Elle songeait à son bébé et imaginait la fierté de Shilo si elle lui donnait un garçon lorsque la ligne se tendit si fort que la canne faillit être entraînée dans la rivière.

Poussant un cri d'excitation, Little Bird bondit sur ses pieds, et agrippa la canne. Le poisson se révéla énorme. De quoi faire un excellent dîner.

Elle le libéra de l'hameçon et le jeta sur la rive. Elle se demandait si elle allait tenter d'en attraper un autre ou se contenter de cette belle prise quand elle reçut un coup à l'arrière des genoux. Elle s'effondra au sol, le souffle coupé. Une fraction de seconde plus tard, un homme s'accroupissait près d'elle, un couteau à la main.

— Un mouvement et je te tranche la gorge, petite squaw, articula-t-il d'une voix rauque. Compris ?

Little Bird tremblait tellement qu'elle ne put répondre. Elle reconnaissait ce cow-boy – c'était celui qui l'avait déjà agressée.

— Maintenant, voilà ce que je vais te faire, et ce que tu vas me faire.

Saisie d'horreur, elle l'écouta dérouler un chapelet d'obscénités.

— J'attends un bébé, fit-elle, suppliante. Vous allez le tuer...

— Un Peau-Rouge en moins, c'est pas moi qui m'en plaindrai, ricana Cobbs.

Il se redressa, déboutonna son pantalon et le baissa jusqu'à ses bottes.

— Prépare-toi à la chevauchée de ta vie, petite squaw !

Assis sous un arbre, Stone enlevait négligemment les feuilles d'une branche de saule. Son étalon broutait à quelques mètres de là. Si le vieux Caleb avait été présent, il aurait diagnostiqué un sale coup de cafard, pensa-t-il.

Et il aurait eu raison. En dépit de la fantastique nuit d'amour qu'ils avaient partagée, Flame et lui, leur mariage n'était pas plus à l'ordre du jour qu'auparavant. Elle ne semblait pas devoir retrouver un jour la mémoire. Et pour couronner le tout, Shilo lui manquait. Sans son ami, il n'éprouvait plus aucun plaisir à chasser et à pêcher. Il avait essayé une ou deux fois, et était revenu les mains vides.

Cette brouille entre eux était insensée. Il jeta la branche dénudée dans l'eau et décida soudain qu'il n'avait que trop attendu, qu'il était temps de mettre les choses au clair avec Shilo.

Il siffla son étalon, grimpa en selle, et prit la direction du village indien.

Il chevauchait depuis une dizaine de minutes quand il entendit des cris. Éperonnant Rebel, il galopa sur le chemin qui longeait la rivière. Sortant du couvert des arbres, il aperçut un type allongé sur une femme. Celle-ci n'était visiblement pas consentante, car elle se débattait et ruait des quatre fers. Avec un juron, il tira sur les rênes et sauta de sa selle avant que Rebel ne soit complètement arrêté.

En quelques enjambées, il fut sur l'homme, l'attrapa par les épaules et le projeta à terre.

— Deke Cobbs! cracha-t-il en le reconnaissant. J'aurais dû m'en douter!

Sa rage atteignit des sommets lorsqu'il découvrit que la victime n'était autre que Little Bird. Il devait arborer une expression effrayante, car Deke blêmit et, se relevant en hâte, balbutia :

— C'est pas ma faute. C'est elle qui m'a supplié de coucher avec elle.

Le poing de Stone vola dans les airs et percuta la mâchoire de Deke qui bascula en arrière. Se ruant sur lui, Stone commença à le rouer de coups. Il le frappa encore et encore, jusqu'à ce que l'autre le supplie d'arrêter. Sentant qu'il allait le tuer s'il continuait, Stone l'abandonna sur le sol, le visage en sang, et se précipita vers Little Bird. Il l'avait presque rejointe lorsqu'elle cria :

— Attention, il est armé !

Stone fit volte-face. Deke avait réussi à s'agenouiller et brandissait un revolver. Tout se passa très vite. Stone dégaina, visa et tira. Un hurlement emplit l'air, et Cobbs empoigna son entrejambe. Son corps tangua un instant comme s'il était ivre, puis il s'écroula sur le sol.

— Tu m'as détruit, espèce de salaud, gémit-il.

— Estime-toi heureux que je ne t'aie pas tué. À vrai dire, je t'ai fait une faveur. Vu que tu n'auras plus envie de violer les femmes, tu ne courras plus le risque qu'un mari ne t'abatte.

Comme Stone s'éloignait, Deke cria :

— Tu vas pas me laisser ici me vider de mon sang !

— Aucun risque. Je t'ai juste égratigné, riposta Stone.

Il aida Little Bird à se relever.

— Viens, je te ramène auprès de ton mari, dit-il avec douceur. En parlant de mari, ajouta-t-il à l'adresse de Deke, si j'étais toi, je quitterais le pays avant que Shilo ne se lance à tes trousses.

Quand Stone et Little Bird arrivèrent au village, la plus vive agitation y régnait. N'ayant pas trouvé sa femme en rentrant de la chasse, Shilo avait ordonné à tous de se mettre à sa recherche. Lorsqu'il aperçut Little Bird, le visage poussiéreux, la robe déchirée, qui se dirigeait vers leur wigwam en s'appuyant sur Stone, il se figea un instant, puis la rejoignit en courant et la prit dans ses bras.

— J'ai prié Dieu de te retrouver saine et sauve, murmura-t-il. À présent, je comprends le présage de l'étalon blanc. Comme lui, je ne voulais que ma liberté. Mais tu m'as dompté, mon amour.

Il essuya tendrement une larme sur la joue de Little Bird, puis sourit à Stone.

— C'est la deuxième fois que tu lui sauves la vie. Merci.

Si Stone ne comprit la référence à l'étalon blanc, il sut en revanche que le mariage de son ami venait de prendre un tournant décisif. Et que leur brouille était terminée.

28

Rainee remonta le drap sur ses épaules et, couchée sur le flanc, cala son dos contre le corps musclé de Rudy.

Ils avaient déjà perdu tellement de temps qu'elle le voyait le plus souvent possible. Elle voulait dormir avec lui chaque nuit, se réveiller dans ses bras chaque matin. Elle voulait fermer définitivement sa boutique et ne rien faire d'autre qu'être la femme de Rudy, tenir sa maison et lui préparer de bons petits plats.

Mais il n'avait jamais évoqué un éventuel mariage. Pourtant, elle savait qu'il tenait à elle. Chacun de ses gestes, chacun de ses regards le lui disait. Le fait qu'il ne parle pas de mariage avait-il un rapport avec Flame ? Elle n'arrivait pas à imaginer en quoi celle-ci pouvait être concernée. S'il s'interdisait de lui faire sa demande à cause de l'amnésie de sa fille, alors elle craignait qu'ils ne vivent jamais ensemble.

Elle se demandait si elle devait aborder carrément le sujet afin de savoir comment il envisageait leur avenir lorsqu'elle sentit ses doigts se frayer un chemin vers ses seins. Oubliant ses interrogations, elle roula sur le dos pour lui donner libre accès à ce qu'il convoitait. Quand ses lèvres happèrent la pointe de l'un de ses seins, elle insinua la main entre eux et referma les doigts autour de son sexe rigide. Avec un gémissement, il l'attira sous lui et la pénétra d'un puissant coup de reins.

Ils semblaient ne pouvoir se rassasier l'un de l'autre, et le soleil était déjà haut dans le ciel quand Rudy se détacha d'elle et bascula sur le dos.

— Tu m'as épuisé, Rainee, avoua-t-il dans un souffle. Je ne crois pas que j'aurai la force de travailler aujourd'hui.

Lui adressant un sourire paresseux, elle murmura :

— Je crains quant à moi de ne pas être capable de retourner en ville.

Rudy s'esclaffa. Ils savaient tous deux qu'après un peu de repos, ils seraient prêts à recommencer. Le plus sage, décida-t-il, était de sortir du lit avant que cela ne se produise. Qu'il le veuille ou non, il avait beaucoup de travail. Il récupéra donc ses habits au pied du lit et les enfila. Après quoi, il s'empara de ceux de Rainee et les lui lança.

— Je vais allumer le fourneau, annonça-t-il en se dirigeant vers la porte. Tu nous prépares un petit déjeuner avant de partir, femme ?

— Possible. Si j'en ai la force.

Elle était en train de boutonner sa robe quand Rudy revint précipitamment dans la chambre.

— Flame arrive ! On fait quoi selon toi ?

— Tu commences par te calmer et par arrêter de te comporter comme si tu avais tué son chien, répondit Rainee d'un ton posé. Nous allons dans la cuisine, et pendant que tu mettras la table, je préparerai le petit déjeuner. Pour le reste, laisse-moi faire.

Quand Flame pénétra dans la cuisine, Rainee, un torchon noué autour de la taille, était en train de moudre le café.

— Bonjour, l'accueillit-elle gaiement. À peine arrivée, Jason m'a mise à la tâche. Avez-vous déjà pris votre petit déjeuner ?

Quelques minutes plus tard, ils s'installaient autour de la table et Flame leur racontait l'agression de Little

Bird par Deke Cobbs, et comment Stone l'avait secourue.

— J'ai toujours senti que quelque chose ne tournait pas rond chez ce type, déclara Rudy. Je suis vraiment désolé qu'il n'ait pas quitté la région quand je lui ai donné congé.

— J'espère qu'il est parti pour de bon cette fois, fit Rainee en servant le café.

— Quel est le programme d'aujourd'hui ? demanda Flame, visiblement peu désireuse de s'attarder sur le sujet.

— J'ai pensé que nous pourrions terminer l'intérieur, répondit Rudy. Nous avons de la peinture pour les murs, de l'huile de lin pour les meubles, des rideaux pour les fenêtres.

— Et n'oubliez pas les couvre-lits et les petits tapis, ajouta Flame.

Rudy regarda tour à tour les deux femmes de sa vie, heureux qu'elles s'entendent si bien. Il lui tardait de demander Rainee en mariage et d'avouer à Flame qu'il était son père. Ce jour-là serait un jour béni.

Le petit déjeuner achevé, la vaisselle lavée et essuyée, tous trois se mirent au travail, et bientôt l'odeur de l'huile de lin emplit l'atmosphère.

Tandis que Flame s'occupait d'accrocher des rideaux jaune vif aux fenêtres, Rainee frottait les meubles avec ardeur. Grâce à leurs efforts conjugués, la vieille maison reprenait lentement vie. Elle redevenait ce qu'elle n'aurait jamais dû cesser d'être : un vrai foyer, où il faisait bon vivre.

Elle était prête à accueillir une femme, mais Rudy voulait-il d'une femme ? se demanda Rainee en essuyant son front en sueur. Il semblait beaucoup plus préoccupé par la réfection des bâtiments avant l'arrivée de l'hiver.

Le temps était encore agréable en ce début d'automne, mais les nuits commençaient à se faire fraîches. Les oies migraient vers le sud et, quelques jours auparavant, elle avait trouvé une fine couche de glace dans l'abreuvoir. Tous les signes avant-coureurs de l'hiver étaient déjà là.

Et lorsque la neige commencerait à tomber, qu'elle recouvrirait le paysage, empêchant tout déplacement, quand se verraient-ils, Rudy et elle ? Y avait-il seulement songé ?

Rainee en était là de ses pensées lorsque Flame annonça qu'elle rentrait chez elle. Peu après, Rudy entra dans la cuisine.

— J'étais justement en train de penser à toi, lança Rainee.

Elle ferma la bouteille d'huile de lin et rangea son chiffon.

Rudy s'approcha d'elle, la prit par la taille et la plaqua contre lui.

— Moi aussi, fit-il. Et je peux savoir ce que tu pensais ?

— Eh bien, je me disais qu'après la première tempête de neige, cela deviendrait difficile de se voir.

— J'avoue que cette pensée m'a traversé l'esprit.

Il lui planta un baiser dans le cou avant de demander :

— Et tu as une idée de la façon dont on pourrait remédier au problème ?

— Je songeais à te laisser t'en débrouiller, répondit-elle en le gratifiant d'un regard charmeur. Cet hiver, je saurai enfin à quel point tu as envie de me voir...

Sans la lâcher, Rudy la poussa contre la table.

— Tu sais combien j'aime te voir, grogna-t-il en pressant son sexe durci contre son ventre.

— Est-ce la seule raison qui te pousse à me voir ? le taquina-t-elle en collant ses hanches aux siennes.

D'un geste preste, elle déboutonna son pantalon et glissa la main à l'intérieur, libérant son sexe.

— Bon sang, Rainee, on ne fait pas des choses pareilles à un homme, en plein jour et dans sa cuisine, qui plus est ! Il va falloir que je prenne des mesurcs.

L'empoignant par les hanches, il l'assit au bord de la table, et retroussa sa jupe.

Lorsque Rainee reposa les pieds sur le sol, peu après, elle crut que ses jambes allaient se dérober sous elle.

— Cela t'aidera à tenir pour ce soir ? demanda Rudy avec un sourire malicieux.

— Je me sens en état de tenir une semaine, assura-t-elle en riant. Mais cela ne résout pas le problème que j'avais soulevé avant ce délicieux intermède. Qu'allons-nous faire cet hiver quand la neige bloquera les chemins ?

Reprenant son sérieux, Rudy répondit :

— J'y ai réfléchi. Tu sais que je t'aime, Rainee, et que je ne souhaite rien tant que t'épouser. Je voulais attendre avant de t'en parler parce que j'avais l'espoir que Flame finirait par me reconnaître. Il me semblait que c'était l'étape obligée avant de songer à mon propre avenir, mais je commence à me rendre compte qu'elle ne retrouvera peut-être jamais la mémoire. Et je me dis que je ferais peut-être mieux de lui révéler qui je suis.

— Flame a sa vie à elle, Rudy, murmura Rainee. Elle est mariée, et même s'il ne le montre pas, Stone Falcon est fou d'elle. Tes choix quant à ton existence ne la concernent en rien.

Elle s'interrompit un instant, puis demanda doucement :

— Ne crois-tu pas que nous avons le droit à un peu de bonheur, toi et moi ? Nous avons attendu assez longtemps.

— Je le sais, chérie, et j'en suis désolé.

Il l'attira dans ses bras.

— Que dirais-tu de fixer la date à samedi dans quinze jours ?

— Je dirais que c'est merveilleux, répondit-elle en l'étreignant. Je demanderai à Flame d'être mon témoin. Quand comptes-tu lui parler ?

— Probablement ce soir, à la fête paroissiale. Elle m'a dit que Stone et elle y seraient.

Rudy la raccompagna jusqu'à la véranda, et elle lui avoua, les yeux brillants :

— Il me tarde de commencer à apporter des affaires ici. Je me sentirai vraiment chez moi.

Tandis qu'elle regagnait la ville en faisant mentalement l'inventaire de ce qu'elle rapporterait au ranch en priorité, Rainee ne remarqua pas que la température avait chuté et que de gros nuages noirs s'accumulaient rapidement au sommet des montagnes.

29

Deke Cobbs se tenait dans l'ombre des arbres, les yeux fixés sur le ranch de Stone Falcon. Il ne détacha le regard des bâtiments que pour sortir son coupe-vent de son sac de selle.

Il observait le ranch depuis des jours, attendant le bon moment pour passer à l'action et maudissant le jour où il avait croisé le chemin de cette sale squaw. La blessure que lui avait infligée Falcon lui faisait un mal de chien.

Stone Falcon. Un flot de haine le submergea. Il savait exactement comment lui rendre la monnaie de sa pièce, à ce salaud. Et il ferait d'une pierre deux coups en s'amusant un peu avec la fille dont il rêvait. Cette nuit.

Cela avait pris du temps, car depuis qu'il surveillait le ranch, pas une fois il ne l'avait vue seule. Il y avait toujours le cuisinier ou des garçons d'écurie dans les parages.

Mais son heure était enfin venue. Non seulement, ce samedi soir il y avait une grande fête en ville où tout le monde se retrouverait, mais Falcon n'était pas là, et il venait de voir Flame galoper en direction du ranch.

Qu'on lui laisse le temps de mettre la main sur cette petite garce ! Elle n'afficherait plus ses grands airs quand il en aurait terminé avec elle. Il l'emmènerait dans les montagnes, là où personne ne pourrait lui venir en aide.

Le tonnerre gronda soudain, si assourdissant qu'on eût dit que la montagne s'était ouverte en deux. Des trombes d'eau lui succédèrent, un rideau de pluie si dense que Deke vit à peine Flame mettre pied à terre et conduire sa jument à l'écurie.

Il se frotta les mains intérieurement. Les choses n'auraient pu mieux se présenter. Il lui serait facile de la coincer là-bas, dans l'obscurité.

Flame venait d'attacher sa monture quand un bras s'enroula autour de sa taille avec une telle violence qu'elle en eut le souffle coupé. Elle fut ensuite traînée par terre, les mains relevées au-dessus de la tête.

— Ô mon Dieu, aidez-moi, pria-t-elle dans un souffle.

À cet instant, un éclair illumina l'écurie, et le visage de son agresseur se détacha dans l'obscurité. Elle ressentit un choc. Elle avait déjà vu ce visage penché au-dessus d'elle. Comme si une porte s'ouvrait en grand pour laisser passer la lumière, tout ce qu'elle avait oublié lui revint d'un coup.

Délivrée de sa paralysie, elle se mit à crier follement. Ce dingue allait la violer.

Mais au lieu de lui arracher ses vêtements, Deke lui plaqua les bras le long du corps et entreprit d'enrouler une corde autour de sa taille.

— Que faites-vous ? hurla-t-elle.

— Je m'assure que tu puisses pas t'enfuir…

Il la chargea sur son épaule, sortit sous la pluie et la hissa sur sa selle.

— Où… où m'emmenez-vous ? chevrota-t-elle, en proie à une peur sans nom.

Il se contenta de lui offrir un sourire malveillant en guise de réponse.

Deke tenait à peine en selle. Tel un ivrogne, il tanguait de gauche à droite. Son sexe palpitait de douleur, et il craignait d'avoir de la fièvre. Pour couronner le tout, alors qu'ils prenaient de l'altitude, la pluie s'était transformée en neige. Il savait qu'il devait rapidement trouver un abri, car il n'allait pas tarder à tomber de cheval. Il resserra le bras autour de la taille de Flame. S'il chutait, elle chuterait avec lui. Il avait attendu trop longtemps de lui mettre la main dessus pour la laisser filer maintenant.

Il avait presque abandonné tout espoir de trouver un abri quand il repéra une cabane au milieu d'un groupe d'arbres presque entièrement dénudés. Il ne fut pas mécontent de constater qu'aucune fumée ne s'élevait du toit. L'endroit était de toute évidence désert. Une chance pour lui.

Deke arrêta sa monture devant la porte et tomba pratiquement de sa selle. Il tira Flame si violemment qu'elle tomba à genoux. Après avoir forcé la porte du chalet, il y pénétra en titubant, traînant Flame à sa suite, et l'attacha à la lourde table.

La corde lui sciait les chairs et ses genoux étaient à vif. Mais en dépit de sa frayeur, elle ne cessait de se répéter : « Je sais qui je suis. Je dois échapper à ce fou et rejoindre Stone. »

Deke traversa la pièce d'un pas chancelant, s'immobilisa un instant, puis s'effondra à genoux. Il oscilla un moment d'avant en arrière, puis bascula sur le flanc. Une mare de sang se forma rapidement entre ses jambes, et Flame pria pour qu'il meure. Dehors, la tempête faisait rage et le vent hurlait si fort qu'il couvrait presque le bruit de la respiration de Deke – une respiration irrégulière, qui s'arrêtait parfois une seconde, puis reprenait péniblement.

Flame parcourut la pièce du regard, cherchant ce qu'elle pourrait utiliser pour se défaire de ses liens. Il n'y avait rien à proximité, à part un reste de bougie et quelques allumettes. Elle laissa échapper un soupir de frustration. À moins que... Si elle parvenait à frotter l'une des allumettes et à allumer la bougie, elle pourrait ensuite approcher la corde qui la ligotait de la flamme. Le nœud n'était pas assez près de son corps pour qu'elle se brûle.

Avant de passer à l'action, elle observa Deke. Comme il ne faisait que gémir et fulminer contre Stone, elle commença à se rapprocher de la bougie centimètre par centimètre. Son souffle n'était plus qu'un râle quand les doigts de Flame se refermèrent sur l'une des allumettes. Elle la frotta par terre et, à l'instant où la flamme jaillit, le corps de Deke fut parcouru d'un grand frisson. Il s'arqua, puis s'immobilisa complètement.

En tremblant, la jeune femme approcha l'allumette de la bougie qui s'enflamma aussitôt. Avec d'infinies précautions, elle tint le nœud de la corde qui la maintenait prisonnière le plus près possible de la flamme en veillant à ne pas faire de mouvements brusques.

Une odeur de brûlé emplit l'air, et elle perçut la chaleur du feu. Si ses vêtements prenaient feu, elle n'aurait aucun moyen de lutter et mourrait brûlée vive. À l'instant où cette pensée lui traversait l'esprit, la corde rompit. Elle poussa un cri de soulagement, s'en débarrassa vivement et la jeta dans la cheminée.

Sans attendre, elle sortit chercher le pauvre cheval qui patientait sous la neige, et le fit entrer à l'intérieur du chalet. Elle le débarrassa de sa selle, récupéra le nécessaire de couchage accroché à celle-ci et le déroula sur le sol. S'emparant d'une des couvertures, elle entreprit de bouchonner l'étalon qui frissonnait de froid. Après lui avoir tapoté la tête en lui murmurant de se tenir tranquille, elle ouvrit une porte étroite qui menait à ce qui se révéla être une chambre à coucher.

Elle balaya la pièce du regard. Il y avait un lit, une petite table et une malle. Une vieille Bible était posée sur la table. Curieuse, elle s'en approcha et l'ouvrit. Sur la page de garde, un nom était écrit d'une belle écriture régulière : *Rudy Martin*.

Elle se souvenait de son nom complet à présent – Flame Martin. Rudy Martin était son père. Elle pouvait relier ce nom au doux visage de son rêve. Son père avait-il vécu ici depuis sa rupture avec Bertha ? Mais où se trouvait-il à présent ?

Transie de froid, elle ouvrit la malle, y dénicha des vêtements chauds qu'elle enfila, bien qu'ils soient trop grands pour elle. Puis elle retourna dans la pièce principale.

Il y avait un peu de bois et de branchages près de la cheminée. Elle les rassembla au centre du foyer à tout hasard. « Qui ne risque rien n'a rien », se dit-elle ; bien qu'elle doutât de réussir à faire partir un feu avec si peu de combustible.

Après plusieurs tentatives, et alors qu'il ne lui restait plus qu'une seule allumette, le feu démarra. Une toute petite flammèche, qui vacilla et siffla quand un peu de neige tomba du conduit, puis se mit très vite à danser joyeusement en mordant dans le bois sec.

Flame s'allongea sur le sol, les pieds vers la cheminée. Même en évitant soigneusement de regarder du côté du corps de Deke, elle savait qu'elle ne dormirait pas. Trop de pensées défilaient dans sa tête.

Elle étouffa un bâillement, ferma les yeux pour réfléchir plus à son aise, et sombra dans un profond sommeil.

Le cœur lourd, Stone avait arpenté la maison toute la nuit jusqu'à ce que le ciel grisaille à l'est, annonçant le lever du jour. Il était revenu d'une course à Dogwood la veille et avait découvert la petite jument de Flame attachée dans l'écurie. Flame n'était nulle part visible, mais des traces dans la paille lui avaient glacé les sangs.

Après avoir fourré dans un sac de la viande séchée, du pain et du café, il enfila sa veste, hésita un instant, puis prit celle de Flame accrochée près de la porte. Elle n'avait peut-être pas de vêtement chaud sur elle.

Luttant contre la pluie glaciale qui lui fouettait le visage, il gagna l'écurie. Une douleur aiguë lui transperça la poitrine en voyant de nouveau les signes de la lutte désespérée que Flame avait dû livrer contre son agresseur.

Il sella son étalon, sortit de l'écurie et s'immobilisa le temps d'inspecter l'horizon. La veille, il n'avait eu aucun mal à repérer les empreintes de sabots dans la boue gelée. Elles menaient droit au chemin qui grimpait vers la montagne – une montagne qu'il connaissait comme sa poche pour l'avoir parcourue en tous sens avec Shilo. Le salaud qui avait enlevé Flame n'avait aucune chance.

Au fil de son ascension, la pluie se transforma en neige, recouvrant les traces qu'il suivait. Et comme si cela ne suffisait pas, le vent s'était levé, accentuant la sensation de froid.

Rebel hennit et secoua la tête, des jets de buée sortant de ses naseaux. Il renâclait visiblement à avancer, mais il n'était pas question pour Stone de faire marche arrière tant qu'il n'aurait pas retrouvé Flame.

En dépit du vent et de la neige qui étouffaient tous les sons, Stone crut entendre des éclats de voix. Il se raidit, l'oreille tendue. Deux hommes étaient en train de se quereller. Il hésita. Devait-il s'en mêler ? Après tout, cela ne le concernait pas.

C'est alors qu'il perçut un cri faible. Celui d'une femme, indubitablement. Il tira sur les rênes de sa monture, mit pied à terre et s'approcha à pas de loup de l'endroit d'où venaient les cris en veillant à rester à couvert.

Au premier coup d'œil, il reconnut les hommes qui se disputaient. Il s'agissait de deux des frères Jackson.

— Tu l'as eue une heure entière après le dîner, disait l'un, furieux. C'est mon tour de l'avoir.

— Non, tu l'as eue ensuite toute la nuit parce que j'avais trop bu.

— Et alors ? C'est pas ma faute si tu bois comme un trou.

Alors que les deux hommes se renvoyaient la balle, le regard de Stone tomba sur la femme qu'il avait entendue crier. C'était... la tante de Little Bird ! Recroquevillée à côté du feu de camp, terrorisée, elle attendait que son sort soit fixé.

Il fallait absolument qu'il attire son attention.

Il tâtonna dans la neige, ramassa un petit caillou qu'il envoya discrètement en direction de l'Indienne. Elle tressaillit, leva les yeux, et scruta les alentours. Stone tendit prudemment le cou.

Ce fut suffisant. Les yeux noirs de la femme le repérèrent immédiatement. Il la vit retenir un cri de stupeur. Levant la main, il lui indiqua un point vers la droite. Comprendrait-elle ? Il voulait qu'elle se mette à l'écart au cas où il y aurait un échange de coups de feu.

Apparemment, elle comprit, car elle commença à se déplacer insensiblement. Il était quasiment certain qu'elle l'avait reconnu.

Quand il estima qu'elle se trouvait suffisamment à l'abri, il se montra. Un colt dans chaque main, il lança :

— Je vais régler votre différend, messieurs. Je prends la femme.

— Tu veux rire ! éructa le plus âgé en portant la main à son revolver.

Stone ne lui laissa pas le temps de refermer les doigts autour de la crosse. Il appuya sur la détente. L'homme tituba en arrière, une tache écarlate s'élargissant sur le devant de sa veste.

Son frère riposta. Quasiment au même instant Stone ouvrit de nouveau le feu, le touchant en pleine poitrine. Le plus jeune des Jackson chancela, puis glissa lentement à genoux avant de s'affaler face contre terre.

La femme s'était levée et regardait Stone d'un air incertain. Il lui sourit et lui tendit la main.

— Viens, fit-il Je vais t'emmener auprès de ta nièce, Little Bird.

Quand Flame se réveilla, elle avait froid et mal partout. Dans son sommeil, elle s'était roulée en boule et eut du mal à se déplier. Elle se mit debout péniblement. En dépit de tout, elle avait des raisons de rendre grâces à Dieu. Deke Cobbs était mort. Il ne lui restait plus qu'à retrouver le chemin de la maison. Stone... Elle avait tant à lui dire. Que penserait-il quand elle lui révélerait qu'elle était Flame Martin, la fille de Rudy et de Bertha, qu'elle était née et avait grandi dans le vieux ranch ?

Le cheval piaffa, la ramenant au présent.

— Je me demande si, par quelque miracle, il y aurait à manger là-dedans, dit-elle à voix haute en s'emparant du sac de Cobbs.

Elle n'y trouva qu'un morceau de viande séchée mêlée à des feuilles de tabac. Elle la nettoya du mieux qu'elle put et mordit dedans. Tout en mangeant, elle sella le cheval et le conduisit dehors. Tandis qu'il déblayait un peu de neige pour brouter l'herbe en dessous, elle inspecta les alentours. Elle ne reconnaissait rien. Elle leva les yeux vers le soleil dont les rayons parvenaient à peine à percer la couche nuageuse, et décida d'instinct de prendre la direction de l'est.

Il était près de midi, et la neige avait finalement cessé de tomber, quand deux jeunes Indiens jaillirent devant elle. Il était difficile de dire qui des trois fut le plus surpris.

Flame fut la première à reprendre ses esprits.

— Jeunes guerriers, je suis perdue, expliqua-t-elle après leur avoir adressé un sourire. Peut-être pourriez-vous m'aider à retrouver mon chemin.

— De quel village tu viens ? demanda le plus âgé, qui devait avoir environ quatorze ans.

— De Dogwood. Vous connaissez ?

— Oui, j'en ai entendu parler. C'est à environ quinze kilomètres.

Du pouce, il désigna un point par-dessus son épaule.

— Va jusqu'à la Platte, juste de l'autre côté de la colline. Tu n'auras plus qu'à la suivre jusqu'à ton village.

Flame le remercia, leur sourit de nouveau et fit volter l'étalon. Tandis qu'elle s'éloignait, elle entendit l'un des garçons dire :

— Elle est rudement jolie.

— Oui, acquiesça l'autre. Mais je me demande ce qu'elle fait ici toute seule.

Flame chevauchait depuis environ une heure, et le paysage ne lui rappelait toujours rien. À un moment, une horde de chevaux sauvages surgit du brouillard. Elle faillit être désarçonnée, et il lui fallut plusieurs minutes pour calmer l'étalon.

En longeant la rivière, elle remarqua que les saules avaient perdu presque toutes leurs feuilles. Elle songea à Jason Saunders. Il avait juste eu le temps de réparer ses toits avant l'arrivée de la pluie.

Elle avait hâte de lui annoncer qu'elle avait retrouvé la mémoire. Il serait content pour elle, elle le savait. C'était l'homme le plus gentil et le plus doux qu'elle ait jamais connu.

Le soir tombait, et elle était à bout de fatigue quand elle vit des lumières à environ cinq cents mètres. Son cœur bondit dans sa poitrine. Dogwood ! Quittant la berge de la rivière, elle prit la direction du vieux ranch. Il était plus proche que celui de Stone, et elle était littéralement affamée.

Rudy s'assit sur sa véranda nouvellement réparée, et posa ses longues jambes sur la rambarde, chevilles croisées. Il venait juste de terminer de dîner, et se sentait repu.

Il avait prévu de partager son repas avec Flame, mais elle n'était pas venue aujourd'hui. Elle n'était pas non plus à la soirée paroissiale, la veille, aussi avait-il décidé de se rendre au ranch Falcon le lendemain pour prendre de ses nouvelles.

Maintenant qu'il avait décidé de lui révéler son identité, il était pressé de la voir. Il n'en pouvait plus de mentir. Il voulait rattraper le temps perdu et profiter de sa fille le plus possible. Se comporter avec elle comme un père, lui montrer sa tendresse, partager avec elle ces petits riens qui font le sel de la vie.

Il réprima un bâillement. La journée avait été diablement longue. Il s'était levé avant l'aube pour s'occuper du bétail. Il avait trouvé les bêtes blotties dans une ravine, de l'eau jusqu'aux genoux, à deux doigts de se noyer. Tout en les sortant de l'eau, il s'était dit que la réputation des bovins n'était pas usurpée. Il ne connaissait pas d'animal plus stupide. Jamais on ne verrait un cheval à moitié plongé dans l'eau, attendant docilement de se noyer.

Rudy bâilla de nouveau, puis se leva. Il était encore tôt, mais il décida néanmoins d'aller se coucher. Il tirait une dernière fois sur sa cigarette, lorsqu'un cavalier déboula dans la cour. Surpris, il reconnut Flame.

Il alla à sa rencontre et l'aida à descendre de cheval.

— Qu'est-ce qui vous amène à cette heure ? s'étonna-t-il alors qu'elle se laissait glisser à terre. Mais vous êtes trempée ! Vous étiez sous la pluie ?

— Oui. Et dans la montagne, il neigeait.

— Dans la montagne ? Entrez et expliquez-moi ce que vous faisiez là-haut.

— C'est une très longue histoire, soupira Flame. Mais avant que je commence, auriez-vous quelque chose à manger? Je n'ai quasiment rien mangé depuis hier.

— J'ai tout ce qu'il faut. Mais d'abord, débarrassez-vous de ces vêtements ou vous risquez d'attraper froid. Allez prendre la couverture dans la petite chambre et enveloppez-vous dedans. Pendant ce temps, je vous prépare à dîner.

Flame ôta ses vêtements mouillés en un tourne-main, posa la couverture sur ses épaules, et retourna dans la cuisine. Après avoir drapé ses habits sur une chaise près du fourneau, elle s'installa à table.

Entre-temps, Rudy avait réchauffé de la soupe que Rainee avait préparée la veille. Il en posa un bol fumant devant elle et lui tendit une cuillère.

— Mangez. Vous avez visiblement besoin de reprendre des forces et des couleurs.

Flame avait si faim qu'elle avala sa soupe en silence. Quand elle eut terminé, Rudy lui servit une tasse de café. Elle en but une longue gorgée, s'adossa à sa chaise et commença le récit de sa mésaventure.

— Vous avez dû avoir la peur de votre vie, compatit Rudy, tremblant intérieurement à l'idée de ce qui aurait pu lui arriver.

— J'avoue que oui, dit-elle. Mais il y a un aspect positif à cette histoire. Cette agression a été un tel choc que la mémoire m'est revenue. Je me suis rappelé que Cobbs avait déjà essayé de me violer par une nuit d'orage. Ma mère l'avait surpris. Elle était ivre et m'avait accusée d'avoir voulu le séduire. Après m'avoir battue, elle m'avait jetée dehors sous la pluie. C'est là que Stone m'a découverte, totalement amnésique. Vous imaginez sa surprise quand il va apprendre que j'ai retrouvé la mémoire et que je m'appelle Flame Martin?

Rudy se leva, s'approcha d'elle et lui prit la main d'un geste un peu gauche.

— Moi aussi, j'ai une surprise pour vous, Flame, dit-il d'une voix rauque d'émotion. Je ne m'appelle pas Jason Saunders. Mon véritable nom est Rudy Martin.

Flame hésita, fronça légèrement les sourcils.

— Alors, c'est dans votre chalet que je me trouvais hier soir.

Comme Rudy lui adressait un large sourire, elle demanda, pleine d'espoir :

— Vous êtes... mon père ?

— Oui, ma chérie.

Elle se leva et il l'enveloppa de ses bras.

— Oh, papa ! fit-elle en éclatant en sanglots. Je ne pensais pas te revoir un jour. Je n'arrive pas à croire que c'est toi.

— C'est moi, ma petite Flame, je suis revenue, et je ne partirai plus jamais.

Rudy la berça doucement contre lui pendant qu'elle pleurait contre son épaule. Quand ses pleurs se calmèrent, il l'écarta de lui, sortit un mouchoir de sa poche et tamponna ses joues humides.

— Je suppose que tes vêtements sont secs maintenant, dit-il. Si tu t'habillais pendant que je vais seller mon cheval ? Je te ramène chez toi. Ton mari doit être fou d'inquiétude.

— Stone sera inquiet, mais ce n'est pas mon mari.

— Quoi ? fit Rudy, stupéfait. Et pourquoi donc ? Tout le monde vous croit mariés.

— Nous avons pensé qu'il valait mieux prétendre être mariés pour qu'il puisse prendre soin de moi.

Souriant d'un air enfantin, elle ajouta :

— Mais maintenant que je sais qui je suis, nous allons nous marier vraiment.

30

Stone descendit de cheval devant le chalet de Caleb Greenwood, laissant la tante de Little Bird sur sa monture. Le soleil avait disparu derrière la montagne et le vent soufflait de plus en plus fort. La nuit s'annonçait très froide.

Le vieux Caleb sortit de chez lui en hâte, étonné de recevoir une visite si tardive.

— Qu'est-ce que tu fabriques ici ? s'écria-t-il en reconnaissant son ami.

Stone lui expliqua en deux mots.

— Tes recherches risquent de prendre du temps, observa le vieil homme, et tu n'es pas équipé. Je suis prêt à t'aider, mais il faut que nous retournions à ton ranch afin de rassembler des provisions, des couvertures et des vêtements. Si tu n'y vois pas d'inconvénient, j'emprunterai un de tes chevaux ; ma vieille mule ne se déplace plus très vite maintenant. Et puis, il faut conduire cette femme au village indien. Elle ne fera que nous ralentir.

Comme Stone commençait à protester, Caleb déclara d'un ton ferme :

— Sois raisonnable, mon garçon. Tu as beau connaître la montagne par cœur, tu chevauches depuis l'aube et tu n'es plus en état de chercher efficacement. Le plus sage serait de rentrer dormir pour reprendre des forces, et de repartir demain, frais et dispos.

Stone admit à contrecœur qu'il avait raison, et ils regagnèrent le ranch.

Quand les deux hommes arrivèrent au ranch, toutes les lumières étaient éteintes. Il était plus de minuit, et tout le monde dormait. Ils avaient effectué une brève halte au village indien pour déposer la tante de Little Bird. Les deux femmes étaient tombées dans les bras l'une de l'autre en pleurant.

Ils conduisirent leurs montures à l'écurie, les dessellèrent et leur donnèrent une ration d'avoine avant de faire un crochet par le réfectoire. Veillant à ne pas faire de bruit pour ne pas réveiller Charlie, ils fouillèrent dans le garde-manger et finirent par mettre la main sur du poulet rôti. Ils mangèrent en silence, se servirent une tasse du café qui tiédissait sur le fourneau, puis se séparèrent pour la nuit. Stone ne prit pas la peine d'inviter Caleb à dormir dans la maison. Il savait que ce serait inutile Le vieil homme préférait s'installer dans l'écurie.

— Nous partirons demain, à l'aube, le prévint-il avant de grimper les marches de la véranda.

La pleine lune lui permit de se diriger dans la maison sans allumer. Il s'arrêta devant la chambre de Flame et demeura un moment sur le seuil, en proie à une angoisse abominable.

Il n'imaginait pas de ne jamais la revoir. Cette éventualité lui était tout bonnement impossible à envisager.

Les épaules voûtées, il gagna sa chambre à pas lents, enleva ses bottes, et se déshabilla. Avec un soupir, il se glissa entre les draps, et se figea. Il venait de frôler une paire de jambes tièdes.

Il se redressa lentement, s'appuya sur le coude. Ce n'était pas possible ! Il devait être victime d'une hallucination. Trop de fatigue, sans doute. Ou bien il rêvait. Il repoussa doucement le drap. Un cri de joie lui échappa. Flame était là, endormie !

Alors qu'il la fixait avec incrédulité, une foule de questions l'assaillirent. Comment diable avait-elle échappé à son ravisseur? Et pourquoi dormait-elle dans son lit? Avait-elle changé d'avis à propos de leur mariage? Tendant la main, il lui caressa tendrement la joue. Elle sourit dans son sommeil et se tourna vers lui. Alors il se rendit compte qu'elle était aussi nue que lui.

Il l'attira dans ses bras, et elle se blottit tout naturellement contre lui. Stone l'embrassa sur le front, puis se laissa glisser dans le sommeil avec elle.

Il était midi passé quand les voix sonores de Caleb et Charlie réveillèrent le jeune couple.

— Laisse-les donc dormir, râlait Charlie.

— Mais ils voudront manger, argumenta Caleb. Stone sera furieux qu'on ne l'ait pas réveillé pour déjeuner.

La porte du réfectoire claqua, réduisant leur dispute à un murmure étouffé.

Stone et Flame échangèrent un regard amusé, puis leurs lèvres se cherchèrent. Et se trouvèrent.

Ils échangèrent un long baiser plein de promesses.

— Nous parlerons plus tard, murmura Stone tout contre les lèvres de Flame. Pour l'instant, je veux te montrer à quel point je suis heureux de t'avoir retrouvée.

Deux heures plus tard Caleb était parti, et Flame et Stone achevaient le premier repas digne de ce nom qu'ils prenaient depuis deux jours.

Flame fit le récit complet et détaillé de ce qui lui était arrivé, et Stone ne l'interrompit pas une seule fois. Il l'écouta avec attention, son visage exprimant toutes les émotions qui le traversaient. Il parut abasourdi quand elle lui révéla que Jason Saunders était en réalité Rudy Martin, son père.

Les yeux pétillant de malice, elle conclut son récit par ces mots :

— Papa tient à ce que nous nous mariions. Il ne veut pas que sa fille vive dans le péché.

— Moi non plus, acquiesça Stone. Comme dirait le vieux Caleb : « Par l'ours qui m'a mordu, je t'aime, fillette. »

Le 7 janvier :

Le prince des débauchés ∝ Loretta Chase (n° 8826)

Jessica Trent est bien décidée à sauver son imbécile de frère de la ruine. Pour cela, elle doit avant tout l'arracher des griffes du célèbre marquis de Dain, une brute dépravée, en compagnie duquel aucune femme respectable n'oserait s'afficher ! Mais cette mauvaise fréquentation se révèle particulièrement excitante...

La rebelle flamboyante ∝ Heather Graham (n° 4714)

Tina est attaquée par un Indien. Il va la tuer, elle en est sûre. C'est l'un de ces splendides guerriers séminoles, qui parcourent les marécages de la Floride. Mais il y a quelque chose d'étrange : cet Indien a les yeux bleus ! Ce regard, Tina le connaît, il l'a souvent fascinée. La première fois qu'elle l'avait rencontré, il lui avait dit s'appeler James McKenzie. Il portait un costume noir et une chemise de dentelle. Toutes les femmes cherchaient à le séduire. Tina, elle, avait tout de suite su qu'il la haïssait.

L'ingénue solitaire ∝ Sara Bennett (n° 8825)

Francesca menait une existence paisible jusqu'à ce qu'elle sauve la vie de Sebastian Thorne. La jeune fille ignore que cette rencontre n'est pas due au hasard. Le bel inconnu est chargé d'accomplir une mission : assurer la protection de Francesca, à la demande de sa mère naturelle, la célèbre courtisane Mme Aphrodite, séparée de ses deux filles depuis de longues années.

Le 21 janvier :

Le seigneur de la nuit ∞ Susan Wiggs (n° 5582)

Venise, 1531. Seigneur de la nuit, noble et fortuné, Sandro Cavalli est chargé du maintien de l'ordre à Venise. Or on vient d'assassiner le secrétaire du doge. Sandro, qui redoute un complot contre les autorités de la ville, est prêt à tout pour retrouver le coupable. D'autant que la sublime Laura Bandello, rencontrée chez un ami peintre, est peut-être elle aussi en danger.

Le pacte des mauvais garçons ∞ Edith Layton (n° 8827)

À peine fiancé, Constantin apprend qu'il est promis à une autre depuis sa naissance. Par curiosité, il accepte de se rendre en Cornouailles afin de rencontrer celle qu'on lui a destinée. Là-bas, bien des surprises attendent le jeune homme : une jeune promise arrogante, mais terriblement attirante, de romanesques secrets révélés sur son père...

Si vous aimez Aventures & Passions,
laissez-vous tenter par :

Passion intense

Quand l'amour vous plonge dans un monde de sensualité

Le 21 janvier :

Les feux du diamant ∞ Susanna Carr (n° 8828)

Comment une unique paire de boucles d'oreilles peut-elle changer la vie de trois sœurs ? Quand Sabrina, Lindsay et Nicole Graham s'achètent ce splendide bijou en diamant rose ayant appartenu à leur idole, elles en connaissent le prix, mais ne se doutent pas de sa valeur. Parées de cet atour, elles oublient leurs complexes et leurs interdits.

Liaisons torrides, rendez-vous sensuels, chacune va faire une rencontre bouleversante. Mais un tel trésor ne peut susciter qu'envie et convoitise. Les sœurs Graham arriveront-t-elles à le conserver et à percer son mystère ?

Nouveau ! 1 rendez-vous mensuel
aux alentours du 15 de chaque mois.

Et toujours la reine du roman sentimental :

Barbara
Cartland

Le 7 janvier :
Le corsaire de la reine (n° 1077)

Le 21 janvier :
Les deux mariages de Thérésa (n° 3774)

---

*Nouveau ! **2** rendez-vous mensuels*
aux alentours du 1ᵉʳ et du 15 de chaque mois.

Seriez-vous d'accord pour télécharger directement sur Internet des titres « J'ai lu pour elle » ?

❏ Oui ❏ Non

Si oui, à quel prix ?

....

Quels sont les magazines que vous lisez régulièrement ?

....
....
....

Seriez-vous d'accord pour recevoir par mail ou par courrier des informations exclusives sur la collection « Aventures et Passions » ?

❏ Oui ❏ Non

Pour ce faire, merci de compléter vos coordonnées :

Nom : ....
Prénom : ....
Adresse : ....
CP : .... Ville : ....
E-mail : ....

Merci de détacher cette page et de la retourner à :

Éditions J'ai lu
Questionnaire Aventures et Passions
87, quai Panhard-et-Levassor
75013 Paris